로만
산맥
로만
리바트
니트 해협
발
아이온
4
드왈로제국
도시
국가
연합
몰타 제도
서해
코트타니
마뮬란 산맥
그

얼음의 대지
스칼라이드 산맥
연방
만유
샤벨
신성 투실바
시니아
카시리아
모타니
와튼 공국
헬베른 산맥
네이니강 로스빌
삼태호
크로시안
브 사막
우랑카
알라모
에티우스 밀림
에티우스 만
군도
바다
류드빌
동해

익스트림

엽태호 퓨전 판타지 소설

익스트림 2

엽태호 판타지 장편 소설

초판 1쇄 찍은 날 § 2006년 8월 11일
초판 1쇄 펴낸 날 § 2006년 8월 21일

지은이 § 엽태호
펴낸이 § 서경석

편집장 § 문혜영
편집책임 § 최하나
편집 § 이재권 · 서지현

펴낸곳 § 도서출판 청어람
등록번호 § 제1081-1-89호
등록일자 § 1999. 5. 31
어람번호 § 제1-0736호

주소 § 경기도 부천시 원미구 심곡1동 350-1 남성B/D 3F (우) 420-011
전화 § 032-656-4452 팩스 § 032-656-4453
http://www.chungeoram.com
E-mail § eoram99@chollian.net

ISBN 89-251-0259-5 04810
ISBN 89-251-0257-9 (세트)

익스트림

부활하는 새벽

2

엽태호 퓨전 판타지 소설

도서출판 책여람

contents

Chapter 1

몽중한(夢中恨)

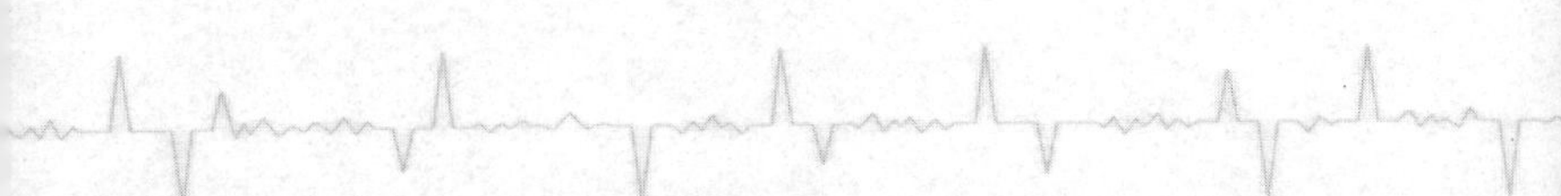

핏빛으로 물든 세상.

진한 핏물이 내를 이뤄 흐르는 대지에 굳건히 두 다리로 버티고 선 한 사내가 거대한 검을 휘두르고 있었다.

불타는 선홍빛 하늘보다 온몸을 더 붉게 칠한 철가면의 사내, 1골드가 철가면 위로 피눈물을 흘린다.

"제발… 제발, 다가오지 마!"

애타는 목소리, 하지만 말과는 달리 검을 내치는 행동엔 일말의 망설임도 찾아볼 수 없었다.

찌그러지고 부서진 갑옷을 입은 자들, 퀭하게 파인 두 눈구덩이에서 빠진 아이 주먹만 한 눈알이 신경조직에 매달려 볼

위로 흔들리는 자. 다리 하나가 허벅지 밑으로 썽둥 잘려 나가 한 발로 뛰며 다가서는 자. 잘려진 팔을 들고 검처럼 휘두르는 시체들이다.

그 끝을 헤아리기 힘든 시체들이 붉은 대지 위를 가득 메우고 끊임없이 1골드에게 맹목적으로 달려들었다.

애원을 하면서도 1골드는 기계적으로 시체를 베어 넘겼다. 이 지옥을 벗어날 방법은 그저 끊임없이 달려드는 시체들을 베는 수밖에 없다.

비틀!

땅이 움직인다. 단단한 대지가 흐물흐물 변하며 늪으로 화해간다.

1골드는 늪을 벗어나려 했지만 늦었다. 땅거죽을 뚫고 불쑥 튀어나온 손뼈가 그의 발목을 붙잡았다. 그 순간 코를 마비시키는 악취가 진동을 했다. 틈을 놓치지 않고 다가선 시체가 입을 쩌억 벌리고 아가리를 들이댔다.

그는 대검을 휘두르려 했다. 하지만 검이 움직이지 않았다. 땅에서 솟아난 시체들이 검을 붙잡고 있었다.

"으아아아악!"

지상에서 달려드는 시체들을 떨쳐 내려 몸을 비틀었다. 그럴수록 더욱 몸은 늪 속으로 빨려 들어갔다.

아작!

코가 떨어져 나가는 고통이다. 눈앞에 구더기가 꿈틀거리

는 시체의 퀭한 눈구덩이가 있다. 이놈이 코를 물어뜯은 것이
다. 언놈이 팔을 덥석 물고는 살점을 뜯어 먹는다. 땅속에서
잡아끄는 시체들도 발가락을, 종아리를, 허벅지의 살점을 아
작아작 씹어 먹는다.

그 무엇과도 비교할 수 없는 생살이 뜯기는 고통이다.

"크아아악!"

길쭉한 무언가가 가슴을 헤집고 갈비뼈를 들춘다. 연한 뱃
살이 뜯겨져 내장이 빠져나가고 생갈비뼈가 뽑히고는 장기들
을 들어내는 차가운 손길들.

차라리 미쳐 버리고 싶었다, 미치면 이 고통을 잊을 수 있
을 것 같기에.

순간 망연자실한 그의 눈에 그란델의 모습이 떠올랐다. 보
고픈 그녀, 그녀를 그리면 행복하게 죽을 수 있을 것 같았다.
그런데 그마저도 허용하지 않는지 불타는 시뻘건 붉은 눈동
자가 그녀를 집어삼켰다.

붉은 하늘에 떠 있는 짙은 혈안이 그를 내려다보며 웃음 짓
는다.

하늘이 무너지는 심정이다. 아니, 정말 대지가 부르르 떨며
겉가죽이 뒤집어지는 듯했다. 늪이 일순간 폭포수처럼 저 깊
은 암연의 어둠으로 쏟아져 내렸다.

일순 주변이 확 바뀌었다.

붉은 세상은 온데간데없이 사라지고 온통 새하얀 방이다.

삐삐삑······!

규칙적인 기계음이 귀를 자극한다. 1골드는 눈을 돌렸다. 병상에 누워 가는 전선을 온몸에 매달고 있는 가냘픈 소년이 눈에 들어온다. 그다. 정우다.

뼈마디만 남은 앙상한 몸에 폭삭 늙어버린 푸석한 피부에 파리안 안색, 곧 죽어도 이상할 것 없는 얼굴이다.

정말 정우의 얼굴을 오랜만에 본다. 벌써 이렇게나 시간이 지났던 걸까? 조금 전 지옥에서 겪은 기억은 사라지고 정우의 모습만 들어온다.

1골드는 멍하니 정우를 쳐다보았다. 너무 비참한 모습에 충격을 받아서인가. 머릿속이 백지장 같았다.

건장한 1골드로 전장을 헤집고 다니던 그는 누구인가? 마른 미라 같은 비참한 모습은 또한 누구인가? 알 수가 없다.

정우가 말을 거는 것 같다. 그만 쉬고 싶다고, 그만 가고 싶다고, 자신을 놓아달라고······.

번쩍!

정우가 눈을 떴다. 커다란 두상이 벌떡 일어섰다. 붉게 변한 두 눈동자가 1골드를 매섭게 쏘아보았다. 네가 없으면 내가 편할 수 있다는 듯이. 조금 전의 그 혈안인가?

"저, 정우······."

1골드가 정우를 불렀다. 정우는 1골드인데··· 누가 누구를 부르는 것인가? 1골드는 정신을 차릴 수 없었다. 순간 손가락

하나 까딱하지 못할 것 같은 정우가 전선을 매단 몸으로 침대를 박차고 1골드에게 날아들었다.

정우가 사라졌다. 혈안이 다가선다. 조금 전에 붉은 하늘에 떠 있던 그 혈안과 조금도 다르지 않았다. 사방이 급속도로 붉어지며 혈안이 1골드를 삼켜 버렸다.

"으헉!"

널따란 침상 위에 거대한 그림자 생겨났다.

"허억……! 허억……!"

악몽, 칼에 피를 묻히기 시작한 이래 하루도 거르지 않고 찾아든 악몽이었다.

1골드는 침상에서 일어나 창을 열었다. 아직 동이 트지 않은 이른 새벽의 시원한 공기가 폐에 가득 찼다.

긴 전투 후의 귀향이었다. 선물을 바리바리 싸 들고 아이들을 찾았고 그란델과도 즐거운 시간을 보냈다. 간만에 언제 죽을지 모른다는 초조함도 떨쳐 버리고 곤한 잠에 취했다.

그러나 여지없이 찾아오는 악몽은 살인에 대한 죄책감의 발로였고 모질지 못한 마음에 기인한 것이다.

"후우……."

긴 한숨을 내쉰 그는 다시 잠을 이루지 못할 것 같아 검을 들었다. 검을 등 뒤로 차고 망토를 둘렀다. 얼굴을 가리는 철 가면을 들었을 때 갑자기 한 얼굴이 떠올랐다.

정우!

그다. 정우는 그다. 그가 꿈속에 나타났다. 아니, 꿈속의 꿈에 나타났다.

왜 그랬을까? 원망? 육체를 버린 영혼에 대한 원통함?

아니다. 가자고 하는 것이다. 그만 꿈속에서 벗어나 가자고 하는 것이다. 영원한 안식을 찾아서……

기분이 나빴다. 가슴이 울렁거린다. 불안감이 찾아든다.

1골드는 철가면과 모자를 들고 재빨리 방을 나섰다. 시작이 있으면 언제나 끝이 있게 마련이다. 그 끝이 다가오는 것 같았다. 마음 한구석에 대비를 하고 있었다고 하지만 언제 찾아올지 몰랐다.

불쑥 찾아온 정우가 지금이 그때라고 알려주는 것이리라.

가야 한다는 건 알고 있었다. 그러나 가기 전에 보고픈 얼굴들이 있었다.

1골드는 유진의 방문 앞에 섰다. 아낌없이 정을 준 사람. 방문을 조심스레 열고 들어가 침대 가에 섰다. 유진은 잠자는 모습마저도 가지런히 흐트러짐이 없다. 정말 잘 벼려진 칼 한 자루를 보는 것 같은 진정한 무인이다. 그래도 속 깊은 정을 느낄 수 있었다.

'아버지… 이곳이 어디인지 이제는 모르겠네요. 제 꿈속인지 정우의 꿈인지. 아니면 아버지의 꿈인지… 정우가 그만 가자고 하네요. 지도 이별이 이렇게 갑자기 찾아올 줄은 몰랐습

니다… 고마웠습니다. 즐거웠고 행복했습니다.’

악몽 속에 정우가 등장하기는 처음이다. 그는 죽음의 징조라 확신했다.

마지막 인사를 올렸다. 두 무릎을 꿇고 큰절을 올렸다. 진실한 마음이었다. 유진도 행복하게 살기를 바라면서.

그가 방을 나서자 유진이 눈을 떴다. 한평생을 전장에서 보낸 그가 1골드의 기척을 못 느꼈을 리가 없었다. 상체를 세워 1골드가 나간 방문을 쳐다보았다.

“흐음…….”

괴이했다. 바닥에 엎드려 머리를 조아리는 모습이 무엇인지는 모르지만 왠지 아련한 슬픔이 느껴졌다. 마치 마지막 인사를 건네는 것 같았다.

이러고 있을 때가 아니다. 유진은 침대를 벗어났다. 1골드를 이대로 보낼 수는 없다. 떠나고 싶어한다면 보내줄 것이다. 하지만 그 이유는 알고 싶었다, 그도 미련을 정리해야 하기에.

마방으로 달려간 1골드는 종자를 찾지도 않고 말을 꺼내 박차를 가했다. 저택 정문 경비병도 무시하고 내달렸다.

그의 갑작스런 행동에 저택이 깨어났지만 1골드는 그런 것에 신경 쓸 정신이 아니었다.

현실과의 단절이 어느새 세 달째다. 삶의 이유를 완전히 상실한 채 아이온에 적응하며 살고 있는 이유가 정이 든 사람들 때문이다.

개꿈이리라. 아니, 가야 한다는 예시다. 확신을 하면서도 한편으론 그러길 바랐다. 머리가 복잡했다. 아무리 좋게 생각을 하려 해도 마음 한편이 무너진다.

외성 경비병에게 팽개치듯 용병패를 던지고는 곧 마을로 들어섰다. 사람의 그림자도 찾아볼 수 없었다. 헐떡이는 말을 재촉해 가며 거침없이 마을을 가로질렀다.

후욱……! 후욱……!

말의 심장 고동 소리가 들릴 만큼 사위는 조용했다.

두두두두!

말발굽 소리에 새벽 안개가 놀라 흐트러졌다. 마을의 건물들이 띄엄띄엄 보이더니 채소밭이 나타났다. 저 채소밭만 지나면 그란델의 집이다.

집이 가까워질수록 불안감도 커져 갔다. 개꿈이 아니라 예지몽(豫知夢)이었나 보다. 마음이 가라앉지 않는다. 진짜 가야 할 시간인가? 헛소리. 말고삐를 잡은 손에 힘이 들어갔다.

"이랴! 핫!"

1골드는 안력을 높였다. 짙은 새벽 안개를 뚫고 저택 윤곽이 어렴풋 보였다. 그가 만들어놓은 벽돌담이 보였다. 그의 무게에 헐떡이는 말에게 인정사정없이 박차를 가하며 1골드는 좀 더 정신을 집중했다. 급한 마음 때문이라 생각했지만 점점 가까워질수록 평소완 무언가 달랐다. 뭔가? 이 이질적인 기운은?

"흡!"

좀 더 가까이 가자 확연히 와 닿았다. 요동치는 마나의 기운에 요사스러움이 풍겼다. 그보다 먼저 그라델에게 변이 생긴 것이다.

히이이잉!

살육의 전장에서도 두려움을 느끼기는커녕 더욱 흥분하던 전마가 앞발을 높이 쳐들었다. 본능적인 두려움 때문이었다.

1골드는 안장에서 몸을 날렸다. 한 발 내디딜 때마다 5m의 거리가 사라졌다. 새벽 안개가 그의 등 뒤에서 회오리쳤다. 차가운 새벽 공기가 가면에 닿아 물기를 만들어내었다. 철가면이 우는 듯한 형상이었다.

한순간 두터운 허벅지 근육이 바지를 찢어버릴 만큼 팽창했다. 얼핏 비명 소리가 들린 듯했다. 바람의 장난일 것이다. 아니, 그래야 한다.

딸깍.

검집의 호크가 풀렸다. 대검이 지면과 수평을 이루고 1골드는 몸을 더욱 낮추었다. 공기의 저항이 줄어들자 더욱 빨라졌다.

"꺄아아악!"

새벽 공기를 찢고 비명이 울렸다. 여인의 음성, 그란델이다. 가면 속에서 화로처럼 시퍼런 불길이 토해졌다. 조금만 더 시간이 주어졌다면 마을 안에 커다란 집을 장만했을 것이다. 좀 더 안전한 곳에 그란델과 아이들의 보금자리를 꾸며주려 했는데……

1골드는 어둠에 싸인 저택으로 비조보다 더 빠르게 뛰어들었다.

할짝할짝.

끈적이는 타액이 볼을 타고 흐른다. 뜨끈하면서도 미끈거리는 물체가 얼굴을 핥을 때마다 오한이 인다.

어둠이 무서운 게 아니다. 그란델에게 칠흑 같은 어둠은 삶의 일부분, 지척에서 뿜어지는 뜨거운 김과 피부에 전해지는 소름 끼치는 감촉이 비명을 터지게 했다.

"끼아아아악!"

그란델은 괴물이 코앞까지 오는데도 모르고 있었다. 아무리 잠에 취했다고는 하나 주변 변화에 예민한 그녀였다. 그녀의 감각보다 알 수 없는 존재가 더욱 은밀했다.

"아아악!"

그녀가 몸부림을 치자 억센 힘이 머리카락을 잡아챘다. 사람이었다. 샤벨 시 사람이라면 그녀의 형편을 모르는 자가 없었다. 1골드의 도움으로 그나마 조금 나아지기는 했지만 아이들을 먹이는 것만으로도 벅차다.

"우, 원하시는 건 다 가져가세요. 제발, 아이들만은……"

"크크크크……."

대꾸도 없이 괴성만 들렸다. 지금 정도면 비명 소리를 듣고 아버지가 달려왔어야 하는데. 그란델의 볼에 눈물이 흘렀다. 상상도 하기 싫은 일이 벌어진 것이다. 아이들은?

"아, 아이들은?!"

후두둑!

"까아아악!"

말을 잇지 못했다. 괴한의 우악스런 힘에 머리카락이 한 움큼 뽑혀 나갔다.

부우욱!

앞섶이 찢겨 나갔다. 괴한은 자신을 겁탈하려고 한다. 눈물이 방울져 볼을 타고 흘렀다. 상상 속으로 그린 1골드의 얼굴이 스쳐 갔다. 그란델은 입술이 시퍼레질 때까지 깨물었다.

"나, 나는 어떻게 해도 좋아요. 제발 아이들만은 살려주세요. 돈도 다 가져가시고 나도 마음대로 해요. 제발, 제발 아이들만은."

공포에 사고가 마비될 만도 한데 그란델은 그 와중에도 아이들을 챙겼다. 간절한 애원이 괴한을 움직였을까? 괴한은 잠시 동안 아무런 행동도 취하지 않았다.

한순간 차가운 손이 그녀의 연약한 가슴을 덮었다.

그란델은 입술을 질겅 깨물었다.

"허어억!"

숨을 쉴 수가 없었다. 심장이 통제가 되지 않을 정도로 뛰었다. 온몸의 피가 가슴으로 몰리는 느낌이었다. 이어 가슴을 덮은 손을 통해 피가 빠져나가는 것 같았다.

이때 이율배반적으로 쾌락이 샘솟았다. 발가락 끝이 오므라들고 사지가 떨렸다. 입을 열면 더, 더라는 소리가 나올 것 같았다. 이성을 집어던지는 절정의 쾌락이다.

"누, 누나! 누나! 누나! 우앙앙앙앙!"

아이의 울음소리가 그란델의 정신을 일깨웠다. 그녀는 무의식적으로 괴한도 잊고 아이에게로 가려고 했다. 몸이 움직여지지 않았다. 손가락 까닥할 힘조차 남아 있지 않았다.

딸꾹……!

아이는 1골드를 보면 늘 다리에 매달리는 콥이었다. 오줌이 마려운 차에 일어나기 싫어 뒤척이는데 그란델의 비명 소리를 들었다. 제 깐에는 누나를 지키려 장난감 검을 들고 왔으나 산발한 괴물을 보자 얼어붙었다.

콥은 눈을 돌려 그란델을 찾았다. 없었다. 그녀가 있어야 할 자리에 웬 노파가 누워 있었다.

노파를 떼어버린 괴물이 그에게로 다가서자 콥은 누나를 찾았다. 너무 무서워 울음마저 들어가 버렸다.

"크크크……!"

괴물이 성큼 다가서자 본모습이 보였다. 노파만큼이나 하얀 은발에 붉은 눈, 붉은 몸을 가진 몬스터였다.

콥은 몬스터를 처음 보았다. 다리가 떨리고 이가 부딪쳤다. 가랑이 사이로 뜨끈한 물기가 흘러내렸다.

몬스터가 머리에 손을 올릴 때까지도 콥은 움직이지 못했다. 순간 머리로 몸이 쭉 빨려 들어가는 느낌이 들었다.

"혀어어어어엉!"

두근.

한 발을 디뎠다. 다리에 철근을 매단 것 같다.

두근두근.

두 발자국, 겨우 10m의 거리가 사라졌다.

으드득!

이를 악물었다. 굼벵이도 이보단 빠르겠다. 한없이 느린 다리를 잘라 버리고 싶다. 날아갈 수 있는 날개가 있으면 좋으련만.

제법 높은 담, 한숨에 뛰어넘었다. 육중한 체구가 소리도 없이 착지했다.

끼익! 끼익!

마당 한편에 그가 만들어놓은 그네가 을씨년스러운 소리를 내었다. 목마며, 검이며, 장난감들이 어지럽게 널려 있는 모습은 변함이 없건만 저택에 자욱하게 내려앉은 불길한 기운이 감각을 마비시켰다.

뚝뚝.

철가면에 방울진 이슬이 땀처럼 흘러내렸다.

'정신! 정신을 차려야 해! 정우야! 1골드야! 어디야? 어디?

피가 튀고 살이 튀는 전장의 감각은 다 어디로 갔는지 사라져 버렸다. 한심했다. 너무 한심해서 죽어버리고 싶었다.

불안해서 사정없이 흔들리던 눈동자가 자리를 잡는다. 마비됐던 감각들이 돌아왔다. 방대한 기운.

"2층!"

설상가상, 그란델과 아이들이 있는 곳이다.

네 개의 창을 빠르게 살피던 눈이 한곳에서 정지했다. 좌에서 두 번째 방, 얼핏 그림자가 보였다.

크게 숨을 들이켰다. 들숨을 통해 들어온 마나가 체내를 빠르게 회전한다. 시퍼렇게 뿜어지는 눈빛이 더욱 강렬해지고 일순 땅을 박찼다. 1골드는 쏜살같이 뛰어나가 5m여의 높이를 한숨에 뛰어올랐다.

"혀어어어어엉!"

가슴을 갈기갈기 찢어발기는 비명이 들린다. 제발 늦지 않았기를…….

와장창!

"으아아아아! 주것!"

창이 산산조각나고 몰아치는 파편 속에 섬뜩한 검이 쇄도했디.

쇄애애액!

한 치의 오차도 없이 매섭게 쏟아지는 살기가 괴한의 목을 향했다.

"킥킥킥!"

웃는다. 산발한 머리카락 사이로 허연 이를 드러내 놓고 괴한이 웃었다.

"으허업!"

지척이면 괴한의 목을 꿰뚫어 버릴 거리에서 1골드는 검의 방향을 급히 틀었다.

카앙!

검 앞에 괴한의 목 대신 우는 아이의 얼굴이 있었다.

콥이다. 그를 가장 먼저 반겨주는 아이. 콥이 놈의 손아귀에 잡혀 있었다.

"크아악! 개자식, 죽여 버린다!"

검을 재빨리 회수한 1골드는 익숙한 동작으로 등에 둘렀다. 좁은 방 안이어서 긴 검은 오히려 거추장스럽고, 콥이 잡혀 있어 당장은 어찌할 도리가 없었다.

창에 어리는 그림자를 보고 뛰어들었지만 이런 상황을 예견하지 못했다. 1골드가 빠르게 주변을 담았다.

간결하면서도 아기자기하게 꾸며진 방.

불길한 예감이 전신을 싸고돈다. 그의 눈이 침상에 닿았다. 푸석한 피부에 말라비틀어진 노파?

풀어헤쳐진 가슴으로 내려가기 싫어하는 눈동자를 억지로 끌어 내렸다. 눈에 익은 물체가 있었다, 작은 에메랄드가 박힌 펜던트!

그가 억지로 채워준 그 목걸이였다. 첫 키스의 기억이 생생한 그 목걸이였다.

"으아아악! 그란데엘……!"

말도 안 된다. 하룻밤, 아니, 몇 시간 지나지도 않아 그란델이 노파로 변하다니. 목걸이가 아니라면 1골드는 절대 믿지 않았을 것이다. 놈이 무슨 짓인가를 했다.

마음 저 깊은 곳에서부터 원초적인 살기가 꿈틀꿈틀 피어올랐다.

"크크크……."

비웃기라도 하는 듯한 괴한의 웃음소리가 정신을 일깨웠다. 그때!

자박, 자박, 자박.

자그마한 발자국 소리들.

1골드의 머리에 벼락이 쳤다.

"안 돼! 오지 마! 얘들아, 오지 마!"

"아, 아저씨? 흑흑……."

한 여자 아이의 목소리였다. 귀에 익다. 괴한의 등 뒤 복도에 아이들이 있었다.

"빨리 도망쳐! 아저씨네 집으로 가! 어서!"

"으앙앙앙! 무서워! 아저씨, 무서워!"

"제, 제발. 집으로… 칸야! 칸야!"

다행히 대답 소리가 들렸다. 칸야가 있었다.

"예, 예! 형, 저 여기 있어요."

"이곳으로 절대 오지 말고 아이들을 숨겨. 어서!"

"옛!"

그란델의 품으로 와서도 사람들을 피해 숨어 살던 아이라 잠시라도 시간을 벌 수 있을 것이다.

히쭉히쭉.

흔들흔들.

1골드의 눈에 불똥이 튀었다. 괴한이 비웃음을 흘리며 콥의 머리를 잡고 흔들었다.

"개자식! 곱게 죽이지 않는다! 그란델을 정상으로 돌려놓은 후에 네놈의 사지를 토막 내 살을 저미어 육포로 만들고 삼 일 밤낮을 씹어 먹겠다."

마법이란 신비한 힘이 존재하는 세계였다. 비록 그란델이 하룻밤 사이에 정우의 모습처럼 변해 버렸지만 1골드는 그란델이 죽는다는 생각은 전혀 하지 않았다.

"유… 유진님……."

노파의 입에서 1골드의 이름이 흘러나왔다. 귀를 파버리고 싶었다.

"크흑! 그란델!"

"아이들을… 아이… 들을……."

"내가 왔다. 분명 내가 약속했다. 지켜준다!"

"고… 고마… 유지… 사랑… 사……."

이럴 수가!

잘못 보았다.

잘못 들었다.

너무 힘들어 기절한 것일 게다. 저리 힘없어 목이 꺾인다고 다 죽는 것은 아니다.

애써 자위했지만 뜨거운 물줄기가 가면 안으로 흘렀다.

꿈속에서의 삶의 의미가 사라졌다.

빌어먹을 꿈!

이젠 지겹다. 이 꿈속을 전부 불 싸질러 버리고 깨버렸으면 좋으련만 염병할 놈의 하늘은 가혹하기만 하다.

그래 그거다. 저 개잡종 놈을 죽여 버리면 끝나겠지. 이제 이곳에 미련도 없으니, 현실로 돌아가 깨끗하게 죽음을 맞을 것이다.

하지만, 아이들은…….

그의 생각을 읽기라도 한 듯 괴한이 불쑥 콥을 내밀었다.

할짝.

뱀의 아기리가 벌어지며 시뻘건 혀가 튀어나와 입술을 핥았다.

순간 콥의 몸이 벼락을 맞은 듯 부르르 떨렸다. 지진을 만난 것처럼 1골드의 몸도 떨렸다. 아이가, 콥이 정우처럼 변해 가고 있었다.

"안 돼!"

생명력을 빨아먹는 괴물.

푸스스…….

그 곱던 브라운 색의 색소까지 모두 빠져 백발이 된 머리카락이 힘없이 떨어져 내렸다. 윤기가 흐르던 콥의 얼굴이 가뭄의 논바닥처럼 쩍쩍 갈라졌다. 몸은 삐쩍 말라 앙상한 뼈만 남았다. 저 어린것을 어떻게…….

풀썩!

마른 장작개비처럼 콥이 바닥에 떨어졌다. 너무 가벼워 소리도 나지 않았다.

"으… 으… 으아아아악!"

1골드는 건틀릿을 부서져라 움켜쥐었다. 푸석한 콥의 볼 위로 뚜렷한 눈물 자국이 보였다. 눈앞에서 그란델이, 콥이 울었다. 살려달라고 마음속으로 울부짖었다. 하지만 아무것도, 아무것도 하지 못했다.

무기력하다. 머리끝에서 연기가 나는 것 같다. 심연 저 밑바닥에서부터 분노가 끓어오른다. 몸이 떨리고 살이 떨린다.

눈앞이 붉어진다. 1골드가 천천히 고개를 들었다. 핏빛 안광이 줄기줄기 뻗어 나와 괴한을 태울 것 같다. 분노에 안구의 모세혈관이 다 터져 버렸다. 피눈물이다.

1골드가 한 발 내디뎠다. 그의 머릿속에 소녀의 모습인 그란델이 떠올랐다. 한순간에 젊음을 잃어버린 노파가 겹쳐진다. 바짝 말라 터진 그녀의 입술이 움직인다. 억울하다고, 살려달라고…….

다시 한 발을 내디뎠다. 발이 무겁다. 콥이 매달려 있는 것 같다. 한없이 가벼운 아이였는데 콥의 남은 삶의 무게가 느껴진다. 콥이 울었다. 아저씨는 뭐 했냐고. 자신이 이리 아픈데. 무섭다고, 어서 데려가 달라 한다.

우드드득.

화아악!

짙은 살기가 괴한을 향해 쏟아졌다. 한 발 내디딜 때마다 1골드에게서 뻗어 나오는 살기가 폭발할 듯 커져 갔다.

엄청난 살기를 느끼지 못하는 듯 괴한의 미소가 짙어졌다. 마치 맛있는 먹잇감을 눈앞에 둔 모양새로 괴한이 또다시 혀를 날름거렸다.

부아아앙!

순간 1골드의 신형이 희뿌연 잔영을 남겼다. 한순간에 거리를 좁히며 비웃는 얼굴을 짓눌러 버릴 거센 풍압이 몰아쳤다. 하지만 괴한의 얼굴엔 여전히 흰 줄이 가 있었다.

파파팡! 파파파파팡!

1골드의 주먹에 대기가 몸살을 일으켰다. 섬전 같은 주먹질이었다. 어슴푸레한 그림자만 남기는 주먹에 압축된 공기가 터지는 소리가 연이어 들렸다.

물살을 따라 흔들거리는 해초처럼 괴한은 상체만 움직여 30여 방의 주먹질을 피했다.

1골드는 젖 먹던 힘까지 끌어올렸다. 한층 더 빠른 몸놀림이 괴한을 압박하기 시작했다.

핏핏핏!

헛손질만 하던 주먹에 처음으로 감촉이 왔다. 붉은 피가 튀어 올랐다. 권풍에 휘말려 괴한에게 생채기가 난 것이다.

여유를 잃은 것인지 괴한도 첫 움직임을 보였다. 희뿌연 그림자가 아직도 남아 있지만 본체는 없었다.

파앙!

헛손질, 괴한이 사라졌다. 1골드가 빠르게 눈을 돌렸다. 흔적을 찾지 못했다. 순간 턱 밑에서 불쑥 그림자가 솟구쳤다.

퍼억!

"크흡!"

내장을 뒤흔드는 고통, 다리를 굳건히 했지만 1골드가 쭉 밀려 벽에 부딪쳤다. 괴한이 혈안을 더욱 빛내며 1골드를 따라 쇄도했다. 눈으로 쫓기 힘든 속도였다. 간격이 접혀진 듯했다.

콰앙!

"커억!"

움켜진 주먹을 뻗지도 못하고 1골드가 벽을 뚫고 훌훌 날아갔다.

터엉! 텅!

어찌나 거센 힘이었는지 공중에서 몸을 틀지도 못한 채 등부터 땅바닥에 처박혔다. 척추가 가루가 되는 듯한 고통을 초인적인 인내로 참으며 1골드가 벌떡 일어섰다. 하지만 한 움큼의 피는 토해야 했다.

2층에 커다랗게 뚫린 구멍을 쳐다보는 1골드의 눈이 침잠해졌다.

스스슥!

괴한이 평지를 밟는 것처럼 허공을 걷고 있었다.

그때서야 1골드는 괴한의 모습을 볼 수 있었다. 산발한 은발에 핏빛 혈안, 상체는 온통 핏물로 뒤덮여 있었고 본바탕을 알 수 없이 더럽혀진 바지를 입고 있었다.

몇 수만에 확연히 실력 차가 드러나자 1골드의 흥분된 머리가 차갑게 식었다.

"죽인다! 반드시 죽인다!"

전의를 불태우며 약해지는 마음을 가다듬었다. 어설프게 달려들어선 절대 이길 수 없는 강자다. 대검을 빼 들고 정면을 향했다.

"후우!"

1골드는 온 기력을 검에 실었다. 검이 웅웅거리며 화답을 보냈다. 최상의 상태였다.

　대기의 마나를 몸으로 가득 받아들이고 빠르게 회전시켰다. 한결 몸이 가벼워지자 1골드가 땅을 박찼다. 그때까지도 괴한은 여전히 허공에 떠 있었다.

　스스스, 스팟!

　땅을 스치면서 직선으로 달려간 1골드는 괴한의 아래에서 운동 방향을 무시하고 직각으로 솟구쳤다. 어림잡아 5m여의 높이, 충분했다.

　"죽엇!"

　발밑으로 처져 있던 대검이 커다란 달의 궤적을 만들어냈다. 사타구니부터 두 동강이를 내려는 듯 매서웠고 거침이 없었다.

　그러나 거리가 좁혀지지가 않았다. 검끝이 괴한의 발에 닿을 듯 말 듯 아슬아슬하게 스쳤다. 하늘에서 누가 잡아끌기라도 한 듯이 괴한이 1골드의 속도에 맞추어 떠오른 것이다.

　팔랑.

　한 조각의 천이 나풀거리며 1골드를 달랬다, 그래도 나는 건졌지 않냐는 듯이. 마나가 실린 검세에 괴한의 바짓단이 잘렸다. 그게 전부였다.

　수치심에, 무능력에 이를 악물고 나풀거리는 천을 잡아챘다. 1골드는 발끝이 닿자마자 또다시 힘을 가했다. 무리한 동작으로 다리 근육이 끊어질 듯 아팠지만 지금 그가 할 수 있는 최선이었다.

　짐승의 그것과 같은 탄력으로 힘차게 도약했다. 하지만 그는 목적한 높이에 닿을 수 없었다. 갑자기 전면에서 덮치는 압력에 올라가던 속도만큼이나 빠르게 튕겨졌다.

"흐읍! 크윽!"

쿵! 쿵! 쿠웅!

압력을 해소하러 1골드는 바닥을 다섯 바퀴나 굴러야 했다. 후들거리는 다리로 억지로 일어섰을 때 괴한의 손이 들렸다.

자세를 잡는 1골드에게 팔을 쭉 뻗은 괴한이 손가락 세 개로 목줄기를 움켜잡는 시늉을 했다.

화아악!

"으허억!"

1골드는 부지불식간에 목 주위로 모이는 마나에 대경실색해 팔을 휘저었지만 눈으로 볼 수 없는 마나다. 하물며 손을 젓는다고 흐트러질 리 만무했다.

급히 내력을 끌어올려 목을 단단히 했다. 하지만 목뼈가 부러질 정도로 엄청난 압력이 목에 가해지자 숨을 쉴 수가 없었다. 금세 얼굴이 시뻘겋게 달아오르고 혈관이 터질 듯 불거졌다.

"끄르륵……."

괴한이 장난하듯 팔을 들어올렸다. 1골드가 그의 팔짓에 따라 허공에 들려졌다.

'이, 이런 말도 안 되는… 염력? 격공섭물(隔空攝物)?'

그의 힘으론 도저히 상대가 안 되는 괴물이었다.

1골드는 그 와중에 저 괴한이 염력을 쓰는 거라고 가정했다. 생각이 일자 행동이 따랐다. 혼미한 정신을 추스르고 집중하며 마나를 풀었다. 마나의 흐름에 닿았다. 목을 감싸 쥔 무형의 마나 덩어리가 느껴졌다.

마나의 간섭.

'흩어져라! 흩어져어어어!!'

의미없는 외침이었다.

요지부동, 이런 유의 싸움은 경험이 없기도 했지만 그보다 괴한의 정신력이 1골드보다 월등했다.

괴한이 팔을 당기자 1골드의 몸이 너무도 가볍게 딸려갔다.

1골드는 코앞에 괴한이 있는데도 눈이 가물가물해 산발한 머리카락 사이로 비치는 혈안밖에 보이지 않았다. 버티던 목이 점점 옆으로 돌아가고 입가로 침이 흘러내렸다.

'으으으… 으아아아악! 씨발, 씨발, 씨이이발! 죽는 거야! 죽는 거야! 진짜 죽는 거야. 이렇게 허무하게. 뭐야, 이게… 빌어먹을! 이 개자식을 죽이지도 못하고 끝나다니……'

미치겠다. 환장하겠다.

계속되는 꿈.

장난으로 시작했다. 이어지는 세상, 어느 순간부터 충실해졌다. 현실에서는 할 수 없는 일이기에 대리 만족이라 여겼다.

한두 사람씩 다가왔다. 유대가 형성되고 정이 들었다. 마음이 울렁거리는 애틋함도 생겨났다. 최선을 다해 살았다. 한 없이 즐거워했고 끝없이 사랑하리라 다짐했다.

현실과 단절이 이어지고 죽음이 다가온다 여겼다. 잊자고 노력했고 정우 자체를 잊었다. 나는 1골드다. 이제는 꿈이 아니다.

언제나 막장 인생이다. 현실이든 꿈이든. 이렇게 살다 한 순간 사라질 운명이라. 하지만, 하지만 그래도 이건 아니다! 안 된다!

'주, 죽을 수 없어! 아직 죽을 수 없… 어……'

부질없는 외침, 누구를 향한 외침인가.

태어날 때부터 죽어가는 육체를 준 하늘, 그 몸의 변화를 뚜렷이 인식할 머리를 준 하늘, 미안해선지 조금이나마 즐기다 가라고 이따위 꿈을 꾸게 해준 하늘에게.

운명이란 이름을 씌워 제멋대로 자신을 가지고 논 하늘에 대한 원망이었다.

끝없이 이어지는 꿈, 정우는 돌아갈 몸이 없기 때문이라 생각했다. 아니면 여기서 1골드가 죽음으로 정우의 정신이 죽고, 현실의 육체가 죽음으로써 정신과 육체가 완전한 죽음에 도달하는 것인지도 모른다.

요사스러운 게 사람의 마음이랬던가.

이 꿈이 그렇게 짜여진 각본이라도 너무 억울했다. 그는 어차피 정해진 운명이지만 그란델과 콥은 뭔가. 왜 그들을 등장

시켜 죽음에 이르게 하는가, 그것도 비정한 죽음을.

'하느님, 부탁드립니다. 제발 나를, 아니, 정우를 아직 죽이지 마세요. 꼭 다시 돌아와서 이 개자식을 죽여야 합니다. 아니, 아닙니다. 이 자식을 죽이지 않아도 돼요. 그란델하고 콥을 살려주세요. 제가 무슨 일이 있어도 다음엔 꼭 지킬 테니… 아아! 빌어먹을!'

죽은 순간이 되면 지난 인생이 주마등같이 스쳐 간다고 하던데, 정우는 오직 그란델과 아이들만 떠올랐다.

머릿속이 난장판이 되어버렸다. 손쓸 겨를도 없이 감정이 마구잡이로 변했다. 원망하고 빌고, 애원하고 결국 반항으로 이어졌다.

'개자식들! 다 죽여 버릴 거야.'

이것이 진정 신의 의지라도 따를 수 없었다. 하지만 무기력한 그로서는 할 수 있는 일도 없었다.

'빌어먹을! 할 건 다 하는군.'

죽음에 이르기 직전, 오공이 열렸다. 콧물, 눈물, 침 따위는 양반이다. 오줌이 흘러 바지를 적셨고 항문 근육의 조임이 느슨해지며 배설물이 바지를 무겁게 만들었다.

항거할 수 없는 힘에 대한 굴복인가. 정신은 반항을 하지만 마음엔 체념이란 두 글자가 깃들기 시작했다.

괴한이 손바닥을 1골드의 가슴에 대었다.

흐릿하게 꺼져 가던 1골드의 눈에 한줄기 빛이 스쳐 갔다. 괴한이 하려는 짓이 무엇인지 안다. 노파가 된 그란델, 한순간에 생명 샘이 말라 버린 어린 생명 콥. 그들에게 한 짓을 하려는 것이다.

차가운 손과 맞닿은 가슴이 불타오르는 것 같다. 불을 더욱 활활 지피려는 듯 발끝에서부터 모든 기력이 가슴으로, 가슴으로 모여들었다.

"아… 아… 안 돼!"

한을 풀어주지는 못할망정 똑같이 당하다니, 차라리 혀를 깨물고 죽고 말지 그럴 수는 없었다.

1골드는 선천진기까지 소모하려는 듯 머리털 한 올에까지 남은 기력을 모두 끌어모았다. 그때 모세혈관이 터져 괴한처럼 혈안이 된 그의 눈에 몬스터의 그것과 같은 진녹색의 기광이 어렸다 사라졌다.

체내에 잠복한 트롤의 피가 영향을 끼친 것이다.

이를 악물어야 하나 그도 힘의 낭비, 스스로 낼 수 있는 모든 기력을 머리에 집중했다. 괴한이 가슴에 손을 댄 순간부터 육체는 신경망까지 잠식당했는지 그의 통제 범위를 벗어났고 지금은 영체에 모든 희망을 걸 수밖에 없었다.

칠흑과 같이 어둡던 머릿속에 희미한 빛이 어렸다. 힘을 빼앗겨 죽어가던 뇌 세포가 서서히 눈을 뜨기 시작했다.

살고자 하는 본능과 미지의 힘이 더해졌다. 자기 보호 본능

으로 육체를 제외한 기체, 영체가 하나로 힘을 모았다. 바닥
난 체력에서 쥐어짜 기체에 힘을 더하고 미약하나마 기체가
움직여 마나를 끌어들였다, 말 그대로 죽을힘을 다해서.

영성의 발현.

1골드의 미간 3㎝ 윗부분에 빛이 서리기 시작했다. 적색에
진녹색을 더한 두 눈, 이마에 제3의 눈이 생겨났다.

괴한의 입술이 길게 올라갔다. 이놈은 다르다. 풍기는 먹
이의 향이 진했고, 생명력을 거두어들이기가 쉽지 않았다. 죽
음 직전에 삶을 포기한 자들과는 전혀 다른 꽤나 단단한 정신
방어였다.

힘들게 얻는 만큼 더욱 달콤할 터.

"크하하하!"

괴한이 포효성을 터뜨리며 힘을 더했다.

찌지지지직!

손과 맞닿은 가슴에서 불로 지지는 듯한 연기가 피어올랐
다. 생살 타는 냄새, 1골드는 그 냄새조차도 맡지 못했다.

육체와 기체를 조절하는 생명력은 곧 영력과 그 뿌리를 같
이한다. 한 올의 기력도 괴한에게 빼앗기지 않으려 했지만 버
티는 힘보다 괴한의 힘이 더욱 강했다. 스르륵 열에 둘은 빠
져나가는 것 같았다.

'모두를 지킬 수는 없다면, 버릴 건 버린다!'

이마에서 나는 빛이 더욱 강렬해지고 1골드는 방어의 영역

을 좁혔다. 생명력과 그의 바탕인 선천진기가 가장 우선이다. 후천으로 얻어진 것은 다시 채울 수 있다.

가장 먼저 순수한 육체와 어울리지 않는 이물질을 버렸다. 환경으로부터, 식습관으로부터 자연스레 몸에 축적된 기운들. 그다음으로 기체에 완벽히 융화되지 못한 마나였다.

지지부진하던 전이가 한순간부터 수월해지자 괴한의 미소가 짙어졌다. 순수하지 못한 이물질이 들어와도 괴한은 눈도 꿈쩍하지 않았다. 이 정도는 다 과정이다. 바로 이다음으로 그가 바라는 달콤한 생명력이 넘어온다.

그러다 한순간 고약한 냄새가 나는 기운이 팔을 타고 올라왔다. 이건 뭔가? 달콤한 생명력은 어디로 가고 구정물이!

위험하다. 괴한이 인상을 와락 구기면서 손을 떼려 했으나 아교가 발라져 있는 듯 꿈쩍도 하지 않았다. 손이 떨어지지 않는다면 다시 밀어 넣는 수밖에.

1골드는 전신에 이런 마성이 퍼져 있는 줄은 꿈에서도 몰랐다. 전장에서 피에 대한 거부감이 사라지고 갈망이 자리한 이유에는 정신적으로 성숙하기도 했지만 이 마성도 크게 기인했으리라.

한순간 나가던 속도보다도 배는 빠르게 마성을 내포한 기운이 다시 치고 들어왔다. 화들짝 놀라 막으려 했으나 너무 빨랐고 그 힘이 대단했다.

1골드의 몸으로 옮겨온 기운이 일순 몸을 휘돌았다. 하지만 이미 생력이 빠져 버린 몸뚱이, 모든 생력은 머리에 모여 있었다. 마성이 머리를 치고 들어왔다.

"크… 억!"

빛의 장막을 펼쳤으나 완전히 막지는 못한 듯했다. 그와 동시에 순수한 빛을 내던 이마에 검은 기운이 어렸다.

"크아아아아!"

괴한이 고통에 찬 비명을 터뜨렸다. 손은 가슴에서 이미 떼어져 있었으나 손가락 끝부터 팔꿈치까지 시커멓게 변해 있었다.

"으아! 으아! 으아아악!"

괴한에게서 뿜어져 나온 무시무시한 살기가 초목을 떨게 만들었다. 썩은 사과다. 이놈은 독이 든 사과였다. 못 먹는 거라면 살려둘 필요가 없다. 반쯤 꺾인 목줄기를 잡고 있는 손에 힘을 더했다.

치밀어 오른 분노 때문에 괴한은 하늘에서 떨어지는 세 줄기의 벼락을 보지 못했다.

푸드득!

어둠을 뚫고 비조가 날아오르자 숲의 정적이 깨졌다.

나풀나풀 낙엽이 떨어진 자리로 땅에서 솟은 듯한 검은 인영이 자리했다.

수풀이 우거진 상태를 살피던 사내가 고개를 들어 날카롭게 주변을 살폈다. 그의 눈이 반짝이자 인영이 흔적도 없이 사라졌다.

순간 10m 떨어진 나뭇등걸 밑에 그가 모습을 드러냈다. 침중하게 가라앉은 눈이 발밑을 향했다. 그 자리에 차갑게 변한 시체가 한 구 놓여 있었다. 비릿한 혈향이 물씬 풍기는 시체를 거침없이 살폈다. 불쑥 그가 말을 뱉었다.

"사망 확인, 사인은 두개골 함몰, 즉사, 추정 시간은… 30분."

"이로써 세 명째인가."

어느새 곁으로 다가온 사내의 말이었다. 시체를 살핀 사내처럼 천 조각으로 얼굴을 가리고 있었다.

"흔적은?"

"북동, 반 시간 차로 좁혔습니다."

크라우치를 막는데 세 명의 목숨을 버려 한 시간을 벌었다. 세 목숨보다 크라우치가 더 중요한 것이다.

"속도를 낸다. 무슨 일이 있어도 해가 뜨기 전에 찾아야 한다. 가라!"

"존명!"

사방에서 수풀이 흔들렸다. 10여 개의 인영이 북동쪽으로 바람처럼 사라져 갔다.

"샤벨 시인가……."

문득 하늘을 올려다본 사내가 긴 휘파람을 불었다. 날카롭게 공기를 찢어놓은 휘파람 소리가 사라지기도 전에 그는 자취를 감췄다.

휘이이잉!

휘파람을 대신해 세 인영이 새가 되어 달빛을 가렸고 곧 그가 사라진 방향으로 향했다.

예측은 정확했다.

더도 덜도 말고 정확히 반 시간 후 숲을 내려와 드록바에서 샤벨로 연결된 대로에서 갈라진 소로를 북상하던 복면인들은 샤벨 시 서방 외곽에 도착했다.

쭉 이어진 채소밭 한편에 외딴섬처럼 지어진 저택이었다. 추격대를 이끄는 수장이 안도의 한숨을 내쉬었다. 저 외딴 저택이 아니었으면 샤벨 시로 들어갔을 것이기 때문이다.

그렇게 되었으면 그들만으로는 수습이 불가능했다.

하지만 이곳 상황도 그리 좋은 편은 아니었다. 무사의 집이었는지 마당에서 한편의 활극이 벌어지고 있었다.

수장이 검을 빼 들고 공격 명령을 내리려 할 때 머릿속에 울리는 음성이 있었다.

"기다려라."

무슨 의미냐는 듯 하늘을 올려다보았다. 새벽 안개를 밟고 세 개의 인영이 상공에 떠 있었다.

"지금 너희가 나서면 혼전이 벌어진다. 그 와중에 목표가 사라질 수도 있다. 저놈, 절정을 앞둔 검사다. 목표의 힘을 소진할 필요도 있다."

그들 간의 약속이었는지 괴한을 아는 듯했는데도 목표라고만 표현할 뿐, 이름을 부르지는 않았다.

"마성에서 벗어나려면 분노든, 노여움이든 인간의 원초적인 욕망을 쏟아내어야 한다. 기다려라."

고개를 끄덕인 수장이 전장을 주시했다. 마성에 젖은 혈인, 이를 악물었다. 자신이 알던 그가 아니다.

"기다린다."

섬광.

양 측방과 후방, 동시에 세 줄기가 내리쳤다.

등줄기가 오싹한 섬뜩한 예기에 괴한이 1골드의 목을 잡은 손을 놓고 빠르게 회전했다. 그의 손길을 따라 뿌연 둥근 막이 생성되었다.

콰콰쾅! 스팟!

방어막을 뚫고 한줄기 예기가 어깨를 스치고 지나갔다. 화들짝 놀란 괴한이 다리에 추라도 단 것처럼 밑으로 쑥 꺼졌다. 가볍게 내려선 괴한의 눈에 타오르는 검을 든 세 명의 사내가 들어왔다.

유진은 들끓는 분노를 가라앉히고 살기를 북돋았다.

1골드가 보인 이상한 행동이 이 혈인과 생사결을 벌여 승리를 장담할 수 없기 때문이었나? 결과도 온몸에 피 칠을 한 채 은발을 나부끼는 괴한의 손에 목이 꺾여 잡혀 있었다.

한시도 눈에서 벗어난 적이 없다 여겼거늘 이 혈인은 대체 누구란 말인가?

"웬 놈이냐?!"

"크르르……."

웃는다? 뱀파이어? 마족은 아니다. 사람은 확실한데, 이지를 상실한 자가 오러를 막을 수는 없다. 게다가 미친놈처럼 큭큭거린다. 빠르게 생각이 한 점으로 모여들었다.

유진이 동행한 커터와 란데그란드에게 외쳤다.

"조심해라. 네크로맨서 같다. 악마한테 정신까지 잡아먹힌 놈이 분명하다! 사람이라 생각지 말고 검에 한 푼의 인정도 남기지 마라!"

악마에게 영혼을 팔아 힘을 얻는 네크로맨서다. 그가 알기론 그 끝이 저 괴한과 비슷했다. 생명력이 다하면 영혼은 영원한 악마의 종이 되고 육체는 악마에게 지배당한다. 스칼라이드 산맥에 숨어 악독한 짓거리를 일삼다가 심성까지 잡아먹혀 내려온 것이리라.

그란델의 집에 아이들이 많다는 것을 알고 요사스런 수작을 부리다 1골드와 부딪쳤을 확률이 높았다.

'어리석은 놈. 이런 악마를 혼자서 해결하려 들다니.'

터커와 란데그란드는 검을 잡은 손에 힘을 주었다. 네크로맨서는 대마법사에 오르지 못한다고 알려져 있었다.

하지만 악마의 힘으로 6써클까지는 빠른 성취를 이룬다.

악마에게 육신을 지배당할 정도면 최악의 경우 봄멜과 같은 수준이다.

유진과 그들만으로 벅찬 상대, 거기에 얼마간의 악마의 힘까지 더해진다면 필패는 아니더라고 최소한 신체 한두 군데는 놓고 가야 한다.

시체처럼 축 처진 1골드를 한편으로 밀어놓으면 좋으련만 혈인의 발아래 있었다. 그 점도 검을 쓰는 데 제약이었다.

하지만 유진은 무슨 생각인지 망설임없이 몸을 날렸다. 한 번의 도약으로 거리를 없애고 횡으로 검을 휘둘렀다.

호쾌한 몸놀림에 번뜩이는 섬광, 마나를 잔뜩 머금은 검에서 한줄기 오러가 뿜어져 나갔다.

쇄액!

어둠을 갈라 버리는 번뜩이는 오러를 보자 괴한이 경기를 일으키며 감히 맞서지 못하고 훌쩍 물러섰다. 의외의 행동이었다.

이유야 어찌 됐든 잠시 틈을 만든 유진은 1골드 앞에 섰다. 목이 기이하게 꺾여 있지만 아직 숨은 쉬고 있는 듯했다.

그사이 터커와 란데그란드는 괴한이 벌린 거리를 따라잡았다. 유진이 눈짓으로 신호를 보내곤 검을 고쳐 잡았다.

"죽어라! 이 악적!"

유진은 정면에서 양단할 듯 짓쳐 들어갔고 터커는 좌후방에서 하체를 쓸어갔다. 란데그란드는 도약하여 허공을 선점했다. 오랜 훈련을 통한 합격술로 빠져나갈 구멍이 없어 보였다.

유진이 눈을 치켜떴다. 분명 캐스팅할 틈을 주지 않았는데 괴한의 주위로 마나가 물결치듯 모여들었다. 이어 주변의 돌덩어리들이 허공으로 떠오르고는 빛살처럼 쏘아졌다.

피피피핑!

파공음이 경시할 정도는 아니어서 중요한 부분으로 날아오는 돌덩어리들을 쳐내야만 했다.

따따따당!

비켜간 돌에 의해 몸 곳곳에 피가 튀었지만 달려드는 속도를 늦추지는 않았다. 마법사에게 시간을 주면 불리해진다.

지척까지 도달한 유진이 괴한의 정수리를 향해 검을 벼락같이 내려쳤다. 온 내력을 다한 검세. 베었다. 아니다. 손에 감촉이 없었다. 수직으로 토막난 괴한의 몸이 흐릿해졌다.

'순간 이동?!'

마법사들의 블랭크(Blank)와는 달랐다. 베칸트(Vacant)나 블랭크로 불리는 마법사들의 짧은 거리 이동 마법은 근접전에서 캐스팅할 시간을 벌기 위해 사용한다.

"잔상(殘像)!"

잔상을 남길 정도의 빠른 몸놀림, 유진은 혼란스러웠다. 경지에 오른 무사들만이 보일 수 있는 움직임이다. 네크로맨서라 여겼는데, 정체를 종잡을 수가 없었다.

순식간에 10m여의 거리를 물러난 괴한이 양팔을 내밀고 합장하는 자세를 취했다. 그러자 급속도로 마나가 주변에 모여들었다.

유진 등은 지체하지 않고 거리를 좁혔으나 괴한이 빨랐다.

화학!

괴한의 손이 유진에게 뻗자 마나가 압축된 마나탄이 강맹한 기세로 날아들었다.

"흥!"

유진이 코웃음을 쳤다. 초급 마법으로는 그를 상대할 수 없다. 또한 혼란스런 마음을 잡을 수 있었다. 놈은 네크로맨서가 확실했다. 싸움에 임하면 우선 적을 파악해야 한다.

유진은 평소처럼 응축된 마나탄을 갈라 버렸다. 하지만 비웃음은 곧 사라졌다. 연이어 희끄무레한 마나탄이 계속 쇄도했다. 마나탄의 다발이었다.

고위 마법사들은 캐스팅도 필요없는 하위 마법이라지만 이건 그 궤를 달리했다. 하나하나 쳐내던 검이 어느새 커다랗게 원을 그리며 검막을 형성해 방패 역할을 하고 있었다.

"으득! 뭐 저런 놈이!"

마법 방어구 리플렉터라도 입고 왔다면 얼굴만 보호한 채 뛰어들겠지만 그럴 겨를이 없었다. 주둔지에서 무슨 큰일이라도 있겠냐 하는 안일한 생각이 화를 부른 것이다.

그때 번쩍이는 섬광 사이로 괴한이 사라졌다. 이건 또 뭔가. 이런 연속된 마법을 펼쳐 내며 움직이다니……

"크흑!"

터커다. 유진의 마음이 급해졌다. 한두 발은 몸으로 버틴다. 체내의 마나를 끌어올려 몸을 보호했다. 푸르스름한 오러 벽을 만든 검을 풀었다.

퍼퍼펑!

'큭!'

내장을 뒤흔드는 강렬한 충격, 입 안에서 비릿한 피 내음이 풍겼다. 혼신의 힘을 끌어올리면서 왼발을 크게 내밀어 커다란 진각 소리를 만들어내고는 땅을 갈라 버릴 듯 내려쳤다.

콰콰앙!

일순 대지가 흔들리는 엄청난 진동과 함께 땅거죽이 뒤집어져 파도가 일어난 것처럼 마나탄을 덮쳤다.

"헉! 헉……!"

"주, 주군……."

흙먼지를 뚫고 터커의 목소리가 들렸다. 유진은 재빨리 터커를 찾았다. 그의 얼굴이 딱딱하게 굳어졌다. 괴한의 발아래 두 무릎을 꿇고 있는 터커를 보았는데 그가 알던 모습이 아니다. 한순간에 10년은 늙어버린 듯했다.

"이, 이 괴물! 터커! 정신 차렷!"

상급에 오른 검사 터커였다. 주군인 유진의 외침에 정신을 지배해 버린 쾌락을 어렵사리 밀쳐 냈다.

"개, 개자식! 내… 내가 터커다!"

1골드와 유일하게 덩치가 맞먹는 그다. 그의 굵은 팔뚝이 괴한의 연약한 허리를 휘감았다. 기력이 밀물처럼 괴한의 손바닥을 통해 빠져나가고 있었지만 그의 힘은 만만치 않았다.

유진과 터커가 눈을 마주쳤다. 인사를 보낸다. 부탁도 한다. 이놈과 함께 보내달라고.

"으아아아악!"

비조처럼 날아오른 유진이 괴한의 목을 향해 정확히 일격을 가했다.

파악!

찌지지지지칙!

오러를 내뿜는 검이 연약한 팔에 막혔다. 리플렉터도 잘라버리는 오러를 인간의 뼈와 살이 막아낸 것이다. 더할 수 없이 놀랐으나 곧 그 이유를 알 수 있었다. 검날이 맞닿은 부분에서 스파크가 일고 있었다. 방어벽!

'이, 이 괴물 같은 놈. 몸에다 쉴드를.'

처음 들어보는 괴사였다. 그와 같이 오러를 뿜을 수 있는 경지에 오르면 체내의 마나를 조절해 부분적으로 갑옷을 입은 효과를 낼 수 있다. 그런데 마법사에게도 그와 같은 마법이 있다는 건 처음 알았다.

묘한 광경이었다. 유진의 검은 팔에 막혀 있고 터커는 괴한의 허리를, 란데그란드의 검끝은 괴한의 등에 박혀 멈추어 있었다.

“크아아아아!”

괴한의 포효.

유진이 검에 마나를 쏟아 부었다. 무사들 간의 내력 대결로 이끄는 것이다. 무사는 체내에 마나를 계속 쏟아 부을 수 있지만 마법사의 마법 발현으로 모은 마나는 한정이 되어 있기 때문이었다.

이대로 조금만 시간이 지나면 방어막을 형성한 마나는 곧 소진할 것이고 검은 살을 파고들 것이다.

역시나 유진의 생각이 맞았는지 검이 차츰 방어막을 뚫고 들어가기 시작했고 괴한의 얼굴에 핏물이 흘러내렸다. 땀이 얼굴에 묻은 피와 섞여 흐르는 모양이었다.

유진이 체내에 휘도는 마나를 더욱 채찍질할 때 괴한의 얼굴 윤곽이 드러났다. 생각과는 전혀 달랐다. 매부리코에 팍삭 늙은 얼굴을 기대했건만 젊고 상당한 미남이었다.

그 순간 검에 전해오는 반탄력이 달라졌다.

예상을 벗어난 일이었기에 유진이 와락 인상을 구겼다. 터커의 목숨을 담보로 얻은 기회였다.

마법사도 체내에 마나를 가지고 있지만 그건 마법을 유지시켜 주는 원료의 역할이다. 마법이 발현되면 그 처음이 최고조. 파이어 볼을 만든 후에 마법사가 더욱 마나를 쏟아 부은다고 커지는 것이 아니라 목표점에 도달할 때까지 유지만 시켜주는 것이다.

그런데 이 괴한은 상식을 벗어났다. 악마의 힘인가?

"우아아악!"

괴한이 괴성을 지르자 검이 부서질 듯 진동을 했고 막강한 반탄력이 터져 나왔다.

퍼퍼퍼! 퍼어어엉!

"크흑!"

유진이 누가 뒤에서 잡아당기기라도 한 것처럼 쭉 밀려 버렸다. 5m여를 밀려간 자리에 두 줄의 고랑이 깊숙이 파였다.

"퉤엣!"

유진은 괴한에게 시선을 고정한 채 식도로 타고 올라온 죽은 피를 내뱉었다. 터커는 어디로 갔는지 보이지 않았다. 괴한은 모든 기력을 소진한 듯 무릎을 꿇고 두 팔로 땅을 짚은 채 상체를 크게 들썩거리며 거친 숨을 몰아쉬었다.

마법사의 내력이 무사를 따라갈 수는 없다. 무사와 내력 대결을 벌이는 멍청한 마법사는 없다. 한 발 한 발에 분노를 담아 유진이 승자의 당당한 걸음걸이로 다가갔다. 마무리를 짓기 위함이다.

멈칫.

유진은 저택 너머에 시선을 주었다. 빠르게 다가서는 기척을 느꼈다. 눈 한 번 깜박이자 지붕 위로 솟구치는 인영들이 보였다.

"적이나!"

방수가 있었다. 유진은 혼란스러웠다. 정신 나간 네크로맨서에게 세력이 있다니, 악마와 계약한 네크로맨서를 데리고 있다는 사실만으로도 전 대륙의 공적이 된다. 만약 그를 거두어들였다고 해도 때가 되면 내부에서 해결하는 법인데, 그렇다면 도망친 네크로맨서를 죽이려고 온 척결자들이란 말인가?

"멈춰라! 이놈을 돌려주겠다. 우리를 죽이려면 너희도 상당한 피를 봐야 할 것이다. 내 함구할 것을 약속하니 이쯤에서 끝내는 게……."

"멸(滅)!"

1골드가 위중하고 적들의 기세가 만만치 않아 타협안을 제시했지만 방수들은 눈 하나 깜박하지 않았다. 이제 1골드의 안위뿐만 아니라 유진 자신도 살아나기 힘들 것 같았다.

그의 예상을 입증하듯 놈들의 검에서 선명한 오러가 형성되었다.

가는 눈을 뜨고 있던 1골드는 절망에서 안도로, 다시 절망이 엄습했다. 직접은 아니더라도 저 개자식이 죽는 꼴을 볼 수 있었는데 천으로 얼굴을 가린 놈들이 빛의 검을 들고 달려들었다.

흙먼지와 검붉은 피가 잔뜩 묻은 옷이지만 비슷한 복장인 듯해서 한 세력이란 것만 파악했다. 견문이 좁아 적들의 정체를 유추하지는 못했다.

‘빌어먹을!’

어찌 된 게 고개를 돌릴 힘조차 없었다. 적잖은 힘을 괴한에게 빼앗긴 모양이었다. 멍하니 상처가 늘어가는 유진을 보고 있는 게 그가 할 수 있는 일의 전부였다.

너무나 무기력했다. 현실에서 천재라 치켜세우던 정우도, 힘 하나밖에 없는 천력의 소유자라는 1골드도 저들에 비하면 손가락으로 눌러 죽이는 개미새끼 한 마리만도 못하는 것이다.

“으악!”

란데그란드의 비명 소리였다. 언놈이 빛의 기둥으로 팔을 날려 버렸고 다른 놈이 가슴을 꿰뚫었다.

눈을 감고 싶었다. 그러나 감을 수 없었다. 눈만 감으면 편안한 휴식인데, 영원한 안식인데, 차마 그러지 못했다. 자신을 살리기 위해 죽어가는 사람들이었다. 그들의 최후라도 보아두는 것이 할 수 있는 전부였다.

‘나는 죽지 않는다. 운명이라도 거부하겠다. 다시 돌아온다. 반드시 다시 돌아온다.’

1골드는 주문처럼 같은 말을 되풀이했다.

데구르르…….

‘젠장!’

란데그란드와 눈을 마주했다. 란데그란드의 잘린 목이 땅을 굴러와 눈높이가 같아진 것이다.

　혹독한 훈련 교관이라 욕도 많이 했는데… 그새 정이 들었나 보다. 가슴이 메어져 온다. 눈앞이 뿌예지려 했지만 참았다. 한 장면도 놓치지 않을 것이고 죽어서라도 다시는 눈물을 흘리는 짓 따위는 하지 않을 것이다. 현실에서든 꿈에서든 너무 많이 울어서 눈물이 다 말라 버렸다.

　번쩍.

　하늘도 진노하셨나? 벼락이 쳤다.

　'이 빌어먹을 하늘아!'

　어이없게도 벼락이 유진에게 떨어졌다. 네 명을 맞아 고군분투(孤軍奮鬪)하는 그에게. 연이어 무섭게 와류를 형성한 대기의 톱날이 날아들어 허리를 스치고 갔다.

　차라리 눈을 감고 싶었으나 눈이 부릅뜬 상태로 근육이 경직이라도 된 듯 꿈쩍도 하지 않았다. 유진의 상체가 대각선으로 갈리며 분리되었다. 바닥에 떨어진 몸에서부터 꾸물꾸물 내장이 흘러나왔다.

　그런데도, 그런데도 유진은 검을 놓지 않았고 기둥 같은 다리는 꿋꿋하게 서 있었다.

　'큭큭큭…….'

　하룻밤 사이에 너무 많은 충격을 받아서인지 웃음이 나왔다. 이게 뭐 하는 짓인가. 닥쳐올 죽음에 대비하라고 사랑하는 사람들을 만들게 하고 그들의 죽는 모습을 보여주는 것인가?

　'개 같은 하늘!'

분노에, 원망에, 무기력에 머리가 터질 것 같았다. 그때 낮은 목소리가 들렸다.

"집 안은?"

"두 구의 시체를 찾았습니다. 그런데 아이들 열 명이 지하실에 숨어 있었습니다. 어떻게 합니까? 저희를 보지도 못한 것 같고……."

뒷말을 흐리자 상관인 듯한 자가 냉정히 말을 잘랐다.

"마음에 담지 마라. 단 한 명도 살려둬서는 안 된다. 옷가지를 확인하고 인원수를 파악해라. 모든 죄는 내가 받는다."

"존명!"

1골드는 아이들까지 죽이라는 소리에 분노가 치솟아 머리가 어질해졌다. 죽어버리고 싶었으나 죽지도 않았다. 모진 목숨이다. 이어 늙수레한 목소리가 들렸다.

"어떤가?"

"외상은 제법 입었지만 신경 쓸 정도는 아니고 내상은 몇 달… 저놈 아직 살아 있구먼."

스르릉.

"제가."

"아니네. 자네들은 검을 거두게. 오늘 넘칠 만큼 피를 묻혔네. 저놈을 집 안으로 옮겨놓기나 하게. 늙은이들이 처리할 테니."

"예!"

장정들이 뛰어다니는 소리가 들리고 1골드의 몸이 들렸다. 씹어 먹을 놈들의 낯짝을 보고 싶었는데 고개가 바닥으로 향해 있어 볼 수가 없었다. 하지만 끝이 휘어진 흰색 바탕인 신발은 뇌리에 담아놓았다.

뚜벅뚜벅.

익숙한 냄새, 거실이었다. 1골드는 나무 바닥에 코를 박은 채로 놓여졌다. 그의 주위로 무언가 놓이는 소리가 들렸다. 보지 않아도 풍겨오는 피 내음에 누군지 알 수 있었다. 유진과 두 검사였다.

1골드는 그나마 행복했다. 한 지붕 아래 사랑하는 사람들 모두와 함께 죽음을 맞는 것이다.

인기척이 뜸해지고 얼마간의 시간이 흘렀다. 문뜩 이런 생각이 들었다, 돌아갈 육신도 죽은 몸이나 다름없으니 어디로 갈까 하는. 반드시 돌아와야 하는데.

한편으로는 여린 마음이 남아 있는지 부모님이 보고 싶었다, 이대로 모든 게 끝나더라도.

드드드드드!

아직도 끝이 아닌가. 지축을 뒤흔드는 소리가 들린 후에 등으로부터 집채만 한 바위가 짓누르는 듯한 압력을 받았다. 입을 벌릴 힘도 없는데 비명이 흘렀다.

"크으으으!"

머리가, 몸뚱이가 바닥으로 파고드는 듯했다. 갈비뼈가 부러져 보호해야 할 내장을 쿡쿡 찔렀다. 척추가 뒤틀리는 것 같았고 압력에 못 이겨 근육이 피부를 터뜨리고 삐져나가는 듯했다.

와르르르! 쿵쿵! 쿠웅!

허파가 제 기능을 상실하고 영혼이 떠나려 할 때 집이 무너져 내렸다. 곧이어 뜨거운 열기가 휘몰아쳤다. 집을 무너뜨리고 그것도 모자라 불을 지른 것이다.

한순간 서서히 떠오르는 듯한 느낌이 들었다.

이질적인 광경, 1골드는 자신의 짓눌린 등을 내려다보고 있었다. 바닥에 짓눌린 채 엎드려 있는 모습을…….

'개 같은 인생…….'

와르르르……!

압력을 견디지 못하고 거실 바닥이 꺼졌다. 지옥의 입구인 양 아가리를 벌린 시커먼 구멍 속으로 1골드의 몸이 빨려 들어갔다.

Chapter 2

크로스로드(Cross Road)

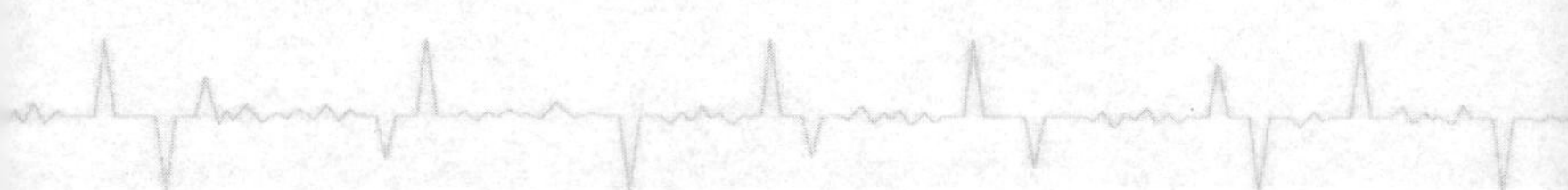

터널(Tunnel).

무한의 터널이다.

화마(火魔)가 집어삼키는 1골드의 육체를 허망한 시선으로 바라보던 정우는 블랙홀 같은 소용돌이에 휘말려 터널 속으로 빨려들었다.

어디로 가는 것일까?

꿈과 정신, 영혼을 연결하는 매개체인 1골드가 죽었다.

현실, 돌아가기에는 너무나 긴 단절의 시간이었다. 그럼 무의식의 세계에 숨어 육체가 죽는 날까지 기다리는 것일까?

그도 아니면… 또 다른 꿈?

싫다. 거부한다. 온몸의 피가 마르는 듯한 그런 고통은 한 번이면 족하다.

아이온의 세계로 다시 돌아갈 수 없다면 차라리 그냥 죽자, 죽어. 원래 그랬던 것처럼 무(無)로 돌아가 이 고통도 끝나기를 바랐다.

무한인 것 같기도, 찰나인 것 같기도 한 시간이 흘렀다. 정우는 아이온에서 그랬던 것처럼 또 다른 그를 내려다보고 있었다.

병상에 누워 있는 정우.

꿈속의 꿈에서 보았던 모습과 한 치도 다름이 없었다. 그 스스로 보기에도 너무 불쌍한 몰골이었다. 시퍼런 혈관이 훤히 보이는 쭈글쭈글한 피부에 살이라고 한 점 없이 바짝 여위어 유난히 머리가 커 보인다. 2등신, 머리가 몸의 반을 차지한 것 같았다.

게다가 신경조직망처럼 뻗은 저 전선들은 어떠한가.

민머리에 덕지덕지 붙은 희고 붉은 전선들, 가슴에, 심장에, 손끝, 발끝, 어디 한 군데 붙어 있지 않은 곳이 없었다.

저게 사람인가, 기계인가?

저렇게까지 살아야 하나! 저렇게 살아 무엇 하나?

정우는 하루를 살다 가더라도 인간은 인간답게 살아야 한다 생각하고 행동했다. 아픈 몸을 이끌고 대학에 다닌 것도 타인이 그를 어떤 눈으로 바라보아도 스스로는 거리낌이 없었다, 욕망을 쫓아 병에 걸린 것도 아니고 천형(天刑)이었기에.

하지만 이건 아니다. 산 것이 산 것 같지도 않지만 아직 심장은 뛰기에 혹시나 다시 꿈속으로 돌아갈 수 있지 않을까 하는 생각을 가졌었다.

그러나 육체는 이미 죽었다. 아이온에서 1골드가 살아 있다면 희망을 품을 수도 있었다. 멀쩡한 정신이 다시 육체로 돌아올 수 있을지도 모른다. 하지만 육체가 죽어가는 사이 정신도, 1골드도 죽었다.

죽음이란 이런 것인가 보다. 정신과 육체가 모두 죽어야 완전한 죽음에 다다르는, 그런 것.

병상 옆, 불편한 간이 침상에서 쪼그리고 잠을 자고 있는 부모님의 모습이 보인다. 삼 개월, 거의 넉 달 만에 보는 듯한 기분이었다. 기쁨보다는 측은함이 먼저 다가온다.

'아버지⋯ 어머니⋯⋯.'

못난 자식 하나 때문에 그들의 남은 인생을 버리신 분들이었다. 죄송스럽다. 남들처럼 평범하고 건강하게 태어났으면 좋았으련만. 자식 하나 잘못 둔 죄로 고통의 나날을 보내고 계신 분들이었다.

성숙.

죽음을 겪은 정신적 성숙이다.

정우는 자신의 남은 미련보다 부모님을 먼저 생각했다. 육

체가 아직 살아 있어 혹시라도 다시 꿈속의 세계로 돌아갈 방
도가 있을지도 모른다.

그러나 그동안 10년은 늙은 듯한 부모님들의 얼굴이 눈에
밟힌다.

그는 지금껏 자신만 생각하고 있었다.

남겨진 자들의 슬픔을 알지 못했다.

'이건 아닌데, 이건 아닌데… 그래.'

천재 소릴 듣는 그였다. 조로증, 웬만한 전문가의 식견은
가지고 있다. 살아날 가망이 없다. 미련을 놓는다. 놓자!

눈에 보이지 않으면 멀어진다고 했다.

'내가 떠나야 한다.'

부모님의 남은 반평생, 이렇게 살게 해드릴 수는 없다.

눈물 많으신 어머니, 울다 잠드셨나 보다. 눈가에 흐릿한
눈물 자국이 남아 있었다.

정우는 어머니의 얼굴에 손을 대었다. 체온도 촉감도 느낄
수 없었다. 그래도 따스한 어머니의 숨결이 느껴지는 듯했
다.

항상 웃음을 보여주시던 아버지, 단정하시던 분이 꺼칠한
수염이 자라 있었다. 좋은 약초를 구한다고 직장도 버리고 산
사람이 다 되어버리신 분.

희끗한 흰머리가 시선을 끈다. 언제 이분들이 이렇게 늙으
셨던가. 세월은 자신에게만 오는 게 아니었다.

'…죄송합니다.'

눈물이 난다. 영혼도 눈물이 있었던가. 모르겠다.

눈물이 난다. 따뜻한 손 한 번 잡아볼 수 없다.

눈물이 난다. 진정 떠나야만 하나? 이별이다.

'예쁜 동생 낳으세요. 건강하고 씩씩한 놈으로… 한 번만 손을 잡아볼 수 있다면…….'

웃음이 나오려고 한다. 마음을 먹으면 이렇게 간단한 것을…….

"으음……."

어머니가 뒤척거리다 눈을 떴다. 벌떡 일어난 어머니는 무언가를 찾는 듯 두리번거리다 시선을 병상으로 향했다.

죽은 듯 누워 있는 정우, 흐릿하게 들리는 기계음. 변함이 없었다.

기척 때문인지 아버지도 일어났다. 그도 어머니와 똑같은 행동을 취했다. 한순간 둘의 눈이 마주쳤다.

"당신……."

"당신도!"

똑같은 꿈을 꾸었다, 그들이 잡은 손을 놓고 정우가 떠나가는 꿈을.

삑! 삑! 삑!

요란한 기계음에 부모님이 벌떡 일어섰다. 기계의 모니터가 심하게 변동한다. 뇌파를 표시하는 기계다.

빨간 선이 그들의 심장마냥 뛴다. 정우의 심방 박동이 돌아왔다. 기적이다.

"여, 여, 여보."

"부, 불러. 어서 의사를. 아니, 아니, 내가."

어찌할 바를 몰랐다. 진정 기적인가? 돌아오는 것인가?

팔만 뻗으면 닿을 수 있는 인터폰을 찾지 못해 허둥대던 아버지가 석상처럼 굳었다.

정우의 눈꺼풀이 뗜다. 움직였다. 스르르 열린다!

"정우야!"

"내 새끼!"

손이, 손이 움직인다. 무언가 말을 하려고 입술이 달싹거린다.

"어, 어떻게?"

무엇을 먼저 해야 하나? 의사를 부르고 기다려야 하나 아니면…….

정우의 바들바들 떠는 손이 얼굴로 향하려고 했다.

산소 마스크.

당황하는 어머니를 제치고 아버지가 정우의 산소 마스크에 손을 대었다.

"여봇!"

어머니가 소리쳤다. 저걸 떼면 5분도 안 돼 죽는다고 했다.

아버지가 고개를 돌렸다. 둘은 눈으로 대화를 하는 듯 잠시 눈이 마주쳤다. 아버지의 마음을 알았는지 어머니가 울음을 참으며 보이지 않을 정도로 고개를 끄덕였다.

떨리는 아버지의 손에 힘이 들어갔다.

"커어헉!"

"정우야!"

"내 아들!"

바짝 마른 손이 허공을 젓는다. 부모님은 거친 정우의 손을 잡았다. 정우가 미소 짓는 듯했다.

다시는 열리지 않을 것 같던 정우의 마른 입술이 움직였다.

"…어마, 아바…….”

"응! 엄마 여기 있어.”

"아빠도 여기.”

"…미… 미아해… 나… 나, 히드러…….”

입이 잘 떨어지지 않았다. 그래도 다 안다.

"이놈아! 힘들긴, 이 아비도 이렇게… 이렇게… 제기랄!”

빌어먹을 눈물이 말을 가로막았다.

"나… 나… 가게…….”

"어딜! 어딜 가! 이놈아!

"안 돼! 날 두고 어딜…….”

눈물이 남아 있었던가. 보고 싶은 얼굴이 잘 보이지 않는다. 힘이 조금이라도 남아 있다면 얼굴 한 번 만져 보고 싶건만 그것도 허락지 않는다.

허공에 검은 점이 생겨나는 듯했다. 가야 할 시간이다. 이 한 말은 꼭 해야 한다.

"미… 미안해……."

툭!

"정우야!"

"어흑!"

정우의 고개가 힘없이 떨어졌다.

"이노옴!"

"정우야! 정우야! 정우야아!"

부모님이 아무리 흔들고 얼굴을 매만져도 영혼이 떠나간 육신은 아무런 답을 하지 않았다.

불운의 천재 정우.

열여섯 살 생일을 하루 남겨둔 날의 일이었다.

*　　　*　　　*

몸이 떨린다.

웃기는 일이다. 하루에 두 번씩이나 죽었는데도 떨릴 몸이 남아 있다니.

'큭큭큭! 다 죽여 버리겠어!'

살심이 주체할 수 없을 정도로 솟구친다.

앞에 나타나는 어떤 놈이든 박살을 내주고 싶다.

으드득!

이가 갈린다. 이렇게 데려가려면 보내지나 말 것을.

조물주든 하느님이든 나타나기만 하면 아작아작 씹어 먹을 것이다!

정우는 살심을 불태우며 우주의 한 공간에 떠 있었다.

저승사자도, 천사도, 그 아무도 나타나지 않았다. 죽은 순간 도달한 곳이 우주의 한 공간이었다. 어디서 많이 본 곳 같긴 한데 기억이 나지 않았다. 아마도 천체 그림을 봐서 그런 기분이 든 듯했다.

─하하! 이게 누구야! 정우, 너 김정우 맞지? 이게 얼마만이야? 반갑다.

머릿속에 울리는 음성이었다. 그를 아는 듯 반갑게 맞는 인사가 들렸다.

'반가워? 개자식! 기다리던 놈이다!'

정우가 빠르게 주변을 살폈다. 보이지 않는다. 도대체 어디에 있는 거냐!

순간 마치 원래 있었다는 듯이 눈앞에 금빛 물체가 나타났다.

정우는 무엇인지 확인해 보지도 않았다. 육체가 있기라도 하듯이 기를 끌어 모았다. 순식간에 어마어마한 기가 몸에 터질 듯 가득 찼다. 그도 모자라 두터운 기의 막이 주위에 싸였다. 굉장히 순수한 기가 많은 곳이었다.

정우가 금빛 물체를 향해 벼락같이 두 주먹을 내질렀다. 무시무시한 경풍에 휘말린 주먹으로 체내에 모인 마나가 쑥 빠져나가는 느낌이 들었다.

후왕!

—어이! 어이! 잠깐, 너 왜 그래?

조막만 한 물체가 아슬아슬하게 권풍을 피해냈다.

'이 개자식! 죽여 버리겠다! 한 번도 모자라 두 번씩이나! 씹어 먹어도 시원치 않을 놈!'

정우의 주먹에서 뿜어져 나간 권풍이 우주의 먼지들을 날려 버렸다. 하지만 금빛 나는 물체는 여전히 그의 주위를 빙글빙글 돌며 떠들어댔다.

—이 새끼가 돌았나? 나야, 나. 곤! 곤이라고!

'크아아악! 주것!'

쭉 늘어난 정우의 신형이 곤을 뒤쫓았고 황당한 곤은 피하기만 했다.

파파파팡!

곤이 종이 한 장 차이로 요리조리 피하여 계속 헛손질만 하자 약이 바짝 오른 정우가 딱 동작을 멈췄다. 마치 대검을 차고 있는 듯 양손이 등 뒤로 향했다.

검을 쥐는 시늉을 하자 빈 공간에서 검병이 생겨났고 팔을 앞으로 뻗는 사이 2m에 달하는 내김이 엷은 빛을 뿌리며 '생성되었다.

그 순간 허약한 정우의 모습이 변하기 시작했다. 팔다리가 길어지고 철갑을 두른 듯한 근육이 생겨났다. 키도 몰라보게 커졌으며 넓은 가슴은 호탕한 사내를 보는 것 같았다. 검이 전면에 닿았을 때 흉하게 일그러진 얼굴이 가려지면서 철가면이 씌워졌다. 1골드.

정우가 1골드의 모습으로 변하였다.

그의 머릿속에 수많은 초식들이 지나갔다. 초식은 적을 죽이기 위한 최적의 동작. 이번엔 다를 것이다.

먼저 손에 잔뜩 들어간 힘을 뺐다. 잡은 듯 걸친 듯, 툭 치면 떨어뜨릴 것 같았다. 스멀스멀 뿜어져 나오던 살기가 한순간 폭발했고 신형도 폭발적인 속도로 쇄도했다.

정수리 위에 올려져 있던 손에 힘이 들어가고 섬전같이 내려쳐진 검이 금빛 물체에 닿을 때쯤 두 손에 힘을 주었다.

시릿!

후아앙!

공간을 가르던 검이 한순간 쭈욱 늘어나 두 배의 길이가 되었다. 이어 빛살이 금빛 물체를 갈라놓았다.

두 조각이 난 물체가 갈라지기도 전에 검이 멈추었고 정우가 눈을 번뜩였다. 고개가 위를 향하자 몸이 숏구쳤다. 맹렬한 검기를 뿜어내는 검이 숏구쳐 오르는 모습은 용이 승천하는 듯했다.

정우가 허공의 한 점 빈 공간에 검을 떨쳤다.

콰앙!

무언가 검과 충동을 일으킨 듯 굉음이 울렸다. 충격파가 덮쳐 오자 손을 털어내 기파를 없앤 정우는 목표물을 확인했다.

'으윽!'

일순 백열등 수백 개는 동시에 켠 듯한 강력한 빛이 시야를 가렸다. 고개를 돌리면서 팔로 눈을 가리고 빛이 약해지자 재빨리 전방을 확인했다.

'으음! 저놈이 나를 데려가려고 왔구나!'

황금 깃털을 가진 거대한 새가 그를 매섭게 노려보고 있었다.

정우는 투지를 불살랐다. 약속을 하면 무슨 일이 있어도 지킨다. 그를 이런 꼴에 처하게 만든 어떤 놈이 와도 박살을 내준다 했다. 지옥에 떨어지는 한이 있어도. 이대로는 너무 억울해서 순순히 따를 수 없다.

―쿠아아아앙!

머릿속에 진동하는 포효, 뇌가 녹아내리는 듯했다. 고막이 터져 귀 밖으로 뇌수가 흐르는 것 같다. 그래도 잡은 검을 놓지 않았다. 유진에게 배운 검이다. 놓칠 수가 없다.

새의 풍기는 기세만으로도 몸이 벌벌 떨렸지만 정우는 이를 악물고 참았다.

─발가락의 때만도 못한 인간 놈이 오냐오냐해 주었더니 하늘 높은 줄 모르는구나!

'넌 내 손에 죽어. 나를 데려가려면 다른 놈이 와야 할 거야. 그놈도 똑같은 꼴이 날 것이고, 오는 족족 싹 잡아 죽여주마! 개 같은 놈들!'

앞의 이 새도 벅차다. 하지만 개를 때리면 주인이 온다는 말처럼 염라대왕이든 누구든 일개 사자보다 높은 것들이 나타나길 바랐다. 미약한 반항이나마 조금은 귀찮게 하기를 바라면서.

─…너, 나 모르냐?

황당한 말, 죽은 게 처음인데 저승사자를 어찌 알겠는가.

'입 닥쳐!'

버럭 소리친 정우가 벼락같이 검을 떨쳐 내도 웬만한 작은 산만 한 크기의 곤의 깃털 하나 건들지 못했다.

여유롭게 검기를 피해내면서 곤이 속사포처럼 말을 쏘아붙였다.

─나야, 나. 곤이라고, 대붕. 너 김정우 맞지? 늙어가는 병에 걸려 죽어간다던. 조금 전에 만났었잖아. 아니지, 시간 개념이 다르니, 1년 전쯤에. 야! 임마, 정신 차려 생각해 봐.

곤은 성질대로라면 한 입에 꿀꺽하고 으쩍으쩍 씹어야 속이 풀리겠지만 정우에게 원하는 것이 있던 차라 화를 삭였다.

'…모른다.'

―허허, 거참. 정말 특이한 놈이라니까. 영계의 기억을 싸그리 잊어버린 걸 보면 보통 인간이 맞는 듯한데 어찌 저리 활보를 할까?

'…여기 지옥 아니냐?'

―지옥? 푸헤헤헤, 이 새끼 또 옆길로 샜네. 하여튼 웃기는 놈이야. 어어어! 우왁! 자, 잠깐! 너 죽었어?

쫓고 쫓기는 와중에 이어진 이상한 대화에 정우도 곤도 어느덧 멈추어 있었다.

'죽었으니 이 이상한 곳에 왔을 거 아냐?'

순간 대붕의 모습은 온데간데없이 사라지고 물고기가 대신했다. 지느러미로 아가미를 받치는 모습이 생각에 잠긴 듯했다.

'완전 쓰레기 잡영이 된 것인가? 망령은 그 세계를 벗어나지 못하는데 그건 아닐 테고, 그사이 작은 깨달음이라도 얻었나?'

고개를 저은 곤이 눈을 껌벅거리다 정우를 뚫어지게 쳐다보았다. 그러다 웃는 모양새로 입을 늘렸다. 죽은 영혼이라도 함부로 영계에 발을 딛지 못한다.

―새끼, 장난이 늘었어. 하하. 깜박 속을 뻔했네. 이게 내가 누군 줄 알고 사기를 쳐, 사기를. 까분 거 무마시키려고 그런 거지? 수양이 깊은 내가 참는다. 죽기는 개뿔이.

'장난치지 마라. 그만큼이면 충분하다.'

뭐가, 인마. 내가 할 일 없이 너한테 거짓부렁이나 나불

대것냐?

이 이상한 새가, 물고기가 자신이 죽지 않았다고 한다. 정우는 말도 되지 않는 소리라 여겼지만 이상하게 신경이 쓰였다. 이승과 저승의 경계선인 듯한 이 이상한 곳은… 영계!?

'좀 전에 여기가 영계라고 했어?

—맞다니까. 거참, 넌 이미 왔다 간 곳이라고. 내가 네 몸에 표시를… 어험험.

정우는 뒷말이 들리지도 않았다.

신들의 시험장, 신선이 되지 못한 존재들이 거하는 곳, 인간이 유체 이탈을 이루어야지만 오를 수 있는 곳이다. 그럼 저승으로 통하는 관문이 아니란 소리였다.

사방을 둘러본 곤이 정우를 잡아끌었다.

—따라와라. 이야기 좀 하자.

정우가 동의를 마음먹는 순간 주변 환경이 확 바뀌었다.

빙굴(氷窟), 사방이 온통 두꺼운 얼음에 싸인 빙굴이었다.

'으으으… 추워.'

정우는 이빨이 부딪쳐 딱딱 소리를 냈고, 금세 피부가 시퍼렇게 질렸으며, 몸에 서리가 맺히기 시작했다.

그를 멀뚱히 쳐다보던 곤이 퉁명스럽게 말했다.

—도저히 가늠할 수 없는 놈이구나. 야! 춥긴, 뭐가 추워. 네 스스로 환경을 보고 춥다고 여기니 추운 거다. 멍청한 놈.

빙굴은 곤의 거처였다. 물질계에서 수련을 쌓은 곳과 똑같이 꾸며놓은 것이다. 사실 절대 온도의 추위였으나 영성으로 이루어진 영체인지라 추위는 마음에서부터 온다.

그걸 깨달았는지 정우 몸도 서서히 화색이 돌고 있었다.

—어이! 그 쇳덩어리는 언제까지 쓰고 있을 거야? 보기 흉하다, 치워.

정우는 얼굴을 만져 보았다. 익숙한 감촉, 1골드의 그 가면이었다. 그때 몸도 1골드로 변해 있다는 것을 알았다.

'이거… 전투용인가?

—새끼, 나도 변한다고 지도 변해요. 하여튼 인간들은 뭐 하나 보여주면 다 따라 한다니까. 쯧쯧쯧.

치밀어 오른 슬픔이 분노로 변해 이성을 상실할 지경이던 정우는 1골드로 변한 몸을 보자 놀랄 정도로 빠르게 안정을 되찾았다. 이제 주위를 둘러볼 여유도 생겼다.

굴이라고 하기엔 너무 큰, 모든 것이 얼음으로 이루어진 동공이었다. 그 끝을 가늠할 수 없는 천장과 동공의 가운데에는 냉천수가 흐르는 연못이 있었고 그 위 정자에 그가 있었다.

"앉아라."

머릿속이 아니라 귀로 들리는 목소리였다. 돌아보자 고아한 선풍도골(仙風道骨)의 노인이 모락모락 김이 오르는 차를 얼음 탁자 위에 내려놓고 있었다.

"누구… 십니까?"

"여태 너랑 드잡이질 한 곤이다."

정우가 멍하니 서 있자 곤이 재촉했다.

"앉아. 얘기나 들어보자."

외양이 믿음을 준 것일까. 아니다. 말속에 거역하지 못할 위엄이 있었다. 정우의 입에서 술술 과거지사가 흘러나왔다.

"호오! 그러니까 꿈속에서 1년을 살았단 말이지."

"왔다 갔다 한 시간을 제하면 반년이 채 안 됩니다."

곤이 윤기가 흐르는 수염을 쓸었다.

"꿈속에서 정신, 아니지, 영혼도 죽고, 현실에서 육체의 명도 다했다라… 그럼 앞에 있는 너는 뭐냐?"

"글쎄요. 신에게 원망이 가득한 망령 아닐까요?"

"끌끌끌, 망령도 영이긴 하지. 그리 틀린 말은 아니다. 하나, 골수에 사무치는 원한이 쌓였다고 하더라도 망령 따위가 이곳에서 활보할 수는 없다. 신령한 영성이 보호하지 않는다면 찰나지간도 있을 수 없는 곳이다."

정우가 다급하게 물었다.

"그럼 저는 어떻게 된 겁니까? 저승이나 지옥으로 가지도 않고 왜 이곳에……."

"죽지 않았으니까."

곤은 별 대수롭지 않게 말을 뱉었지만 정우의 충격은 상당했다. 죽지 않았다니. 그게 무슨 소리인가? 현실에서 힘없이 고개가 꺾이는 육신을 보고 올라왔다. 아이온에서 화마가 집어삼키는 1골드를 보았다. 도통 무슨 소리인지 알 수가 없었다.

정우가 속이 타 들어가든 말든 자신만의 생각에 갇혀 긴 수염을 손가락으로 빙빙 꼬던 곤이 불쑥 말했다.

"새끼들이 장난질을 쳤구나."

"자, 장… 장난이라고!"

두 귀를 의심했다. 뼈가 갈리고 살이 저미는 그 고통이 장난? 벌떡 일어선 정우의 눈에서 시퍼런 광채가 쭉 뻗어 나왔다.

"아아! 흥분하지 말라고. 원래 천형은 신들의 장난에서 출발하니까."

천형이라 하면 조로증을 말함이었다. 정우는 미지의 대상에게 분노가 치밀어 올랐지만 애써 억누르고 참았다.

"끄응!"

"조물주가 생명력과 재능을 부여하면 아랫것들이 순환의 과정에 든 영에게 새 생명을 전달하지. 그럼 영혼이 된다. 영혼은 물질계로 내려가 정(精)과 만나면서 잉태가 이루어지고 새 생명이 탄생한다. 그사이에 아랫것들이 장난질을 치는 거야. 아아! 아랫것들이라고 오해는 하지 마라. 그것들도 승천한 존재들이니까. 너희의 표현으론 신의 사자 정도라고 보면 되겠다."

곤의 말이 끝나기도 전에 정우의 머릿속에 그림이 그려졌다.

"어떤 자식이 나를 병신으로 만든 거군!"

"똑똑하네. 비슷하다. 무한의 시간이 지겨워서인지, 악(惡)의 유혹이었는지는 모르지만 조물주가 부여한 재능을 빼앗아 다른 곳에 주기도 하고 혹은 훔쳐서 더하기도 한다. 그러다 잡히면 벌을 받긴 하지만. 조물주도 크게 개의치 않으시는 것 같고. 그것도 운명이라면 운명이니까."

"신이 있긴 있는 거요?"

곤이 잠시 멍해 있다가 피식 웃었다.

"글쎄… 조물주를 보지는 못했으니. 하지만 승천한 존재들은 있다. 신의 영역에 든 존재들이니 조물주가 계시는 세상이 있다는 게 맞겠지."

"그럼 이게 내 운명이요?"

"끌끌, 그럼 영계에서 천 갑자나 갇혀 있는 나는 이게 내 운명이냐? 어리석은 놈, 그러니까 그 꼴이 난 거야. 제 놈이 모자라면 다 운명 탓으로 돌리지. 세상을 만들고 보낸 분이 조물주라 하더라도 그 속에서 사는 것은 너다. 운명이란 주어진 환경이야. 그 안에서 지지고 볶는 것은 자신, 똑똑한 놈이니 무슨 말인지 알아들었겠지?"

'주어진 천형은 뭡니까? 라는 말이 목구멍까지 치밀어 올랐지만 삼켜 버렸다. 스스로 영계까지 올랐으니 벗어날 방법

또한 있다는 것이다. 최선을 다했다 생각했거늘 노력이 부족했는가? 모르겠다.

"어떤 장난질입니까?"

"네가 여기 있잖아. 순환의 과정에 들지 않고. 그게 장난이지. 네 육체에 요상한 짓을 벌인 것도 장난이고. 또한 지금 네 모습, 그 1골드도 장난이지."

요상한 장난, 머리를 스쳐 가는 말이 있었다. 어느 종교에선가 인간이 가지고 태어난 장애는 악마의 농간이라는 구절을 본 듯도 했다.

"1골드는 그냥 꿈입니다. 제가 육체에 대한 미련이 너무 많아서 만들어낸 허상입니다."

"너 천재 맞냐? 왜 그리 말귀를 못 알아들어?"

인간의 기준에서 천재이지 초월자의 수준에 든 곤에게는 어림도 없는 소리였다.

곤이 포악한 성질을 꾹 눌러 참고 자상한 신선이 되어 정우에게 이리 친절히 설명을 늘어놓는 이유이기도 했다.

"네 몸에서 미약하나마 물질계의 냄새가 난다."

"그게 무슨 뜻입니까? 저는 분명……."

고개를 저은 곤이 일어섰다.

"어디에서 살았었다고?"

"인간계입니다."

"이놈이! 인간계기 한두 개냐? 찾으려면 금방 찾지만 귀찮으니까 말해봐. 어디야?"

"지구입니다, 태양계의. 은하계 중심에서 2만 8천 광년이 떨어진……."

말을 끝맺기도 전에 빙굴이 사라지고 정우는 빛의 장막 앞에 서 있었다.

—여기다. 세상을 내려다보기 전에 마음속에 무엇을 보고 싶은지 새겨놓아라. 네 자신의 모습을 보면 되겠지.

정우의 손을 잡아 곤이 빛의 장막에 대었다. 순간 갖가지 영상들이 스쳐 지나가다 한 장면에서 멈추었다. 온통 어둠밖에 없었다.

'이게… 뭡니까?

—어디 들어 있나 보군. 죽었다 했으니 관 속일지도 모르겠다. 좀 더 시야를 넓혀볼까?

말이 끝나기 무섭게 어둠에서 벗어나고 익숙한 형광등 불빛이 눈에 들어왔다. 벽면에 대형 기계가 들어차 있는 곳이었다.

—시체들을 모아놓은 곳 같구나, 시끄러운 망령들의 소리가 가득 차 있는 것을 보니. 흐음 이곳에서는 확실히 죽었군. 가자, 더 볼 것도 없으니.

정우는 부모님의 모습이 한 번 더 보고 싶었지만 입술을 깨물며 참았다. 미련을 잡으면 슬픔만 가중될 뿐이다.

—그 1골드는 어디에 있다고?

‘예?’

―꿈속의 세계란 곳이 어디냐는 말이야?

한순간 마음속에 울렁거림이 있어 정우는 빠르게 대답했다.

‘아! 아, 아이온이라 불리는 곳입니다.’

―아이온?

‘예, 몬스터란 괴물들이 설치는 곳입니다. 드래곤이란 존재도 있다고 들었습니다.’

―아아! 드래곤. 그 게을러빠진 놈들. 주어진 힘이 무식하도록 넘쳐 나는 것들이 하도 게을러서 승천도 하지 못하는 병신들 아냐, 그것들은. 하하하!

순간 살기를 느낀 곤이 재빨리 감각을 넓혔으나 잡히는 존재가 없었다. 한순간 마음을 쓸어내린 곤이 정우의 손을 재빨리 잡았다.

후아확!

좀 전과는 다르게 우주의 망망대해 속에 떠 있었다.

‘여긴?’

―드래곤들이 있는 물질계들이야. 여기서 찾아봐야지.

곤이 정우의 어깨에 손을 올렸다. 정신을 집중하는 듯 눈을 감자마자 다시 떴다. 정우에겐 그냥 껌벅이는 것같이 보였다.

―저기네.

곤은 바로 아이온을 찾아올 수도 있었다. 정우이 몸에서 미약하나마 실과 같은 이끌림이 아이온의 세계와 연결되어 있었기 때문이다. 하지만 죽음을 확인시켜 주기 위해 지구의 모습을 보여준 것이다.

전과 같이 곤과 함께 빛의 장막에 손을 대었다.

곧 영상이 떠올랐다. 흐린 빛이 움직이는 좁은 공간이었다. 사지를 움직이지도 못하는 1골드의 커다란 몸을 누군가가 토굴 속에서 끌고 가는 모습이 보였다.

작은 체구, 허름한 옷 밖으로 보이는 피부가 온통 털로 뒤덮인 인영이었다.

'카, 칸야!!'

—거봐, 아직 살아 있다니까.

곤의 목소리는 들리지도 않았다. 꿈속이라 여겼던 세상이 실존하는 이계였다니, 정우는 머릿속이 뒤죽박죽되어 정리가 되지 않았다.

그가 어떻게 저곳에 갈 수 있었는가? 또한 1골드는?

—이야! 새 대가리 아냐! 여긴 어쩐 일이신가?

또 다른 음성이 정우의 상념을 깨웠다.

—아이쿠! 아드카빌론님, 안녕하셨습니까? 그동안 적조했습니다. 자주 찾아뵙고 인사를 드려야 하는데…….

정우는 곤이 굽신거리는 방향으로 눈길을 돌렸다.

'으헉!'

날개 달린 거대한 흑색 도마뱀이 콧구멍에서 김을 뿜어내며 자신을 바라보고 있었다. 아니, 도마뱀처럼 생긴 파충류라고 해야 옳을 것이다. 몸에 비해 유난히 몸통이 커다랗고 뿔이 열두 개가 달린 머리에 갈퀴 같은 비늘이 머리 뒤로 쭉 뻗어 있었다.

쇄애애애액!

순간 도마뱀이 빙글빙글 돌리던 긴 꼬리를 정우에게로 날렸다.

정우는 눈도 깜박하지 못하고 그 광경을 지켜만 봐야 했다. 흉폭한 광성(狂性)이 번뜩이는 짙은 검은 눈동자와 마주쳤을 때부터 굳어 있었다.

얼굴에 세찬 풍압에 밀려들고 피부가 압력에 눌려 피를 뿜을 것 같을 때 그 기세가 흔적도 없이 사라졌다. 그의 앞에 물소의 뿔처럼 유연한 곡선의 우뚝 솟은 뿔이 네 개가 달린 검은 꼬리가 있었다.

―미천한 인간 놈! 넌 뭐냐?

은연중에 풍기는 절대자의 권위와 그 속에 내제된 광포함에 스스로 무릎을 꿇을 것 같았으나 정우는 혀를 깨물어 참았다.

'정우다!'

―호오! 나 광룡(狂龍) 아드카빌론 앞에서 고개를 빳빳이 쳐드는 인간은 무한의 세월 동안 네가 처음이다. 너 인간, 마음에 든다.

블랙 드래곤 아드카빌론, 물질계에 있을 땐 초목산천을 떨게 만들었던 절대적인 이름이었다. 지나간 영광, 영계에서는 다 부질없었다, 그와 필적하는 존재들이 수두룩한 곳이기에.

곤이 끼어들었다.

ㅡ아드카빌론님, 만마(萬魔)의 군주 제니트님의 권위로 순환을 하신다고 들었습니다. 감축드립니다.

ㅡ오! 어찌 알았노?

ㅡ하하하! 이미 알 만한 존재들은 다 알고 있습죠.

ㅡ카카카카! 아레스가 아무리 반대를 해도 제니트님이 결정하신 이상, 조만간 물질계로 돌아갈 수 있다. 이번에는 반드시 세상을 피로 정화해 승선하고 말 것이다.

정우는 아드카빌론의 말을 듣자 머리가 혼란스러웠다. 깨달음을 얻어 승천하는 존재들은 오랜 수련으로 영성을 각성하고 신의 경지에 오르는 자들이다.

그런데 저 몸이 떨리도록 광포한 기운을 내뿜는 존재는 세상을 파괴해서 승천을 한다고 한다.

'절대 악?

정우의 생각을 엿보았는지 아드카빌론이 그를 향했다.

ㅡ저놈은 뭐냐? 저 비리비리한 힘으로 이곳에 있다니 요상하다.

ㅡ하하, 약간의 깨달음을 얻어 영계에 발을 들인 인간입니다. 저와 안면이 있어 새로운 세상을 보여주고 있었습니다.

순환이 내정되어 있지 않다면 정우를 한 입에 꿀꺽할 아드카빌론이었으나 지금은 자숙을 해야 할 기간이었다. 혹 천계에 정우를 관심있게 지켜보는 신이 있다면 곤란한 상황에 직면할 수도 있다.

—꼬마야.

'정우… 입니다!'

—크크크, 고놈 참. 입맛을 다시게 하는 놈이구나. 네가 서 있는 그곳은 내가 언제더라… 허… 벌써 그렇게 시간이 흘렀나? 세상이 서너 번 뒤집어졌으니까… 대충 백만 년 전쯤에 살던 곳이다. 아이온이라고 하는데 혹 알고 있느냐?

곤이 말릴 틈도 없이 정우가 대답했다.

'알고 있습니다.'

—그으래? 이상한지고, 저 새 대가리 놈은 이쪽 영역에 속한 놈이 아니데 우찌 알았을꼬?

아드카빌론의 날카로운 눈이 훑어오자 곤은 바짝 긴장했다. 같은 영계에 있는 존재라 해도 세월의 힘이 뚜렷한 선을 그어놓았다. 한마디로 한주먹 거리도 안 된다.

곤이 빠르게 머리를 굴릴 때 정우가 먼저 대답했다.

'저곳에서 살고 있습니다.'

곤과 안면이 있고 아이온에 육체가 있다면, 아드카빌론이 눈을 동그랗게 떴다.

—오호! 전생을 기억할 정도란 말이냐? 허허, 이거 곧 우러

러볼 존재가 될지도 모르겠구나. 하하, 나도 이번 순환만 잘 마치면 올라갈 거고, 너도 그 끝이 멀지 않은 것 같으니, 천계에 올라가면 아는 체하고 지내자. 보아하니 너는 제니트님보다는 아레스님의 휘하로 들 것 같다만, 그렇다고 제니트님하고 아주 등을 돌리고 지내는 것도 아니니까.

아드카빌론의 지레짐작이었다. 그와 이렇게 오랜 시간 영계에서 대화를 나눈 인간은 없었다. 어쩌다 한 번 그를 부르는 목소리가 물질계에서 들리긴 해도 내려갈라 치면 너무 미약해 며칠을 견디지도 못할 존재들이었다.

그처럼 무한의 순환을 거쳐 그 끝을 바라보고 있는 존재만이 가능한 일이었다.

─인간, 정우라고 했지. 아이온을 보고 있었으니 혹 나를 알지도 모르겠다. 근자에도 흑마법사 놈 때문에 한 번 내려갔다 왔거든. 천 년밖에 안 되었는데. 신마전쟁이라고, 신관 놈들하고 한바탕하고 왔어. 그놈이 영성이 미약해 끝을 보지 못했지만 꽤나 많은 피를 흘렸었지. 흐흐흐.

그동안의 대화로 정우는 아드카빌론이라는 드래곤의 정체를 유추해 낼 수 있었다. 마신을 바라보는 존재, 순수한 악의 결정체, 절대 악이라 생각했다.

자신을 같은 신의 반열에 오를 것이라고 착각을 한 것이리라. 절대 악답지 않게 아드카빌론은 부드러운 말투였다.

─육체가 아이온에 있겠구나.

'…그, 그렇습니다.'

확신은 서지 않지만 1골드가 아직 살아 있었다. 그와 어떻게 연결된지는 모르겠으나 정우는 1골드가 자신이라 믿고 싶었다.

—역시! 육체를 물질계에 남겨놓고 영계에 들 정도로구나. 좋다, 좋아! 이렇게 만난 것도 인연인데, 내 한 가지 선물을 주지.

아드카빌론이 말을 마치자마자 정우는 순간 순수한 어둠이 그를 삼키는 듯한 착각에 빠져들었다. 아드카빌론의 짙은 검은 눈동자에서 뿜어져 나온 칠흑 같은 어둠이 그의 두 눈을 삼켜 버린 것이다.

—물질계로 돌아가거든 거기에 한번 가봐라. 재미있는 물건들이 많을 게다. 카카카카!

아드카빌론은 그의 마성의 정화를 정우의 영성 한 귀퉁이에 깊이 박아놓으면서 더불어 한 장소를 뇌리에 새겨놓았다.

그는 순수하게 무력으로만 따지면 만마(萬魔)의 주종 제니트의 8대마신과도 자웅을 결할 정도였다. 단지 마성이 순수하지 못하고 요사함이 깃들어 있어 마신의 반열에 오르지 못했다.

보통 마(魔)와 악(惡)을 같다고 생각하는데 엄연한 차이가 있다. 마신이 되려면 사악함과 요사스러움으로 표현되는 악을 배제한 순수한 절대적인 힘에 의한 파괴와 공포의 마성만이 존재해야 한다.

아드카빌론은 정우의 영성에 희미하게 깃든 어둠을 놓치지 않았다. 그가 볼 때 정우의 영성은 빛 쪽에 가까웠으나 마로 끌어들일 여지가 충분히 있다는 소리였다.

이에 선을 잠식할 마를 심어놓았고 마성으로 물들이게 할 환경까지 조성해 준 것이다.

정우에게 건네준 장소에는 아드카빌론이 물질계에 남겨놓은 장난감들이 있었다, 인간들에게 공포를 안겨줄 장난감이.

말이 길어지자 아드카빌론이 정우를 채갈 것 같아 불안한 곤이 끼어들었다.

―아드카빌론님, 송구한 말씀이오나 인간의 시간이 다한 듯합니다.

그만 돌아가겠다는 소리였다. 아드카빌론도 그 이유를 알기에 고개를 끄덕였다.

―인간, 나중에 천계에서 보자. 볼 수 있을지는 모르겠지만… 낄낄낄…….

아드카빌론은 긴 여운이 남는 말을 남기고는 흔적도 없이 사라졌다. 그와 동시에 정우도 빙굴로 와 있었다. 정우가 대뜸 물었다.

"제니트님이 누구십니까?"

대화 중에 생긴 의문이었다.

"마의 주종(主宗)이시다. 이름이야 여러 가지가 있으시지. 그런 호칭 따위가 중요한 게 아니다. 아레스님은 선의 주종.

그분들을 어우르시는 조물주께서 계시고. 그 밑으로 자잘한 것들이 있지. 난 그 자잘한 것도 되지 못한 멍청한 놈이고. 쳇! 젠장!

제니트의 재가로 아드카빌론이 다시 한 번 순환에 들어간다고 하니 곤은 심통이 났다. 아마 그는 모자란 부분을 이번 순환에서 채워 선계에 들 것이다. 모든 영계의 불완전 존재들이 바라 마지않는 기회를 아드카빌론은 얻었다.

심통도 잠시, 곤은 더없이 인자한 미소를 지었다.

"내 보아하니 아이온에 있는 네 육신도 간당간당하더구나."

정우는 1골드와 혈인이 연거푸 떠올랐다. 그란델과 콥, 유진의 마지막 모습까지. 순간 정우의 몸에서 반사적으로 뭉클한 살기가 피어올랐다.

그러자 곤의 눈에 이채가 스쳐 갔다. 곤은 속으로 흐뭇한 미소를 짓고는 안쓰럽다는 듯이 말했다.

"네 힘으론 상대가 안 되는 것들을 만났나 보구나. 네가 아무리 가능성이 무한하다고 해도 인간의 몸으로 한계가 있단다. 지금 너로서는 힘들 것 같은데… 어떠냐. 내 힘을 조금 빌려줄까?"

괴한들에게 1골드는 손가락 때만도 못한 존재였다. 그들을 잡아 백배천배의 고통을 되돌려주려면 힘이 필요했다.

"한 가지만 묻겠습니다. 1골드는 무엇입니까?"

"응? 1골드는 너잖아, 너! 좀 전에 설명을 해주었지 않느냐?"

얼굴이 달아오른 정우가 고개를 숙였다.

"이해를 하지 못했습니다. 어떻게 1골드가 제가 됩니까?"

"허허, 참. 아이온에 손을 대었을 때 어떤 느낌을 받지 못했느냐?"

"경황 중이라… 잘은 모르겠고, 으음! 친숙한, 몸을 당기는 듯한 느낌이 있었던 것 같습니다."

곤이 무릎을 쳤다.

"그거야, 그거. 네 육체가 너를 부르는 거란다."

죽은 정우의 육체는 무엇인가 하는 의문이 들었다.

"제 죽은 육체를 이미 보셨지 않습니까?"

"그러니까 사자들의 장난이라고 했지 않느냐?"

"그 무슨! 설마… 태어날 때부터 잘못된 거란 말씀입니까?"

장난이라는 게 조로증에 걸린 육체를 말함인 줄 알았다. 그런데 다른 의미도 있었던 것이다.

"조물주께서 어여삐 여긴 영에겐 많은 재능을 주신다. 순환의 과정, 즉 전생에서 덕을 많이 쌓았던가, 반대로 세상을 환기시킬 정도인 희대의 살인마던가. 아아! 한두 명을 죽인 게 아니라 수천, 수억 명을 죽인 살인마."

덕과 살인마라… 조물주는 빛과 어둠을 어우르는 존재라

했으니 틀린 말도 아니리라.

"인간은 풀어주면 방자해지는 족속들이거든. 하늘 높은 줄 모르고 까불지. 그 도가 극에 달하면 세상이 한 번씩 뒤집어진다. 그때 설치면 신들의 눈에 드는 거야. 그네들을 대신해 신벌을 내린다고 생각을 하나 보지 뭐."

많은 생각을 하게 만드는 말이었다. 곤의 말이 이어졌다.

"어째든, 쉽게 말하면 내가 볼 때 너는 나누어진 상태였다."

정우는 그대로 굳어버렸다. 나누어졌다 하면?

"육체는 아이온에, 정신은 지구로 보낸 거지. 사자의 장난질이 아니라면 멍청한 사자가 중간에 흘렸을 수도 있고. 뭐 거의 그렇게 말들 하지. 완전한 존재인 조물주께서 생명을 부여하실 때 반만 주시지는 않거든. 옮기는 과정에서 탈이 난 거지."

육신이 산산이 부서지는 듯했고, 영혼이 파훼되어 먼지가 되는 느낌이었다. 말도 안 되는 이런 연유로 1골드가 되어 생활한 것인가? 정우의 부실한 육체가 죽어가고 때마침 영체 수련으로 작은 깨달음을 얻자 꿈의 통로로 영계를 거쳐 원래의 육체를 찾아간 것이라니.

괴사(怪事)다. 괴사도 이런 괴사가 없었다.

"네 머리도 그렇고 1골드의 육체도 다른 인간들에 비해 너무 뛰어나다. 원래 그렇게 타고난 재능이라기보다는 하나이어야 할 존재가 둘로 나누어져 있다 보니 각자의 환경에 맞게 진화를 한 것일 게다. 부족한 채 살고자 했으니 더욱 월등한 몸과 정신이 필요했겠지.”

생존 본능이다. 채울 수 없는 부족함을 탓하기보다는 가진 이점을 극대화하는 것. 망가진 몸을 가졌으니 온전한 정신이 더욱 발달했고, 1골드의 경우는 반대란 소리였다.

“이, 이런 말도 안 되는…….”

이가 갈리고 살이 떨렸다. 이제야 확연히 알았다. 정우도 자신이고, 1골드도 자신이다. 그렇다면 죽은 정우도 진실이고, 1골드로 경험한 그란델과 콥, 아이들의 죽음, 거기에 유진을 비롯한 검사들의 죽음 또한 꿈이 아닌 현실이란 말이었다.

“…돌아가야 해.”

아직 살아야 한다.

“돌아가야 해!”

혈인과 괴한들, 유진과 아이들의 시체까지 태운 자들이 두 눈 벌겋게 뜨고 살아 있었다.

곤의 얼굴에 다급한 기색이 떠올랐다. 1골드가 마음을 먹자 그의 존재감이 흐려지려 하고 있었기 때문이다.

“힘!”

벼락같이 외친 한마디에 정우의 신형이 멈칫했다.

“그 상태로는 똑같은 결과만 초래한다. 힘이 필요하지 않느냐?”

더없이 달콤한 유혹이었다. 정우가 힘을 키워 그들과 상대하려면 얼마의 시간이, 아니, 그만큼의 경지에 도달할 수 있을지의 여부도 확실하지 않았다.

"…필요합니다. 힘을 주십시오."

곤은 기쁨에 쫙 벌어지려는 입을 오므리고 자꾸만 풀어지려는 얼굴 근육을 당기느라 애를 썼다. 그는 자상한 신선의 모습을 유지해야 했다. 마음속에선 폭죽이 터졌다. 천 갑자만에 드디어 물질계에 나갈 방도가 생긴 것이다.

이 한마디를 듣자고 그리 노력을 했던 것이 아닌가. 게다가 복수가 목적이었다. 앞으로 신나는 일의 연속일 것이다. 곤으로서는 입이 귀에 걸릴 상황이었으나 지금은 지엄한 신선의 자태라 더욱 근엄하게 말했다.

"허허! 부덕의 소산이로다. 선계와 연이 닿은 존재로서 물질계와 인연을 맺으면 안 되는 것을… 진정 힘을 원하느냐?"

"원합니다."

다시 한 번 확인하고 짐짓 거드름을 피우면서 지그시 눈을 감은 곤이 목소리를 깔았다.

"이도 다 하늘의 뜻인가? 내 비록 수행이 몇백 년 늦어지기는 하겠으나 네 사정이 하도 딱해 이번만은 특별히……."

ㅡ킥킥킥! 염병하네! 새 대가리 자식!

잘나가던 차에 불청객이 끼어들어 초를 치자 그의 눈썹이 여팔자로 휘어졌다.

"누구냐! 어떤 놈이 감히!"

―어쭈! 많이 컸네.

순간 빙굴 천장에 태양보다 더 뜨거운 불길을 내뿜는 붉은 눈동자가 생겨났다.

"허억!"

곤의 놀란 외침과 함께 빙굴이 사라지고 예의 영계의 한 공간으로 변하였다.

정우는 진정한 공포를 맛보고 있었다. 아드카빌론과는 또 다르게 오금이 저리게 만드는 눈빛과 물질계의 통로인 빛의 구보다 더욱 거대한 체구의 뱀이 똬리를 틀고 길고 긴 혀를 날름거리며 그를 쳐다보고 있었다.

―새 대가리는 나중에 보고… 아가야.

'에? 예?'

―저런 한입 거리도 안 되는 허약한 놈과 연을 맺어봤자 아무짝에도 쓸모가 없다. 힘이 필요하다면 내가 주겠다. 나와 연을 맺어보겠느냐?

또 다른 유혹이었다. 곤의 행동을 봐서도 이 이무기가 곤보다 더한 경지에 오른 존재로 보였다.

'저, 하지만. 그게……'

―쿠우오오오오오!

만물이 바짝 조아릴 광포함이 담긴 흉성이 정우의 말을 잘랐다. 곤 앞에서 그리 당당했던 이무기조차 반응했을 정도로 그 기세가 남달랐다.

곧이어 한 공간이 열리며 코에 난 한줄기 긴 수염을 휘날리며 독각의 용 머리가 나타났다. 시퍼런 빛을 발하는 비늘에 싸여 있는 독룡이었다.

정우는 그 독룡의 존재감만으로 마른침을 삼켰다. 짧은 시간 동안 너무 거대한 존재들을 많이 봐서 면역이 될 만도 하건만 독룡의 독성 때문인지 현기증이 일었다.

—껄껄껄! 이 구석에서 뭣들 하시나? 아니, 인간이 아닌가! 오호! 대단한 영성을 지녔구나!

흉성은 내 거니 건들지 말라는 의미가 내포되어 있었는데 처음 본다는 식으로 시치미를 떼고 있었다. 하지만 독룡은 눈에 가득 찬 탐욕을 숨기지 않았다.

정우는 이들에겐 특이한 인간이었다. 물질계에 있는 지성체에게 부름을 받아 강림하는 경우가 보통이었는데 그는 그 반대였다. 직접 영계로 올라온 것이다. 이는 호기심을 일으켜 강자들을 불러들였다.

곤을 쓰윽 한번 쳐다보고는 같잖다는 듯이 고개를 돌린 독룡이 뱀과 눈을 마주했다.

—어이! 오랜만이야.

—그러게. 아직도 여기 있는 줄은 몰랐네.

—피차일반이야. 그건 그렇고, 왜 아직도 거기 있나?

이무기가 똬리 튼 몸을 서서히 풀었다.

─글쎄다. 요즘 따분해서 밑에 좀 내려갈까 하는데 자네 생각은 어떤가?

─자네? 오호! 이런, 이런, 용도 되지 못한 이무기에게 자네 소리를 듣다니. 내 꼴이 참 우습게 되었어.

─낄낄낄! 용으로 선계에 들어봤자 장군들의 애마(愛馬)밖에 더 되겠나.

신마전쟁이 발발하면 신수(神獸) 출신들은 전투력을 증대하기 위해 본모습으로 돌아가기도 한다. 이무기는 그 점을 빗댄 것이다.

독룡의 눈이 가늘어졌다. 그동안의 발전이 있었는지, 이무기가 이빨을 세웠다. 영계에서 반신반수들이 싸움을 벌이면 소멸까지 각오해야 한다. 자신감이 없다면 꼬리를 말아야 하는데 믿는 구석이 있는 듯했다.

길어야 몇십 년의 유희를 놓고 소멸을 각오한 싸움을 해야 하는지 잠시 갈등이 있었지만 독룡은 자존심을 택했다.

─뱀 대가리 자식, 용과 이무기가 왜 다른지를 보여주마. 혓바닥 길게 빼놓고 기다리는 게 좋을 거야.

─흥! 웃겨. 탈각을 하고도 게으른 도마뱀 새끼마냥 승선하지도 못한 놈이. 안 그래도 영계에 반선들이 많이 찼다고 눈치를 주더라. 조만간 정리를 하려 했는데 네놈이 먼저 나서는구나.

영계에서 수위를 점하고 있는 반수들의 대결이었다. 서로

를 노려보는 두 반신반수의 기세만으로 영계의 흐름이 요동
쳤다.

한순간에 꿔다 놓은 보릿자루 신세가 된 곤은 미칠 지경이
었다. 영계에 오른 지 천 갑자 만에 처음으로 물질계를 유람
하려 하였건만 감히 나서지 못할 존재들이 끼어들어 가로채
고는 저희끼리 싸움질을 벌이려 하고 있었다.

그들의 안중엔 이미 곤이나 정우는 없어 보였다. 둘이 싸움
을 벌이면 정우는 그 여파에 휘말려 흔적도 없이 사라질 것이
다.

'돌겠네. 확 빼돌려?

후환이 두려웠다. 게다가 조만간 영계를 정리할 거라 하지
않았던가. 안 그래도 쥐 죽은 듯 숨어 있어야 할 판국에 우선
순위에 오르긴 싫었다. 하지만 그도 자존심은 있었다.

'정우야.'

'에? 예!'

'쉿! 듣기만 해.'

정우가 작게 고개를 끄덕이자 곤이 심언을 전했다.

'지금 하는 말을 물질계에서 기억을 할까 모르겠지만, 영
성을 완전히 각성해서 승천할 경지에 오르기 전에는 절대 다
시는 영계에 들지 마라. 저놈들과 연을 맺으면 네 영성은 소
멸한다.'

생가지도 못한 말, 놀란 정우가 곤을 쳐다보았으나 곤은 두

반수의 동태에만 신경을 곤두세우고 있었다.

'내가 욕심을 부려 너와 연을 맺으려 했지만, 진짜 조금만, 아주 조금만 물질계를 돌아보고 오려 한 거야. 하지만 저놈들은 그 끝을 보려 할 거니, 저들이 싸움을 시작하려 하면 재빨리 1골드를 떠올려라. 강하게 돌아가고 싶다는 마음을 먹어야, 허어억!'

곤은 말을 잇지 못했다. 두 반수가 심언을 듣기라도 한 듯 동시에 그를 노려보았다.

―감히!

―쥐새끼!

반신의 경지에 들어 무한의 시간 동안을 영계에 있었던 반수들이다. 하위 신들과 견주어도 손색이 없었다. 더군다나 영계는 그들의 세상.

매섭게 쏘아보는 눈빛만으로도 엄청난 압력이 쏟아져 정우는 머릿속이 하얗게 비었다. 그가 제아무리 영성이 깨었다고는 하나 그들과는 어마어마한 격차가 있었다.

1골드의 몸을 형성하던 기운들이 압력에 이기지 못하고 먼지로 화하려는 듯 손끝부터 부서져 나가기 시작했다.

그때서야 소멸할지도 모른다는 위기감이 든 정우는 1골드를 찾았다. 그러나 아무리 애타게 1골드를 부르고 마음속으로 그려도 압력만 거세어질 뿐 아무런 변화가 없었다.

숨을 쉬고 있지도 않건만 숨통이 꽉 틀어막히는 기분에 두

근거리는 가슴이 터질 것만 같았다.

화아악!

그 순간 찬란한 금광이 터지면서 정우는 한순간 참았던 숨을 몰아쉬며 거친 숨을 토했다.

'으허어억!'

정우를 반수들로부터 가린 금빛 깃털, 곤이 대붕으로 변해 그를 감쌌다.

—…어서! 어서! 떠나라. 시간이… 으으윽!

곤의 소멸을 각오한 행동이었다. 무료를 달래려는 작은 욕심이 한 빛나는 영체를 소멸 직전까지 몰고 가는 지경에 이르게 했다.

1만 년이란 긴 시간 동안 빙굴에 갇혀 수행을 하고 영계에 올랐다. 또다시 천 갑자의 시간, 그 와중에 만난 짧은 인연이었다. 그사이 정이 들었던가. 그건 아니다.

반발이리라, 이곳에 갇혀 있어야만 하는 처지에 대한. 반신반수면 무엇 하랴, 이런 작은 일조차 뜻대로 하지 못하는 것을.

소멸하면 무(無)로 돌아간다. 무는 끝이기도 하고 시작이기도 하다. 애착을 버리면 그만이다. 작은 인연에 대한 베풂이다.

도(道)는 공(空)이다.

곤은 상쾌했다. 욕심도 버리고 미련도 버리니 그리 편할 수가 없었다.

　―아이야, 너와의 작은 인연이 나에게 큰 선물을 준 것 같구나. 소멸하여 무로 돌아가는 것도 두렵지 않다. 원래 공이었으니, 지금도 그저 허상이구나. 하하하하하!

　정우는 곤이 하는 말이 무슨 뜻인지 알 수는 없었으나 곤이 보여주는 미소는 편안해 보였다. 그는 또 다른 곤이 자신을 잡아당기기라도 하는 듯 곤의 품에서 순식간에 멀어졌다. 1골드에게로 가는 것이리라.

　곤에게 고마움을 표할 사이도 없이 금빛에 휩싸인 대붕에게로 시커먼 기운과 시뻘건 기운이 해일처럼 밀려들어 대붕을 쓸어버렸다.

　'아아아!'

　거친 파도에 휘말린 조각배마냥 대붕이 순식간에 사라져 버렸다. 얼핏 검붉은 파도로 하늘에서 번개가 치는 듯한 형상을 본 것도 같았지만 대붕의 모습은 더 이상 보이지 않았다.

　그와 동시에 정우의 옆을 혜성처럼 스쳐 가던 빛의 구들도 무한의 직선으로 변화했으며, 그마저 곧 사라져 버리고 어둠만이 그를 감쌌다.

Chapter 3

인연의 꼬리

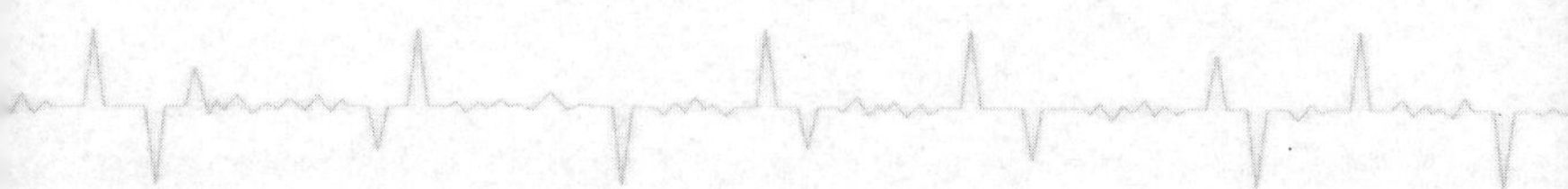

멀리 보이는 산등성이 너머로 어렴풋 어둠이 밀려나고 여명이 그 자리를 차지하려 하고 있었다.

이른 새벽부터 때아닌 소란으로 밀려드는 졸음을 단박에 쫓아낸 경비병이 눈을 날카롭게 빛내며 짙은 안개를 주시했다.

근자에 큰 전투도 없었고 의뢰 결과에 대해 귀족들의 불만도 없어 전시처럼 눈에 불을 켤 상황은 아니었지만 오늘만큼은 달랐다. 용병단의 수뇌 중 가장 엄격한 1대대 대장 유진이 꼭두새벽부터 출타를 한 것이다.

행여 느슨하게 풀어진 모습을 보인다면 불벼락을 맞을 것이기에 바짝 긴장할 수밖에 없었다.

"으응?"

짙은 안개를 뚫어 보려는 듯 눈을 가늘게 좁힌 경비병이 어깨에 걸친 창대를 잡고는 창날을 앞세웠다. 30m 전방에 안개가 흐트러지고 있었기 때문이다.

동료에게 신호를 보낸 경비병이 외쳤다.

"멈춰라! 이곳은 샤벨 타이거 용병단의 본성이다! 정체를 밝혀라!"

유진 일행은 모두 말을 타고 나갔다. 하지만 성문에 다가서는 인영들에게서는 말발굽 소리가 들리지 않았다.

그의 외침이 성문 수비대들을 일깨웠고 그의 뒤로 부산한 움직임이 일며 성문 수비대가 경계 태세를 갖추었다.

그때 안개 너머로 젊은 목소리가 들려왔다.

"우리는 라미안 교의 신관들이오. 샤벨에 용무가 있어 왔소이다!"

흐릿하게 보이는 불청객들의 인원이 제법 되는지라 경비병은 그들을 제지하고 나섰다.

"멈추시오. 더 이상 다가서면 적으로 간주하겠소!"

그들의 동태를 확인한 경비병이 말을 이었다.

"라미안 교라 하셨소? 그대들의 방문에 대한 연락을 받은 적이 없소."

"드룩비로 가는 길에 괴한들이 습격을 받아 길이 어긋났

소. 시간이 없소. 부상자들이 있어 급히 치료를 받아야 합니
다.”

 “혹, 그대들이 크라우치님을 모시는 분들이오?”

 불쑥 성벽 위에서 튀어나온 질문을 한 자는 금일 외성 수비
대장을 맡고 있는 바몬이었다.

 “그렇소.”

 오리스의 기적이란 소문이 샤벨까지 퍼져 라미안 교의 성
자 크라우치에 대해 들은 바가 있었다.

 “한 분만 다가오셔서 신분을 확인해 주시오.”

 성문 수비대들의 모든 시선이 흔들리는 안개로 모여들었
다. 성문으로 다가서는 인영이 점차 형체를 잡아갔고 십 보
정도 거리까지 다가왔을 때 습격을 받았다는 말이 사실이란
걸 알 수 있었다.

 다가온 미청년은 망토를 두르고 검을 찬 성기사의 모습이
었는데, 격전을 치른 듯 백의는 온통 검붉은 얼룩이 묻어 있
었고, 외투 곳곳에 베인 상처가 뚜렷이 남아 있었다.

 경비병에게 다가선 미청년이 안주머니에서 은빛의 패를
꺼내 내밀었다. 교단에서 발행하는 신의 눈 왈카가 양각된 패
로 성기사라는 증표였다.

 신분을 확인한 경비병이 지체없이 보고를 올리자 바몬이
몸소 병사들을 대동하고 그들을 맞았다.

 “성문 수비대를 맡고 있는 샤벨 타이거의 바몬입니다.”

바몬은 인사를 건네는 와중에도 미청년을 꼼꼼히 살피는 것을 잊지 않았다. 안정된 자세 하며 풍기는 기운이 보통이 아니었다. 무술이라면 제법 고개를 세우는 그였기에 단번에 미청년의 수준이 그를 능가함을 알았다. 용병단 내에서도 저런 기도를 가진 무사를 찾기란 쉽지 않은 일이었다.

"왈카의 검, 라도스입니다."

"오오! 라미안의 신성이라는 라도스님이십니까? 미처 알아뵙지 못해 송구스럽습니다."

각국 정세 변화에 민감한 용병단이다. 인접한 신성 투실바의 이름 높은 기사들 정보는 꿰고 있었다. 라도스는 30대 초반의 나이로 성기사단장의 바로 아래 직급인 12천사장(대장급)에 올랐으며 10년 안에 절정의 경지를 바라볼 수 있는 무재라고 알려져 있었다.

"바몬 기사님."

"하하, 기사라니요. 용병에 지나지 않습니다."

"그보다, 저희 일행에 부상자가 있어서……."

얼굴이 핼쑥하게 변한 바몬이 급히 물러서며 외쳤다.

"뭣들 하느냐! 어서 라미안 교 신관님들을 정중히 모시거라!"

일정에 없는 방문객들은 내성 지휘부에 알리고 재가를 받아야 하지만 그 대상이 신관들이라면 얘기가 달라진다. 교단괴 인연을 맺는 일은 용병단으로서는 환영할 만한 일이었다.

게다가 습격을 받았다고 하지 않던가. 교단에 선심을 베푸는 일이고 호위 업무도 주 사업 중 하나인 용병단이라 굴러들어온 일거리였다.

하나, 라미안 교 일행이 모습을 드러내자 바몬의 표정이 급격히 굳어졌다. 20여 명의 일행 중 성기사로 보이는 자가 열댓 명이나 되었는데도 그중 온전한 자는 대여섯에 불과했다.

저 정도 인원이면 용병단 1개대와도 자웅을 결할 수 있는 전력이었다. 그렇다면 이들을 습격한 자들은 어떤 자들이란 말인가.

바몬은 괜한 화를 불러들인 게 아닐까 하는 걱정이 들기 시작했다. 그가 결정할 범주를 넘어선 듯했다. 바몬이 재빨리 사령부에 전령을 띄우고 라미안 일행을 귀빈실로 안내를 하려 할 때였다.

일행의 선두에 선 라도스에게서 무시 못할 기세가 뿜어져 나와 바몬이 저도 모르게 검병을 잡았다.

다각! 다각!

라도스의 시선이 향하는 곳, 내성 방향에서 느릿한 말발굽 소리가 들려왔다.

"누구?"

얼마 지나지 않아 라도스가 긴장한 이유를 알 수 있었다. 짙은 검은 로브를 눌러쓰고 말을 끄는 종자와 그와 똑같은 복장으로 마상에 앉은 사람이 나타난 것이다.

"봄멜님!"

바몬이 안도의 숨을 뱉은 반면 라도스는 봄멜이 다가서자 더욱 기세를 높였다.

신관과 마법사, 신력과 마력을 사용하는 자들의 대면이었다. 견원지간이라고 알려진 사이다.

바몬은 이런 경우는 처음이라 어쩔 줄 몰라 했으나 음유 시인들의 노래처럼 사악한 마법사와 성스런 성기사의 대결은 벌어지지 않았다.

라미안 교 일행을 코웃음 치며 일별한 봄멜이 그들과는 전혀 볼일이 없다는 듯이 싹 무시를 하고는 바몬에게 물었다.

"유진 대장은 언제, 어디로 갔느냐?"

동트기도 전이었으니 두 시간은 흐른 듯했다.

"두 시간 전쯤에 외성을 통과하셨습니다."

"어디로?"

"목적지는 말씀이 없으셨고 1골드를 쫓아간 건만……."

봄멜의 로브가 살짝 흔들리는 걸로 봐서 살짝 고개를 끄덕인 것 같았다.

봄멜을 주시하는 라도스와는 달리 봄멜은 교단 일행 중에 중앙에 위치한 늙은 신관들에게 신경을 집중했다. 풍기는 기세가 그에 버금갔기에 오랜만에 긴장을 했다. 하지만 그의 목적은 이들이 아니었다.

“몸에 두드러기가 나려고 하는 게 샤벨을 떠날 때도 된 것 같구나. 가자!”

봄멜의 말뜻을 못 알아들은 성기사들은 없었다.

“저런 무례한!”

“마의 종자가 감히!”

성정이 급한 젊은 기사들이 나서려 했으나 노신관들이 손을 뻗어 제지했다. 지금은 괜한 시비로 전력을 누수할 때가 아니다. 온전한 상태였다 해도 꽤나 손해를 감수해야 하는 상대였다.

“흥!”

또다시 콧방귀를 뀐 봄멜이 안개 속으로 사라져 갔고 크라우치의 상태에만 온 신경이 가 있는 노신관들은 발길을 재촉했다.

스으윽! 슥슥……!

“헉헉헉……!”

털끝을 타고 흐르는 땀방울을 털어낸 칸야는 미치듯이 손발을 놀렸다. 손톱이 빠지고 손끝이 헤어져 피가 쉴 새 없이 흘러나와도, 찢어진 바지 틈으로 잔돌이 박혀 살갗을 헤집고 무릎이 짓물러 터져도 토굴을 헤치는 그의 손길, 발길은 멈추지 않았다.

이제 막 어린아이 티를 벗고 소년이 되는 나이에 2m가 넘는 거구를, 그것도 좁은 토굴 속에서 끌고 간다는 게 결코 쉬운 일은 아니었지만 그는 초인적인 힘을 발휘해 조금씩, 조금씩 목적한 곳을 향해 나갔다.

"혀엉! 제발… 제발… 죽지 마."

유일하게 그를 인간으로 대해준 사람이었다. 햇빛을 볼 용기가 없는 그에게 단지 털이 많이 나는 병일 뿐이라며 따뜻하게 손을 내밀어주었다.

커갈수록 다른 사람들과 다르게 변하는 외모 때문에 죽을 위기를 숱하게 겪고 부모한테서도 버림을 받았다. 그런 그를 따뜻하게 안아준 사람, 형이라고 부르라던 사람을 이대로 죽게 놔둘 수는 없었다.

"형이 죽으면… 나도 죽을 거야."

1골드의 부탁을 들어주지 못했다. 아이들을 지하실에 숨겨 놓고 토굴에 들어갔다가 밖을 확인하고 돌아온 사이 모두 죽어 있었다. 망연자실하고 있는 그때 집이 무너지며 하늘이 작은 희망을 던져 주었다. 1골드가 하늘에서 떨어진 것이다.

칸야는 1골드의 생사도 확인하지 않고 무작정 토굴로 끌어 들였다. 조금만 늦었어도 집에 이어 토굴까지 무너져 둘 다 압사를 당할 뻔했다.

토굴은 타인의 눈을 피하기 위해 뚫어놓은 곳으로 지금껏 칸야가 살아 있는 이유이기도 했다.

사냥꾼이었던 부모와 살 때도 어린 시절부터 어두운 지하실을 벗어난 적이 없었다. 운도 없이 이웃 사람이 그의 모습을 보았을 때 마족이 산다고 동네 사람들이 우르르 몰려와 죽이려고 했었다. 어머니가 울부짖으며 버리겠다고 했을 때에야 성난 군중이 물러났다.

그때 알았다, 도망갈 구멍이 있어야 살 수 있다는 것을. 인간을 피해 산에 숨어 살던 칸야가 그란델의 집까지 내려온 건 산짐승의 공격으로 죽을 고비를 맞았기 때문이었다. 마음씨 좋은 아저씨와 누나를 만났지만 그 습성은 버리지 못했다.

그들도 부모 같은 꼴을 당할까 봐 외부 사람이 집에 찾아오면 토굴을 통해 저택 뒤 야산으로 도망을 쳤었다. 그 목숨 줄에 지금도 의지하고 있었다.

"허억……! 헉헉!"

숨이 막힌다. 손가락으로 바닥을 움켜쥐었으나 감각이 없다. 1골드를 붙잡은 손에 힘을 가하고 잡아당겼지만 앞으로 나가는 것 같지도 않았다. 점차 목에서 쉿소리가 나오고 비릿한 피 내음이 맡아졌다. 눈앞이 가물가물해지면서 그 자리에 눕고만 싶었다.

20분이면 충분한 거리였으나 반도 오지 못했는데 벌써 서너 시간은 흐른 듯했다. 마음 한구석에서 계속 포기하자는 약한 소리가 들려왔다.

'형을 살려야 하는데… 너무 힘들어. 형, 우리 같이 죽을까? 끄응! 아니야, 아니야. 형이 그랬지. 하늘이 맑은 물에만 비치는 게 아니라 구정물에도 똑같이 비친다고. 나도, 형도 구정물이라고. 같이 하늘을 보자고……'

칸야는 1골드가 삶의 의미라도 되는 양 죽을 각오를 했다. 하지만 각오만으로 현실을 변화시키기엔 너무 미약한 존재였다.

'으아아아악!'

소리쳐 악이라도 쓰고 싶었지만 괴한들이 밖에 남아 있을까 봐 소리치지도 못했다.

'살 거야! 형을 살릴 거야. 우리 다 살 거야! 크어헝!'

칸야도 인식하지 못하는 사이 맹수의 포효와도 같은 괴성이 터졌다.

그때였다. 칸야의 눈에서 맹수의 시퍼런 안광이 쏟아져 나오며 악다문 입술 사이로 삐죽한 송곳니가 튀어나왔다. 손톱이 빠져 너덜너덜해진 손가락 끝에 강철보다 단단한 기다란 손톱이 순식간에 10㎝는 자랐고, 헤어진 신발을 뚫고 날카로운 발톱이 돋아났다.

인간으로서는 도저히 있을 수 없는 일이 칸야에게서 일어났다. 그는 그런 변화를 아는지 모르는지 오직 한 곳을 향해 죽을힘을 다해 나아갔다.

강철 같은 손톱에 딱딱한 마른땅이 무른 두부처럼 쑥쑥 파였고 그는 기구의 1골드를 끌고서도 얼음판 위를 미끄러지는 듯 쑥쑥 전진했다.

마침내 신선한 공기가 느껴졌다. 토굴을 벗어나면 바로 작은 동굴로 이어져 있었고 그곳은 칸야만의 공간이었다.

칸야조차도 일어설 수 없는 작은 동굴, 그래도 밖에서는 보이지 않도록 수풀로 잘 가려놓아 그 외엔 어느 누구도 모르는 장소였다.

푸수수……!

날카로운 손톱이 땅을 헤집고 불쑥 솟아올라 땅을 찍었다.

"끄으으응!"

털썩!

마침내 어린 칸야가 2m가 넘는 거구를 목적한 곳까지 끌고 나왔다.

"커억……! 허억……! 헉헉헉!"

거친 숨을 몰아쉬며 입 안에 들어간 흙을 뱉어낸 칸야는 눈앞이 빙빙 돌았다. 몸을 뉘이고 지친 몸을 달래고 싶었지만 그럴 수는 없었다. 아득해지는 정신을 극한의 인내로 부여잡았다. 그러자 입술을 비집고 나온 송곳니도 강철 같은 손톱도 언제 그랬냐는 듯이 감쪽같이 사라졌다.

칸야가 입구를 막아놓은 수풀 한편을 제쳤다. 그 사이로 불그스름한 여명이 작은 동굴 안을 채웠다.

"혀, 형……."

그는 마음이 급했으나 어찌할 바를 몰랐다.

1골드는 언뜻 보아도 뒤틀린 팔다리 하며, 옷이 불에 타 피부에 붙어 있는 모습이 보통 위중한 상태가 아니었다.

"어, 어떻게… 어떻게. 아아!"

떨리는 손을 1골드의 코 밑에 갖다 대었다. 너무 떨려서 아무런 감각도 느끼지 못했다. 손에 묻은 흙먼지를 옷으로 닦고 커다랗게 숨을 고르고 나서 다시 손을 대보았다.

"아아!"

미세하지만 숨결이 느껴지는 듯했다.

"아직 살아 있다!"

이제 어떻게 해야 하나? 칸야는 의학적인 지식이 전무했다. 긁힌 상처에 약초를 발라주는 것밖에 보지 못했는데 이런 위중한 상태를 어찌해야 할지 몰랐다.

고민은 오래가지 않았다. 어른을 불러야 한다. 칸야가 알고 있는 1골드는 귀족이었다. 용병단에 알리면 살 수 있을 것이다. 어쩌면 변고를 알고 이미 찾아 나섰을 수도 있었다.

칸야는 마을로 달려가기로 했다. 그의 외모가 세상에 드러나는 일이었지만 지금처럼 음지에서 숨어 살면 된다. 1골드를 살려야 한다.

"허허!"

봄멜은 헛웃음밖에 나오지 않았다. 1골드의 동태는 유진만큼이나 빠르게 그에게 보고가 된다. 절세의 재길을 가진 제지감이라 놓칠 수 없었다.

요즘 1골드는 전장에 나가면 막장에 놓인 인생처럼 몸을 돌보지 않는다. 분명 무슨 변고가 있는 것이니라. 그가 우려했던 트롤의 독성이 그런 형태로 나타났는지는 의문이지만 그의 관심은 남달랐다.

처음 유진이 쫓아갔다기에 안심을 했다. 그가 알기론 샤벨 시에서 유진을 업신여길 만한 인물은 없었다. 그런데 도통 아무런 소식도 들려오지 않았다.

늘그막하게 맘에 든 재목이다. 몸소 노신을 이끌고 뒤를 따랐다. 그런데 앞에 놓인 광경이라니…….

"태풍이 이곳만 쓸고 간 것 같구나."

격전장이었다는 것을 알려주듯 집터 곳곳엔 움푹 파인 자국들이 널려 있었고, 제법 튼실하게 지어진 저택은 폭삭 주저앉아 그저 검은 재로 변해 있었다.

마음속에 불길이 타올랐지만 봄멜은 침착했다. 그는 산전수전 다 겪은 노마법사다.

집터를 돌아보던 그는 눈을 가늘게 떴다. 무사들만 있었던 것이 아니다. 마법의 흔적이 곳곳에 남아 있었다. 게다가 묘하게 신경을 자극하는 이 냄새는.

"신성 마법이군."

문득 성문에서 보았던 라미안 교 일행의 모습이 스쳐 갔다. 그들의 전력이라면 충분히 이런 결과를 만들고도 남을 것이다. 성으로 돌아가 확인해 볼 일이었다.

그들이 벌인 짓이라면 호구(虎口)로 발을 들인 것이다. 하지만 교단이 상대다. 증거가 있어야 한다.

빠르게 수인을 맺은 봄멜이 시동어를 외쳤다.

"대지의 기억!"

어느 정도 예상은 했으나 아무런 영상도 떠오르지 않았다. 신성 마법을 사용하는 신관이 벌인 짓이라면 당연 그 증거 또한 인멸시켰을 터다.

"흐음!"

봄멜은 유진을 믿었다. 그가 유진과 대결을 벌이면 열에 아홉은 이길 테지만 상당한 손해를 감수해야 할 강자였다. 혹여 죽임을 당했다 치더라도 흉수에 대한 단서는 남겨놓았을 것이다.

"안도르, 넌 당장 성으로 돌아가 단장에게 이 사실을 알리고 병사들을 보내라 해라."

"예, 스승님."

타고 온 말을 제자에게 내준 봄멜은 날카롭게 주변을 훑었다. 1골드의 목적지는 그란델의 집이 분명했다. 그럼 누가 무슨 이유로 아이들만 있는 곳을 쑥대밭으로 만들었다는 말인가? 그리고 1골드는 왜 그 새벽에 이리로 올 생각을 했을까?

온통 의문투성이였다.

히이이이잉!

"워어어! 워워!"

말 울음소리에 봄멜이 뒤를 돌아보자 성으로 내달리던 말이 놀란 듯 길 한복판에서 앞발을 들고 날뛰고 있었다. 칠칠치 못한 놈이라고 혀를 차려는 찰나 길 중앙에 시커먼 물체가 보였다. 잔뜩 몸을 웅크리고 있는 작은 인영이었다.

이채를 발한 봄멜이 수인을 맺는가 싶더니 순식간에 흐릿해졌다.

잘못하면 말의 앞발에 소년이 짓밟일 수도 있는 순간이었으나 어느 틈에 나타난 봄멜이 팔을 내밀자 소년이 뒤로 밀려나가 말의 발길질을 피했다.

"흐음!"

소년을 찬찬히 살펴본 봄멜이 옅은 침음성을 뱉었다. 피투성이의 털북숭이 소년, 열서너 살 정도로 외형으론 인간의 아이이건만 온통 털로 뒤덮여 있었다.

어두운 밤에 만났다면 라이칸스로프(Lycanthrope)로 착각할지도 모를 정도였다. 흔히 이름 앞에 웨어라는 단어가 붙은 라이칸스로프는 평상시에는 보통 인간이지만 특정 상황 하에서 짐승으로 변해 버리는 괴물이다.

1골드를 살리기 위해 야산을 내려온 칸야가 말을 보고는 앞뒤 생각도 없이 뛰어든 것이다.

칸야에게서 몬스터 특유의 흉포성을 찾을 수 없자 봄멜이 입을 떼었다.

"아이야."

위험에서 벗어났다는 것을 느꼈는지 칸야가 두서없이 말을 늘어놓았다.

"할아버지, 살려주세요. 저희 형을 살려주세요. 빨리 성에 가야 해요. 제발 살려주세요. 성에 가야지만 살 수 있어요. 저를 성에까지만 데려다 주세요."

피투성이가 된 손으로 싹싹 빌며 울음을 터뜨리는 모습이 봄멜로 하여금 측은한 마음이 일게 했다. 게다가 이 참상을 목격한 소년일 수도 있었다.

칸야에게로 다가간 봄멜이 그의 머리에 손을 얹고는 마나를 불어넣어 주었다.

따뜻한 생명의 원천이 몸을 감싸자 칸야의 떨리던 몸이 진정되었다. 봄멜이 지체없이 물었다.

"너를 해칠 사람은 이곳에 없다. 천천히 말해보거라. 왜 성에 가야 한다고 하는 것이냐?"

칸야는 봄멜의 강팍한 인상을 보고 흠칫했지만 1골드의 생명이 더 급했다.

"형이 죽어가요. 말을 타면 더 빨리 가잖아요. 우리 형은 귀족이에요. 용병단에서 제일 높은 분이 우리 형의 아버님이구요."

형이 귀족이라고 말하는 평민 소년이었다. 봄멜은 단박에 그 형이 누구인지를 알 것 같았다.

“1골드! 1골드는 어디에 있느냐?”

“1골드라니요? 우리 형은 유진님인데…….”

봄멜이 거칠게 칸야의 손목을 잡아 일으켜 세웠다.

“가자! 어서!”

“으으음!”

후욱 밀려드는 살코기 익은 냄새에 봄멜이 신음성을 삼켰다. 모르고 맡았다면 식욕을 자극하는 냄새였지만 그 근원지가 인간이고, 그 인간이 그가 그토록 찾고자 하는 1골드였다.

봄멜은 몸이 부들부들 떨렸다. 1골드가 도저히 가망이 없어 보였기 때문이다. 팔다리가 기이한 각도로 뒤틀린 것 따위는 눈에 들어오지도 않는다. 온몸의 피부가 반은 벗겨진 듯했고 그 사이로 누렇게 익은 살이 드러났다.

게다가 철가면은 뒤통수로 이어진 이음새가 끊어져 나갔는데도 얼굴에 씌어져 있었다. 얼굴에 붙어버린 것 같았다.

목은 또 어떠한가. 누가 잡아 빼기라도 한 듯 주먹 하나는 더 늘어나 있었다. 그나마 기도를 막지 않아서 아직 숨이 붙어 있었다.

으드득!

1골드를 이렇게 만든 놈들을 찾는다면 더도 말고 꼭 백 배만 갚아줄 것이다. 그 흉수가 신성 마법을 사용했다는 점이 더욱 봄멜의 살심을 키웠다. 겉으로만 정의와 사랑을 찾고 권력자의 그늘에서 온갖 영화를 누리는 놈들이다. 그게 마법사가 신관을 바라보는 시각이었다.

더 이상 볼 것도 없다는 듯이 봄멜이 몸을 획 돌리자 칸야가 그의 다리를 붙잡았다.

"할아버지! 살려주세요. 우리 형을 살려주세요. 이렇게 가시면……."

"놔라!"

매몰차게 칸야를 밀어낸 봄멜이 화풀이라도 하는 듯이 거칠게 외쳤다.

"바람의 칼날(Wind Cutter)!"

슈와앙!

순식간에 바람이 불어와 매서운 칼로 변해 산등성이 한편을 싹둑 잘라내 버렸다. 몇 번 더 바람이 대지를 쓸고 가자 경사진 땅이 평지가 되었다.

성큼성큼 평지 중심으로 걸어간 봄멜이 로브 자락에서 작은 주머니를 꺼내 들었다.

그는 빠른 입놀림으로 주문을 외운 후에 주머니에서 한 움큼 금빛 가루를 꺼내어서는 하늘에 뿌렸다. 미풍에도 날아갈 고운 가루였으나 무엇에 끌리기라도 한 듯이 일정한 형태를 이루면서 부드럽게 땅에 떨어져 내렸다.

빈경 2m의 원, 그 안에 그려진 복잡한 도형과 마법 문자인

신성 서체, 그리고 악마의 숫자라 불리우는 4자가 묘한 대칭
을 이루며 그려져 있었다. 마법진이 손놀림 한번으로 그려진
것이다.

연금술의 정화라 불리는 귀하디귀한 마법 가루 스플렌더
(Splendor)를 아낌없이 사용한 봄멜은 마법진을 돌아보며 만
족한 미소를 짓고는 진 밖으로 나와 동굴로 손을 뻗었다.

"부유(Levitate)! 플라이!"

그의 손짓에 따라 1골드가 둥실 떠올라 마법진을 향해 날
아왔다. 밝은 곳에서 1골드의 처참한 몰골을 보자 봄멜의 인
상이 더욱 험악하게 일그러졌다. 한편으로 마법진까지 그린
선택이 옳았다고 생각했다.

1골드를 마법진 정중앙에 띄워놓은 봄멜은 또다시 마법을
발동했다.

"정화(Purify)!"

타다 만 옷가지 하며 1골드의 피부에 덕지덕지 달라붙은
피딱지와 흙덩이들이 떨어져 나가자 봄멜은 엷은 한숨을 내
쉬었다. 드러난 참상도 참상이거니와 철가면이 피부인 양 얼
굴에 찰싹 붙어 떨어지지 않았기 때문이었다. 이물질을 털어
내는 정화 마법도 철가면만은 남겨놓았다.

하지만 지금은 철가면이 문제가 아니었다. 봄멜은 체내의
마나홀을 최대한 개방하면서 시동어를 외쳤다.

"소생(Resurrection)!"

봄멜이 할 수 있는 최대의 회복 주문이었다. 하루에 세 번밖에 발현하지 못하는 6써클의 고위 마법이었다.

거기에 마나량의 증폭을 위해 마법진까지 발동시켰다. 이렇게까지 했는데도 1골드가 살아나지 못한다면 그에겐 더 이상의 방법이 없었다.

"아아!"

칸야는 더없이 황홀한 광경에 넋이 빠졌다. 말 몇 마디와 손짓으로 커다란 공터를 만들고, 1골드를 하늘을 날게 한 뒤 깨끗하게 닦아내는 모습은 상상도 할 수 없는 것이었다.

게다가 저 거대한 금빛 원이 서서히 빛을 발하는 광경은 전율스럽기까지 했다. 외곽으로부터 서서히 무언가에 반응해 빛을 내더니 점점 그 속의 도형으로, 요상한 글자로, 그리고는 점점 더 안으로 옮겨가 마침내 원 전체가 금빛에 물들어 1골드를 감싸 안았다.

우드드득!

그때 칸야는 보았다, 1골드의 뒤틀린 뼈마디가 제자리를 찾아가고 익어버린 살들이 떨어져 나가며 눈 깜박할 사이에 새살이 돋는 모습을. 어린 그에게 더할 수 없는 충격이었다.

봄멜은 황홀한 빛에 젖은 칸야와는 당연히 다르게 묵묵히 그 과정을 지켜보고 있었다. 1골드의 상처가 아물어갈수록 주위의 수풀들은 급격히 말라갔다.

소생술, 리저렉션은 일시적으로 신체의 회복력을 극한으

로 끌어올리는 리커버리와는 달리 주위에 있는 존재의 마나를 끌어 모아 상처 입은 자의 육체에 불어넣는 방법이다.

1골드의 모습에서 회복력을 기대할 수 없기에 선택한 방법이었다. 신관들이나 엘프가 이 모습을 본다면 악마의 사술이라면 사생결단을 내려 달려들 광경이었으나 봄멜에게는 전혀 신경 쓸 문제가 아니었다. 1골드가 살아나는 게 중요하니까.

반경 10m 정도의 수풀들이 말라비틀어지자 마법진은 빛을 다했다. 그 안에 죽은 듯 누워 있는 1골드의 외양은 전과 다름없는 모습으로 변해 있었다. 다만 철가면이 얼굴인 양 자리를 차지하고 있는 점만 빼놓고 말이다. 일국의 최상위 귀족에게나 쓰는 최고위 마법이니 당연한 결과였다.

마법 가루 스플렌더도 그 힘을 다했는지 바람에 날려 사라지자 봄멜이 1골드에게로 다가가 기식을 확인했다. 무척이나 느린 맥박, 가는 숨. 의식불명 상태였다.

봄멜은 길게 숨을 내뱉었다. 숨은 쉬고 있으나 살아날지는 그도 장담할 수 없었다.

마법의 한계다. 외양은 정상적으로 돌려놓는다고 하여도 그 이상은 방법이 없었다. 생명력은 신의 영역, 하늘에 맡기는 수밖에 없었다.

일단 1골드가 큰 고비를 넘긴 것 같자 봄멜은 칸야에게로 관심을 돌렸다. 칸야가 몽롱한 시선으로 그를 뚫어지게 쳐다보고 있었다. 그가 처음 스승을 만났을 때의 그것과 같은 눈빛이었다.

봄멜은 피식 웃었다. 선망의 눈초리를 받아 기분 나쁜 사람은 없다. 그는 칸야의 상처를 가볍게 치료하고는 물었다.

"이름이 무엇이냐?"

"…카, 칸야입니다."

얼굴은 무서웠지만 왠지 모르게 정이 가는 사람이란 게 칸야가 본 봄멜의 첫인상이었다. 아마 그의 외모를 보고도 거리낌없이 대하는 점이 좋게 작용했을 것이다.

"그래, 칸야. 좋은 이름이구나. 그런데 혹시 그란델과 함께 생활했었느냐?"

그란델의 이름이 나오자 칸야의 눈에 금세 그렁그렁 물기가 어렸다. 워낙 다급한 순간들이어서 잠시 잊고 있던 이름이었다. 어찌 되었을까? 결과는 1골드만 보아도 알 수 있었다.

"그렇구나. 어떻게 된 일인지 나에게 말해줄 수 있느냐?"

칸야는 말을 하고 싶어도 아는 게 없었다. 비명 소리에 지하실에서 자다 깨서 올라가 보니 울먹이는 아이들이 그란델의 방 앞 2층 복도에 모여 있었고, 그때 문 너머로 아이들을 숨기라는 형의 말소리를 들은 게 전부였다.

아이들을 지하실로 데려와 놓고도 안심이 되지 않아 토굴은 안전한가를 확인하러 갔다 온 사이 아이들은 싸늘한 시체로 변해 있었고, 순간 집이 무너지며 1골드가 하늘에서 떨어졌다. 그리고 지금의 모습이었다. 그래도 칸야는 차분하게 조목조목 겪은 일을 설명했다.

봄멜의 눈이 더욱 침중하게 가라앉았다. 증거 인멸을 위해 아이들까지 죽였다니 악독한 놈들이었다. 집을 태운 이유도 그 점에 있었다. 봄멜이 다시금 훤히 내려다보이는 집터를 노려보았다. 저 안에는 아이들의 원혼과 어쩌면 유진까지 있을지 모른다.

그는 칸야의 손을 잡고 일어섰다. 병사들을 시켜 폐허로 변한 집터를 샅샅이 뒤지면 뭔가 하나라도 나올 것이다.

봄멜이 인상을 찌푸렸다. 제자와 함께 오는 병력 중에 영 달갑지 않은 자들이 끼어 있었다. 성문에서와는 달리 단정한 차림새로 바꿔 입은 성직자들이었다. 도움도 청하지 않았는데 그 특유의 설레발로 따라온 것일 게다. 아니면 이 일과 연관이 있는 것이 분명하다.

안도르와 일행을 인솔한 제3대대 대장 프로도가 다가왔다. 그들의 인사를 손짓으로 답례하고 봄멜이 의문을 물었다.

"뭐냐? 저것들은?"

병사들과 함께 폐허로 변한 집터를 보고 있는 성직자 일행을 가리키는 말이다.

안도르가 뒷머리를 긁적거렸다.

"단장께 갔더니 신관들이 있었습니다. 이곳 이야기를 듣고는 동행을 요청하더군요. 혹시나 부상자라도 있으면 도움이 될까 해서……."

"넋 빠진 놈."

치유술은 마법사보다 당연 신관들이 낫다. 봄멜은 제자를 탓할 일이 아니었지만 그리 썩 내키는 기분은 아니었다. 도움을 청한 것이 아닌 자청한 것이라 바론도 막지는 못했을 것이다.

봄멜의 말이 끝나기가 무섭게 프로도가 말했다.

"봄멜님, 여긴 어찌 된 일입니까? 유진 대장은 어디에 있습니까?"

봄멜이 고개를 가로젓고는 턱짓으로 자신의 로브를 벗어 덮어놓은 1골드를 가리키며 입을 떼었다.

"저놈이 깨어야지 알 수 있는데… 그보다 자네는 부하들을 시켜 이 근방 일대를 철저히 수색해 주게. 저 재만 남은 집터는 자갈 하나까지 파헤쳐 봐야 할 게야. 자네가 직접 인솔하게. 내 부탁하이."

자존심 강한 마법사 봄멜이 부탁이란 단어까지 썼으니 그 사안이 결코 가볍지 않았다. 프로도가 커다랗게 대답하고는 뒷말을 흐렸다.

"그놈들이 여기까지……."

봄멜의 눈이 날카롭게 빛났다.

"그놈들이라니?!"

“아, 예! 저, 그게…….”

“제가 말씀드려도 되겠습니까?”

미청년의 성기사가 끼어들었다. 봄멜은 그를 슬쩍 훑어보는 건만으로도 기도가 범상치 않음을 알 수 있었다.

“안녕하십니까, 마법사님? 저는 왈카의 칼, 라도스라고 합니다.”

“반갑소. 봄멜이오.”

라도스는 봄멜이란 이름을 되새겼지만 떠오르는 인물이 없었다. 이 정도 경지에 오른 마법사라면 그가 모를 리 없을 테니 가명이거나 신분을 밝히기 싫다는 표시였다. 원래 마법사들은 음침하고 음흉한 족속이라 이런 경우는 흔한 일이었다.

봄멜이 퉁명스럽게 말했다.

“말해보시오. 그들이 누구인지?”

“서로 담소를 나눌 사이는 아니니 단도직입적으로 말씀드리겠습니다.”

“환영하는 바이오.”

만약 봄멜이 흑마법사였다면 진즉에 검을 뽑아 들고 몸으로 대화를 나누고 있을 것이다.

“저희 일행을 습격한… 시크릿 가드일 확률이 높습니다.”

봄멜의 눈이 조금 커졌다. 시크릿 가드라면 브리언 교의 숨겨진 칼이라는 자들이다. 교의 행사에 거침없이 칼을 대는 안

하무인(眼下無人)의 종자들, 가능성이 농후했다.

"이유는?"

"성에 돌아가시면 아실 일이지만 일행 중에 크라우치 사제님이 계십니다. 앞으로 라미안 천만 교도를 영도하실 분이지요. 이유는 충분합니다."

천만 교도라는 말은 과장된 말이었으나 크라우치라는 이름이 갖는 무게는 충분했다. 라도스의 말이 이어졌다.

"일단의 습격자들은 물리쳤으나 지원군이 있었습니다. 그래서 드록바로 가던 길을 돌려 이곳으로 오게 된 것이지요. 그 와중에 이런 참상이 빚어진 것 같습니다."

봄멜이 생각하기에도 얼추 앞뒤가 맞긴 했다. 습격자들을 피해 길이 거친 북으로 향했을 테고, 아마 재수없게 1골드가 괴한들과 부딪쳤을 것이다. 그런 연후에 뒤따르던 유진이 1골드를 도와 합세를 했을 테고. 증거 인멸, 교단의 행사에 대한 흔적을 지우려 이런 짓을 벌였을 것이다.

"흐음! 그럼 그네들은 이 일과 관계가 없다는 뜻으로 알아들어도 되겠소?"

라도스의 얼굴이 눈에 띄게 굳어졌다. 봄멜의 언사만으로도 충분히 칼을 뽑아 들 만한 일이었다.

"우리는 신을 모시는 종입니다. 대답이 되었습니까?"

"아마 브리언 교도 똑같은 말을 할 거요. 하지만 이곳에서 신성 마법이 사용되었다는 점은 변함없는 진실이오."

봄멜이 의미심장하게 라도스를 쏘아보고는 몸을 돌렸다.
병력들이 도착했으니 1골드를 데리고 성으로 돌아가서 결과
를 기다리면 된다.

"마법사님."

"뭐요?"

"저기 환자가 있는 것 같은데, 혹시 생존자입니까? 그렇다
면 저희에게 치료를 맡겨주시지요."

봄멜은 콧방귀를 뀌며 뒤도 돌아보지 않고 말했다.

"나도 그 정도의 재주는 있소."

차갑게 말을 끊은 봄멜이 성큼성큼 1골드에게로 다가갔다.

라도스의 날카로운 시선이 봄멜과 1골드를 쫓았다.

"제 불찰입니다."

"……."

아침 시간을 막 넘긴 무렵 라도스는 샤넬 시 내성으로 돌
아와 있었다. 용병단에서 그들 일행이 함께 지낼 수 있는 내
성 내 간부급 저택을 통째로 내준 후라 이곳에 와 있는 것이
다.

라이스의 보고에 백발이 성성한 노인들은 수염만 쓸 뿐, 아
무런 대답도 하지 못했다. 생존자의 귀환, 보통 심각한 문제
가 아니었다.

"어떤 자더냐?"

응접실에 모인 네 명의 장로 중 그나마 젊은 측에 드는 팬톤 장로가 먼저 입을 열었다.

"저희와 손을 섞지 않은 자입니다. 크, 허엄! 죄송합니다. 혈인과 먼저 상대했던 덩치 큰 자로 얼굴에 철가면을 쓰고 있었습니다."

"철가면? 그런 자가 있었더냐?"

"이미 죽은 듯하여 신경을 쓰지 않던지라… 저도 유난히 덩치가 좋았다는 것만 기억할 뿐 얼굴은 보지 못했었습니다. 용병단 내에서는 1골드라고 불리는데, 대장급 무사의 양자라고 합니다. 저희가 상대했던 그 고수가 유진이라는 대장인 듯합니다."

무슨 비밀도 아니기에 아무 용병이나 붙잡고 물어봐도 1골드의 정체를 술술 말해주었다.

"흐음! 그럼 어떻게 살아났다고 하더냐?"

"죄송합니다. 그것까지는……."

장로들의 머릿속에는 각자의 생각들로 가득 차 있었다. 하지만 이리저리 머리를 굴려보아도 결론은 한 가지였다.

"입을… 막을 수 있겠느냐?"

라도스가 퍼뜩 시선을 들었다가 내렸다.

"아침에 보았던 마법사가 총애하는 자라 합니다. 조용히 처리하기는 힘들 듯……."

"그냥 놓아두거라."

불쑥 끼어드는 음성에 일행의 시선이 문으로 향했다. 창백한 안색의 맥그레이 장로가 들어서고 있었다. 지난밤에 죽음의 문턱에 한 발을 걸쳤던 사람이라고는 도저히 믿기지 않을 정도로 그의 발걸음엔 힘이 있었다.

상석 자리에 앉은 맥그레이가 아직 완전치는 않은지 엷은 숨을 쉬고는 좌중을 둘러보았다.

"보고를 받았다. 이 늙은 목숨 하나 때문에 숱한 목숨을 잃었더구나."

질책이라기보다는 자책에 가까운 말이었다.

"교에 커다란 누를 끼치는 일이었다. 하지만 돌이킬 수 없는 일, 이 일은 우리 선에서 묻어두기로 하고."

"하지만 그 1골드라는 자가 혹시라도……."

팬톤의 말을 뒤로하고 맥그레이는 라도스를 쳐다보았다.

"라도스, 교를 드러낼 만큼 어리석었더냐?"

"아닙니다."

맥그레이가 장로들을 돌아보았다.

"자네들도 본신을 드러내었는가?"

"그런 일은 없었습니다. 안심하십시오."

"그럼 되었네. 그 혈인은 우리 교와는 아무런 연관도 없는 존재일세. 우리는 그를 모르네. 알겠는가?"

이들 중에 맥그레이의 말뜻을 모르는 자는 없었다. 크라우치의 이중적인 모습, 교의 내부 사정을 소상히 알 수 있는 위

치에 있는 자들만의 비밀로 그 일을 입에 담는 것조차 금기
사항이었다.

"이 일은 더 이상 거론치 말게. 타초경사(打草驚蛇)의 우를
범할 수 있음이야."

"타초경사라 하셨습니까?"
팔짱을 낀 채 바론을 쏘아보던 봄멜의 미간이 꿈틀거렸다.
"자넨 별로 내키지 않는 모양이군."
"아하! 그런 것이 아니라……."
유진을 잃은 점이 안타깝긴 했으나 바론의 입장에서는 그
이상 이하도 아니었다. 어차피 이리저리 흘러 다니는 용병들
이었다. 유진이 언제고 그의 옆에 있을 거라고는 보장할 수도
없는 일이었고, 어느 이름 모를 전장에서 그 생을 다할 수도
있었다.

"1골드가 살아 있다는 소문을 내면 흉수들이 꼬리를 드러
낼 것이네. 그렇지 않겠는가? 그놈들의 비밀스런 행사에 목
격자가 있다는 말이니."
"흐음! 옳은 말씀입니다만, 봄멜님."
바론이 말을 계속 끌자 봄멜의 말투가 그만큼 냉랭해졌다.
"말하게."
"라미안 성직자들의 말에 의하면 브리언 교일 확률이 높습
니다. 안타까운 일이긴 하나 길 이시디시피 우리 용병단은 그

들과 싸움이 되지 않습니다. 괜스레 교단들의 다툼에 끼어들면 우리만 낭패를 보게 됩니다."

"흥! 그렇게 브리언이 무섭다면 왜 저들의 호위를 수락했는가?"

라미언 일행은 바론을 보자마자 투실바까지의 호위를 의뢰해 왔고 바론은 흔쾌히 승낙을 한 바가 있었다.

바론은 입맛을 다셨다. 호위는 이 일과는 맥이 달랐다. 관문 도시 드록바와는 겨우 하룻길이다. 드록바를 거쳐 동쪽으로 길을 잡으면 바로 신성 투실바의 영향권에 들게 된다. 비록 수도인 히치벅까지 보름이 걸린다 해도 그들의 그늘 아래에서다. 땅 짚고 헤엄치는 일이다.

그보다 바론은 왜 봄멜이 이리 나서는지 그 이유를 알 수가 없었다. 유진과 친한 사이도 아니었고, 1골드를 맘에 들어 한다고는 하지만 이 정도까지 나설 일은 아니었다.

죽은 아이들 때문에? 자기밖에 모르는 마법사가? 말도 안된다. 용병단의 이름에 먹칠을 해서? 개가 웃을 일이다. 그럼 교단이 관련되어 있어서인가?

"자네, 의외로 겁쟁이구만."

"허험!"

"집 안까지 들어와 분탕질을 치고 갔는데, 키우던 개가 죽었어도 주인이 나서는 법이네. 아무리 용병이라고 하지만 그 정도 의리는 있어야 되지 않겠나?"

　돈이라는 목적으로 이루어진 계약 관계의 용병단이다. 그렇다고 그 안에 전우애가 없을 수는 없다. 오히려 자신의 목숨이 귀한 줄 아는 것이 용병이다. 단장의 이런 처사가 용병들에게 좋게 비춰질 일은 없을 것이다. 봄멜은 대놓고 바론이 나서라고 계속 자극했다.

　바론의 약간 달아올랐던 얼굴이 순식간에 굳어버렸다. 자존심이 상했으리라.

　"솔직히 말씀드리겠습니다."

　고위 마법사라 우대를 해주고 있지만 용병단의 우두머리는 그였다.

　"유진 일은 손을 떼겠습니다."

　봄멜은 씁쓸한 얼굴로 더 이상 듣기 싫다는 듯이 고개를 돌려 버렸다. 바론의 말이 이어졌다.

　"봄멜님이 왜 이 일을 그렇게 중하게 생각하시는지는 모르겠으나 용병단이 나설 수는 없습니다. 성내에서 일어난 일이 아니라 유진과 1골드가 성을 벗어나서 변을 당한 겁니다. 엄밀히 말하면 용병단에 싸움을 건 것이 아니라 개인의 사사로운 일일 수도 있다는 말입니다."

　바론은 한 단체의 수장이다. 그의 결정에 수백의 목숨이 걸려 있다. 가벼이 다룰 상대라면 왜 나서지 않겠는가. 게다가 조금이나마 드러난 흉수는 개인이 아니라 조직이었다. 거기에 정확한 흉수의 정체도 알 수가 없었다. 만약 짐작대로 교단이라면 계란으로 바위를 치는 격이다.

봄멜은 바론의 입장을 모르는 바는 아니었다. 현장만 보아도 상대가 만만치 않음을 알 수 있었다. 하지만 그는 그곳에서 어린 시절의 모습이 떠올랐다.

스승과의 첫 만남이 그랬다. 교단에 쫓기던 스승과 신관들, 고래 싸움에 새우 등 터지는 식으로 그의 집이 그 꼴이 났었다. 그러고 보니 칸야의 모습과 비슷하기도 했다. 쓴웃음이 흘러나왔다.

벌떡 일어선 봄멜이 바론을 일별했다.

"알겠네. 더 이상 나서지 않으이. 하지만 자네도 내 행사에 간섭은 말게나."

지금까지 바론에게서 받은 도움은 이 정도로 다 갚았다는 의미가 내포되어 있었다.

봄멜은 이해를 하면서도 한편으론 실망감을 감출 수 없었다. 어려울 때 도와준 바론 때문에 용병단에 있었지만 더 이상은 그 일이 족쇄가 되지 못한다.

Chapter 4

성자와 1골드

천지가 시뻘건 불꽃에 휩싸여 있고 메마른 땅에는 식물 한 점 볼 수 없다. 생명수가 흘러야 할 자리엔 이글거리는 용암이 넘실거린다.

푸른 하늘 대신에 검붉은 장막이 펼쳐져 있고 흰 구름 대신 먹구름이 붉은 불길을 토해낸다. 불길과 어둠만이 가득한 세상, 인세가 아니다. 지옥이다.

1골드는 텁텁한 공기를 한 모금 들이마셨다. 대기마저 비릿한 피 냄새가 짙게 배어 있었다. 그는 덤덤한 신색으로 사방을 둘러보았다.

시체, 시체, 시체. 눈길이 닿는 곳이면 그 어디도 망자들의 시체들로 가득했다. 그 시체마저 온전한 자들은 찾아볼 수 없었다. 안식이라는 그 죽음마저도 행복하지 못한 자들이다.

팔다리가 널려 있는 곳, 사지가 절단된 채 몸통만 뒹구는 자, 허리 윗부분은 어디로 갔는지 다리만 꿈틀거리는 자, 자신의 머리통을 밟고 있는 자들…….

그들이 움직인다. 양손에 피눈물을 흘리는 머리통을 들고 있는 시체가 그를 향해 다가온다. 흘러내린 내장을 질질 끌며 팔을 다리 삼아 걸어온다. 움직이는 시체들의 손길이 그를 잡으려는 듯 허우적거렸다.

크흐흐흐!

그네들의 없는 부분을 1골드에게서 찾으려는 듯 다가서는 시체들. 심장이 떨어질 장면이건만 1골드는 비릿하게 웃는다.

한순간 싸늘한 손이 그의 발목을 잡았다. 차갑게 가라앉은 눈이 발밑으로 향했다. 누런 이를 드러낸 입에서, 뻥 뚫린 눈구멍에서 구더기 기어나오는 얼굴을 마주했다.

"꺼져!"

공을 차듯 머리통을 날려 버렸다. 머리는 저 멀리 유황불 속으로 날아갔지만 발목을 잡은 손은 그대로였다. 1골드는 귀찮다는 듯이 발을 털어내었다.

어느새 목 어림에서 차가운 김과 함께 썩은 악취가 풍긴다. 시체가 등에 매달린 것이다. 긴 팔을 등 뒤로 뻗어 놈을 잡았다.

푸욱!

썩은 시체, 푸석해진 몸통으로 손가락이 깊숙이 박혔다. 몸통을 뜯어냈다. 허리를 감은 다리를 떼어내었다. 그의 등 뒤로 진득한 체액과 피고름이 줄줄 흘러내렸다.

인상을 와락 구긴 1골드는 대검을 들었다.

"다 죽인다!"

수백, 수천만의 시체를 향해 그는 거침없이 달려갔다. 발길에 머리통이 날고 주먹질에 가슴이 뻥뻥 뚫렸다. 뭉개진 가슴에 찔러 넣은 손을 빼내자 손가락 사이에 갈비뼈가 끼어 있었다.

먹잇감이 반항을 하자 시체들은 비웃는 듯이 크게 괴성을 질렀다.

크흘흘흘!

그 소리가 귀에 거슬렸던가. 1골드는 눈앞의 시체에 턱주가리를 뽑아 들며 더욱 포호성을 내었다.

"크와아아아아!"

한 발, 한 발. 1골드는 거침없이 시체들의 산을 향해 나아갔다. 몸을 던져 달려드는 시체들도 그의 발걸음을 멈추게 하지는 못했다.

1골드는 일 검에 수십 구의 시체를 갈라 버리고 일 권에 대여섯 개의 머리통을 박살 냈다. 한참이 지나도 시체가 줄지 않자 1골드는 귀찮아졌다. 그가 발을 굴렀다. 일순 땅거죽이 뒤집히면서 대지가 갈라져 용암을 쏟아냈다. 그가 포효성을 내질렀다. 한없이 달려들던 시체가 바닥에 엎드려 바들바들 떤다.

이지를 상실한 시체들이 떠는 모습이라니, 1골드가 천장지옥을 다스리는 마왕이라도 된다는 말인가. 알 수 없다.

오체복지(五體伏地)한 채 머리를 땅에 박은 시체들을 가소롭다는 듯이 내려다본 1골드는 성큼성큼 시체로 쌓아 올린 산 정상으로 향했다.

정상 가까이 오르자 번들번들한 갈색 머리통이 시야에 들어왔다. 한 발을 더 올라가자 뿔이 두세 개씩 달린 악마들이 무언가를 놓고 미친 듯이 달려드는 모습이 보였다.

1골드는 알 수 없는 분노가 저 밑바닥에서부터 치솟았다. 시체마저 경외해 마지않는 그이건만 악마들은 그를 본체만체했기 때문인가.

"크흐흐……!"

지옥불보다도 더 활활 타오르는 불길을 토해낸 1골드가 손을 휘저었다. 그러자 눈에서 쏟아낸 불길이 손을 통해 뻗어나갔다. 불길이 악마들을 휘감으며 순식간에 재로 만들어 버렸다.

끼아아아악!

귀를 떼어내고 싶을 정도로 듣기 거북한 괴성이 먹장구름

사이에서 울려 퍼졌다. 1골드의 시선이 검붉은 하늘로 향했
다.

구름보다 더 검은 박쥐 날개를 단 악마들이 쏟아져 내려왔
다. 1골드의 입가에 흰 줄이 그어졌다. 악마들을 반기는 듯한
모습.

대검을 등 뒤로 젖혀 검첨이 바닥의 한 점을 찍자 활처럼
휜 몸의 탄력을 받은 검이 벼락처럼 휘둘러졌다.

쩌저저저저적!

검신으로 붙어 길게 뻗은 어스름한 섬광이 하늘 끝까지 닿
아 천지를 두 토막으로 갈라 버렸다. 일순 대기를 가르는 무
시무시한 검세에 휘말린 악마들은 비명조차 지르지 못하고
먼지로 화해 사라졌다.

1골드의 입가에 띤 미소가 더욱 짙어졌다. 그는 시선을 내
려 악마들이 달라붙었던 무언가를 쳐다보았다.

그의 얼굴에 감돌던 비웃음이 한순간에 와르르 무너져 내
렸다. 수천만의 시체들 앞에서도 당당했던 그 굳건한 다리가
떨렸다. 손을 뻗는다, 아련한 무언가를 향해. 그는 손끝이 떨
려 잡을 수조차 없었다.

살점을 악마들이 뜯어 먹어 알아보기 힘든 얼굴이었으나
뼈만 남아도 1골드는 누군지 알 수 있다. 그를 따뜻하게 잡아
주던 팔이 뼈다귀밖에 남지 않았어도, 포근하게 안아주던 가
슴이 온통 헤어지고 뜯겨져 내장을 토해놓았어도, 아직도 달

콤한 감촉이 남아 있는 입술이 사라져 허연 이빨을 드러냈어도, 1골드가 어찌 잊을 수 있겠는가.

"그란델! 커어억!"

울부짖는 그의 입에서 선붉은 핏덩이가 토해졌다. 당당하던 얼굴이 무너지며 시뻘겋게 달아오르고 굵은 혈관이 불룩불거졌다. 눈에서, 코에서 물이 흘러 피에 전 얼굴을 씻어내었다.

쿠우우우우웅!

콰콰콰콰콰쾅!

하늘이 울었고 대지가 떨었다. 세상을 덮을 것 같은 그의 분노에 지옥이 무너져 내렸다.

와르르르르!

시체의 산이 무너진다. 산을 뚫고 거대한 동공이 솟구치며 그란델을 삼켜 버리려 한다. 살점이 반도 남지 않은 그란델이 그 동공 속을 빨려 들어갔다.

그란델을 쫓는 1골드도, 대지를 덮은 시체들도 지옥을 삼켜 버리려는 무저갱(無底坑) 속으로 사라졌다.

단 한 점의 빛도 들어오지 않는 심연(深淵), 그 한가운데 1골드가 서 있었다.

두드드드.

위에서 떨어지는 토막난 시체들이 그의 머리를 두드리고 피가 쏟아져 내려도 1골드는 단 한 곳만 바라보고 있었다.

혈안(血眼).

짙은 어둠조차 삼켜 버리는 혈안의 혈인. 순백의 머리카락을 휘날리며 그란델의 머리를 잡고 웃는 혈인이 머리가 아홉 개가 달린 거대한 뱀 머리 위에서 웃고 있었다.

날름거리는 혀로 시체를 받아먹고 피를 마시는 뱀이 누린 내를 풍기며 입을 벌릴 때마다 세상을 한 입에 삼켜 버릴 듯한 어둠이 밀려들었다.

1골드는 혀끝을 깨물어 잘라 버렸다. 짙은 피 내음이 입 안에 가득 찼다. 그러자 의지와 상관없이 굳어지던 무릎 관절이 펴지고 조아리려던 목에 힘이 들어갔다.

혈인이 웃는다. 그란델의 머리카락을 움켜진 팔을 앞으로 내밀고 흔들었다. 그러다 그녀의 얼굴을 한번 보고는 휙 던져 버렸다, 입을 쩍 벌린 뱀의 아가리 속으로.

"크아아아아!"

1골드가 미친 듯이 달려들었다. 그러나 거리가 좁혀지지 않았다. 온 힘을 다해 검을 휘둘러도, 그 하늘을 두 토막 내었던 섬광도 혈인에게는 아무런 타격도 주지 못했다. 의미없는 발악이었다.

어느 순간부터 아홉 개의 뱀의 머리도 보이지 않았고 백발의 혈인도 없었다. 단지 어둠을 삼키는 혈안만이 보였다. 다가온다. 눈과 눈이 코앞에서 마주쳤다.

찌지지……!

낙인이라도 찍는 듯 타는 소리가 나며 눈이 겹쳐졌다.

"크아아악!"

1골드가 두 눈을 감싸 쥐며 바닥을 굴렸다. 지옥의 모든 고통과 원한과 원망이 머릿속에 가득 차 뇌 세포가 울부짖는다. 숨이 턱 막힌다. 머리는 활활 타오르는 것 같고 몸은 차갑게 식었다.

"크어어어억!"

울컥!

비명 소리와 함께 시커멓게 죽은 피를 한 사발 토해낸 1골드는 거친 숨을 몰아쉬었다.

"허억……! 허억……!"

가물거리는 시야로 하얀 무언가가 보였다. 주위에서 고막을 자극하는 소리들이 달려들었지만 무슨 뜻인지 하나도 알아들을 수가 없었다.

1골드는 그런 것보다 안도를 했다. 살아난 것이다. 다시 살아난 것이다. 정우는 죽었지만 1골드는 산 것이다.

어떻게 살았는지도 안다. 어렴풋이 이승과 저승의 경계, 그리고 지옥에서 겪은 일들이 두루뭉술한 기억으로 남아 있었다. 영계의 기억과 악몽이 뒤범벅이 되어버린 것이다.

1골드는 본연의 육체, 미친 신의 장난으로 버려진 몸을 또 다른 위대한 존재의 도움으로 되돌려받은 것이다.

미안했음인가, 신의 선물도 받았다. 그의 뜻을 이루라고 받은 선물이다. 머릿속에 확연히 박힌 그 선물, 살았고 희망이 있다. 이젠 시간만이 필요할 뿐이다.

'이곳은 어디인가? 칸야는?'

그를 살리기 위해 칸야가 1골드의 육체를 어딘가로 끌고 가는 모습을 보았었다.

1골드는 정신을 놓으려는 몸을 부여잡고 눈을 부릅뜨려 했다. 조금씩 보이기 시작했다. 황홀한 금발이 먼저 눈에 들어왔다. 흠 한 점 없이 고운 피부에 넓은 이마, 거기에 호수처럼 맑은 푸른 눈동자와 마주쳤다. 오똑한 콧날에 연붉은 입술, 빌어먹게도 너무 아름다웠다. 이 순간에 이런 기분이 들다니, 그 입술이 움직이는 것 같다.

'씨발! 죽었구나. 천사일까?'

1골드는 어렵사리 붙잡은 정신을 놓아버렸다. 산 것이 아니었다.

"일어나셨습니까?"

가라앉은 기분을 한결 풀어주는 맑은 목소리였다.

멍하니 창에 시선을 주고 있던 1골드가 천천히 고개를 돌렸다. 목소리만큼, 아니, 그 이상으로 아름다운 얼굴이 자리하고 있었다.

"안녕히 주무셨습니까? 크라우치 사제님."

천사인 줄 알았던 그 금발의 미청년 크라우치였다. 육체는 봄멜에게 치료를 받고 정신을 잃은 나흘 동안 저 사제가 보살펴 주었다고 들었다.

신의 축복을 내려 놀란 영혼을 안정시켜 육체에 착신시켜 주었다고 하는데 1골드는 그게 무얼 의미하는지 몰랐다. 신의 축복이라니, 신의 축복과는 전혀 상관없는 인생이 그였다. 그래도 시녀들에게 전해 듣기론 성자라고 칭송받는 자라 했는데 그가 직접 병간호했다고 하니 고맙기는 했다.

손가락 하나 까닥하지 않는 게 귀족이라던데 이 사람은 그들과는 다른 면이 있는 것 같아 호감이 갔다. 천상의 미녀 같은 외모가 상당히 부담이 되기 했지만 말이다.

침상으로 다가온 크라우치가 가느다란 손가락을 뻗어 철가면을 살폈다.

"유진님, 이 가면은 아무래도 떼어내기가 힘들 것 같아요. 화상을 입은 당시에 치료를 했다면 모를까, 지금은 피부와 하나가 된 것 같군요. 제 생각엔 신경까지 건들지 않았나 싶네요."

"얼굴 따위는 상관없습니다."

부드러운 미소를 지은 크라우치가 덥석 1골드의 거친 손을 잡았다.

"카뮤님께서 유진님께 이런 고난을 내려주시고 그를 극복하게 하신 것은 언젠가 큰일에 쓰시기 위함입니다. 유진님의 말씀처럼 외모는 단지 보이는 한 부분일 뿐입니다. 진실은 여기 마음속에 있는 것이지요.”

1골드는 쓴웃음이 흘렀지만 그의 말을 반박하거나 손을 빼지는 않았다. 친인들을 다 잃은 지금 따뜻한 말 한마디를 건네주는 사람이기에.

“정말 미안합니다.”

“아닙니다. 그만큼 사과를 했으면 짐승도 알아들었을 겁니다. 크라우치님의 잘못이 아닙니다. 흉수들에 의해 크라우치님도 사경을 헤매셨다 들었습니다. 과례(過禮)는 비례(非禮)라 하였습니다.”

크라우치가 1골드를 돌본 이유이기도 했다. 크라우치는 그들을 쫓아온 브리언 교의 시크릿 가드들에 의해 변을 당한 것이라 확신하고 있었다. 라미안 교도들은 혈인을 본 적도 없었다.

순진하게 눈을 반짝인 크라우치가 말했다.

“예의가 지나치면 오히려 예의가 아니다. 아주 좋은 말이네요. 저한테 이 말을 빌려주실 수 있나요?”

“예? 빌려달라니?”

“제가 가끔 교인들에게 설교를 합니다. 그때 사용하려구요. 쑥스럽네요. 하하하!”

상쾌한 웃음소리에 1골드도 절로 웃음이 나왔다.

“훗! 아예 가지십시오. 저는 다시는 사용하지 않겠습니다.”

정우의 죽음과 아이온에서의 비극이 1골드를 감싸고 있어 웃을 일이 없었건만 이 기분 좋은 사제는 볼 때마다 웃음을 전해주었다.

원래 신관들은 말재주가 좋은 편이다. 여러 사람을 대하다 보니 자연스레 화술이 늘기도 했고, 종교를 전파하려면 타인을 설득하는 재주가 있어야 한다. 거기에 천성적으로 선한, 그 이상으로 호감이 가는 미청년 크라우치였다.

크라우치는 크라우치대로 1골드와 대화를 나누면서 마음을 열고 있었다. 교 내에서는 1골드처럼 격식없는 대화를 나눌 상대가 없었고, 겉모습과는 다르게 1골드의 말속엔 깊이와 박식함이 느껴졌다.

짧은 담소를 나누고 크라우치가 나가자 1골드는 다시 멍하니 창 너머를 바라보았다.

'이도 꿈인가?'

아니다. 그가 몰라서 자문하는 것이 아니다. 단지 한순간에 정을 준 사람들이 모두 죽었다는 것이 믿기지 않아서였다.

1골드, 잃어버린 육체를 찾은 것이다. 거부감은 없었다. 그동안의 긴 생활이 증명해 준다. 어느 순간부터 아이온의 세계도 현실처럼 받아들인 것도 이 때문이리라.

밋밋한 철가면을 썼다. 얼굴이 되어버린 철가면의 감촉이 손끝을 통해 전해져 온다. 그러자 가슴 저 밑바닥에서부터 살심이 치솟아올랐다.

'혈인!'

한순간에 모든 행복을 앗아가 버린 놈, 이가 갈린다. 피가 끓어오른다. 분노에 몸이 떨렸다. 순간 번뜩이던 안광이 빠른 속도로 갈무리되었다.

살심은 살심, 1골드의 머리가 차갑게 식었다. 생각만으론 아무것도 할 수가 없다. 생각과 행동의 차이점쯤은 충분히 알고 있는 그였다.

그는 먼저 스스로를 돌아봤다. 흔하디흔한 한 명의 용병일 뿐이다. 권력도, 무력도, 금력도 아무것도 가진 게 없었다. 거기에 미천한 경험까지.

적은 양부와 검사들마저도 죽인 무력을 가진 단체였다. 현재로서는 계란으로 바위치기다. 그럼 무엇부터 할 것인가.

1골드는 냉정함을 유지한 채 길고 큰 그림을 그리기 시작했다. 미처 날뛰는 가슴을 진정시키려면 차가운 머리가 필요하다.

"계획을 가지고 있으면 인내가 생긴다. 인내는 노력과 희망을 불러온다."

1골드는 스스로에게 다짐하듯이 말했다.

"하늘의 별처럼 많고 많은 게 사람의 날이므로 군자의 복수는 백 년이 걸려도 늦지 않다고 했다. 난 군자도 아니고 백 년이나 기다릴 생각은 추호도 없지만 지금은 벌레만도 못하다. 계획을 세워야 한다.”

그는 눈이 뒤집혀 미쳐 날뛰는 바보가 아니다. 냉철히 자신을 돌아보고 상대를 살필 줄 아는 머리가 있었다. 지금은 체력을 회복하는 게 우선이었다.

침대에 몸을 뉜 1골드는 정신을 호흡에 집중했다. 머릿속을 떠나지 않는 비참한 모습들을 지워야 했다. 절대 잊지 못할 기억이지만 지금은 오히려 해가 될 뿐이었다.

깊은 밤 1골드는 봄멜과 마주했다. 그에게 유일하게 마음을 열 수 있는 사람이라곤 봄멜과 칸야밖에 없었다.

봄멜은 입을 꾹 다문 1골드를 힐끗거렸는데 뻔칠한 철가면 때문에 얼굴 표정을 볼 수 없자 더욱 답답했다. 그는 덩치가 커다란 자들은 쉬이 흥분한다는 통설 때문에 1골드가 몸을 추스르기도 전에 뛰쳐나갈까 봐 내심 걱정하고 있었다.

“봄멜님.”

1골드가 입을 열었다. 가라앉은 음성이지만 봄멜은 안도의 숨을 내쉬었다. 다행이었다. 생각보다 더욱 차분한 것이다.

“스승님이라고 불러라.”

엉뚱한 소리를 내뱉는 봄멜을 보며 쓴웃음을 짓자 1골드는 철가면 때문에 얼굴 근육이 당겨 아팠다. 이도 적응이 되려면 시간이 필요했다. 이제는 표정 변화도 없는 진정한 철면이 되어야 할지도……

"예, 스승님."

봄멜에게서 아이온과 인생을 배워야 하기에 틀린 말도 아니었다. 흐뭇한 미소를 지은 봄멜이 한결 부드러운 목소리로 말했다.

"지금은 사제지간의 예를 올릴 상황이 아니니, 그 과정은 생략하기로 하자. 그래, 하고 싶은 말이 무엇이냐?"

"용병단장의 의중을 알고 싶습니다."

지금 가용할 수 있는 힘은 용병단이 유일했다. 1골드는 바로 흉수들의 정체를 쫓을 수 있는가를 알고 싶었다.

"글러먹었어. 그놈의 도움을 바라지 않는 게 좋을 것이야."

그들의 대화 속에는 유진의 복수가 전제되어 있었다. 이 시대에 아비에 대한 복수는 당연한 것이다. 흉수를 잡아 죽인다고 교도소에 갈 일은 없다. 신분을 초월하다면 이야기가 달라지지만.

"봄… 스승님도 흉수들이 브리언 교라 생각하십니까?"

"글쎄다. 현재로서는 가장 타당하긴 해. 하나, 단정 짓기에는 미흡한 부분이 많은 것도 사실이구나."

라미안 일행이 샤벨 시에 들어온 날 드록바에서 영주가 직접 기사단을 이끌고 왔음은 물론이고, 수도에서 대노한 국왕이 이왕자의 인솔 하에 근위 기사단이 보냈다는 연락을 받았다. 이만 봐도 크라우치 일행이 습격을 받았다는 것은 진실이었다.

그래도 만유 왕국에서 브리언 교에 강력한 항의를 할 수는 없었다. 국가 간이 아닌 교단끼리의 싸움이었다. 기껏해야 왕가 차원에서 유감 정도나 표명할 것이다. 브리언 교는 콧방귀도 뀌지 않을 테지만.

"게다가 네가 말한 혈인은 도무지 알 길이 없구나."

"분명 흉수들은 혈인을 알고 있었습니다. 라미안 교를 쫓는 시크릿 가드들 중에 혈인이 있던가. 아니면 제3의 인물입니다."

"백발의 혈인이라… 광전사일까?"

말해놓고도 억측이라는 듯 봄멜이 고개를 저었다. 광전사는 어둠의 정신계 정령(Dark Platonic Elements), 분노의 상급 정령 퓨리가 깃든 존재다. 매개물이 된 인간의 능력에 따라 무력이 천차만별이라 해도 모든 정령왕과 교감이 가능하기에 무시할 수는 없다.

상상하기도 힘든 일이지만 만약 마스터 급이 광전사가 되었다면 그랜드 마스터가 아니고서는 막을 수 없다.

"흐음… 그런 마물을 교단에서 만들 리는 없고. 악마에게 육신을 지배당한 네크로맨서일까?"

광전사보다는 네크로맨서 쪽이 타당할 것이다. 퓨리를 부리는 인간은 찾아보기 힘들다. 자취를 감춘 다크 엘프나 가능한 일이었다.

이도 혈인을 설명하긴 힘들다. 악마가 되어버린 네크로맨서를 쫓는 신관들이었다면 그렇게 사라질 리 만무하다. 용병단에 도움을 요청하거나 네크로맨서에게 피해를 당한 백성들을 위해 제를 올려주어야 정상이다.

"혈인이 광전사든지, 악마이든지 네 말대로 교단에 속한 놈일 게다."

"혹, 악마를 모시는 교단은 없습니까?"

"물론 있지. 하지만 집터에 남은 흔적은 분명 빛의 계열이었다. 만약 신성 마법만 사용되지 않았다면 나도 그들을 떠올렸을 게다."

"휴우우."

오리무중이었다. 단서라곤 백발의 혈인과 신성 마법을 사용하는 자들이라는 것밖에 없었다. 혈인은 도저히 그 정체를 가늠할 길이 없었고 그 당시에 그만한 세력을 가진 신관들은 라미안 교와 브리언 교였다.

중요 인물인 크라우치는 만신창이가 되었고 맥그레이 장로는 사경을 헤매고 있었다. 왕국에서 호위로 붙여준 근위 기사단과 병사들은 전멸한 상태로 브리언 교에 쫓기던 라미안이 그런 일을 벌일 여유가 없었을 터였다.

1골드는 브리언 교 쪽으로 마음이 기울었다. 북방의 강자인 밀리언 연방을 등에 업고 있고 오천만의 교도를 가지고 있다는 브리언 교다. 검 한 자루 들고 뛰어들 상대가 아니었다.

나오는 한숨은 어쩔 수 없다 해도 1골드는 좌절하지 않았다. 오히려 힘이 솟았다. 그 정도는 되어야 한다. 한낱 이름 없는 흉수들에게 당할 양부가 아니기에. 그리고 양부의 이름으로 지옥으로 보낼 자들이 많기에.

"앞으로 어찌할 생각이냐?"

잠시 유진의 얼굴을 그리던 1골드가 봄멜을 바라보았다.

"잡아야지요. 잡아서 아버지의 영전에, 그란델과 아이들의 영전에 목을 바쳐야 합니다."

"상대가 브리언 교라도?"

1골드는 당연하다는 듯 고개를 끄덕였다. 상대가 조물주라도 상관없었다. 벌써 신들의 장난질에 고통을 당했었다. 1골드에게 신들은 개 같은 족속들이었다. 단 한 명 그를 도와준 신만 빼곤.

"스승님, 전 여기를 떠날까 합니다."

"응? 어디로? 갈 데라도 있느냐?"

"딱히 아는 곳도 없고 정한 곳도 없지만 이곳에 남아 있기가 싫습니다."

그럴 것이다. 친인들의 흔적이 곳곳에 배어 있다는 점을 차치하고도 단장 바론의 행태가 꼴도 보기 싫을 것이다. 봄멜 또한 바론과의 신뢰에 금이 간 상태였다.

"좋다. 그래, 떠나자꾸나. 이 넓은 아이온에서 우리 둘이 거할 곳이 없겠느냐? 이 참에 왕실 마법사로 확 들어가 버릴까? 연방과 적대시하는 왕국은 많으니 도움이 될 게다.”

봄멜의 마음 씀씀이가 고마웠다. 하지만 갈 곳은 이미 정해져 있었다, 뇌리에 뚜렷이 박힌 장소로.

1골드가 고개를 저었다.

“칼이 무딥니다. 무엇이든 벨 수 있는 칼을 얻고 싶습니다. 그래서 제국에 가려 합니다.”

정확히는 제국 남동쪽의 대륙을 남북으로 가르는 원시 밀림이 우거진 곳, 에티우스 밀림 지대였다. 그곳에 무엇이 있는지는 모른다. 횡한 공터라도 상관은 없었다. 어차피 검을 수련할 곳이 필요했으니까. 유진의 유지이기도 했고.

“제국?”

나쁘지 않은 선택이었다. 1골드의 견문이 미천하다는 것을 봄멜도 알고 있었다. 봄멜은 동의를 하면서 1골드를 다시 한 번 돌아보았다.

그가 알고 있던 1골드가 아닌 듯해서다. 죽을 고비를 넘겨서인지 사람이 확 바뀐 듯했다. 전에 보이던 어리버리한 모습은 눈 씻고 봐도 찾아볼 수 없었다.

‘전격 마법에 맞은 것보다 더한 충격을 받아서 머리가 확 깨인 것일까?’

엉뚱한 생각을 한 봄멜은 피식 웃었다. 나쁘지 않았다.

“오오오!”

"천신(天神)이다!"

내성 성문을 가득 메운 군중 입에서 탄성이 동시에 터져 나왔다. 흰 망토 속에 삐까번쩍한 갑옷을 두른 성기사들 사이로 한 사내가 모습을 보여서였다.

성기사들도 샤벨 시에서는 찾아보기 힘든 미청년들이지만 그들의 호위를 받고 있는 사내는 그들과 비교조차 되지 않았다.

성기사들을 보면서 몸을 빌빌 꼬던 처녀들은 다리가 풀려 주저앉았고 부인네들마저도 몽롱한 눈빛으로 크라우치의 자취를 따랐다.

경비를 맡은 거친 용병들마저 입을 떡 벌리고 있었으니 한밤중에도 빛이 날 것 같은 크라우치는 외모만으로도 어리석은 백성들의 마음을 흔들어놓기에 충분했다.

라미안은 샤벨에 고마움을 표시하는 의미로 임시 교당을 짓고 백성을 돌봐주기 시작했다. 어디 평민들이, 그것도 샤벨 같은 촌도시에서 고위 신관의 축복을 받을 상상이나 했겠는가.

게다가 성자라 칭송에 마지않는 크라우치가 있었으니 그 소식을 들은 백성들은 샤벨 시 인근은 물론 드록바에서도 몰려들어 샤벨 시는 인산인해를 이루었다.

그 많던 여관들이 꽉꽉 들어찼음은 당연했고 인가는 물론 시 외곽 공터에까지 허름한 천막이 생겨났다.

그 속에는 제법 이름깨나 높다는 귀족들도 한둘이 아니었다. 그네들이 평민들과 똑같이 기다리기는 만무할 터.

값비싼 장신구를 주렁주렁 매단 한 귀부인이 순서를 무시하고 교당에 들려고 했으나 성기사의 제지를 받았다.

일반 기사였다면 뾰족한 말이 먼저 튀어나왔을 테지만 성스러운 신을 모시는 기사들은 일반 기사들보다 우대를 했고 크라우치의 호위들이기에 귀부인의 말투는 한결 부드러웠다.

"크라우치 사제님을 뵈려고 합니다만."

"죄송합니다, 부인. 기다리는 손님들이 있습니다."

주변을 둘러본 귀부인이 빙긋 웃었다. 제법 단정히 차려입었다고는 하나 그녀의 눈에 그보다 지체 높은 인물은 한 명도 들어오지 않았다. 성기사가 무언가 착각을 한 것인가 싶어 그녀는 신분을 말했다.

"무례하군요. 나는 레슬리 가의 사람이에요."

성기사는 눈썹 하나 꿈틀하지 않고 말했다.

"크라우치님께서 엄명을 내리셨습니다. 예외는 없다. 카뮤님을 찾은 순서대로 들라 하셨습니다. 저기 인명록에 기재를 하시고 순서를 기다리시기 바랍니다."

귀부인이 표독스럽게 쏘아보았지만 그녀를 막은 팔은 내려갈 것 같지 않았고 굳게 다문 입술은 더 이상 열릴 기미가 보이지 않았다.

주눅 들어 길을 내어준 백성들은 그 모습을 지켜보며 쑥덕거리기 시작했다.

"레슬리 가가 왕가보다 더 높은 가문인가 보지."

"그러게. 왕자님도 크라우치님을 뵈려면 선약을 해야 한다던데, 뭘 믿고 저리 방자하게 나오는 걸까?"

"아아! 역시 누구와는 다르게 백성들을 아끼시는 크라우치님이야. 난 영원히 그분을 사랑할 거 같아."

얼굴이 달아오른 귀부인은 몸을 획 돌려 사라졌고 백성들의 칭송 소리는 더욱 높아만 갔다.

그러던 한때 교당의 문이 벌컥 열리며 한 중년인이 뛰어나왔다.

"으하하하하……! 꺼억! 흑흑흑… 카뮤님!"

미친 듯이 웃던 사람이 갑자기 무릎을 꿇고 교당을 향해 연신 대례를 올리며 울음을 터뜨렸다.

"꺼흑! 감사합니다. 감사합니다."

그 모습을 괴이하게 지켜보던 궁중 속에서 탄성이 터졌다.

"아니! 저 사람은 다리를 절던 길버트 아냐!"

"오오오! 맞다! 길버트 씨다. 이럴 수가! 내 눈이 잘못되었나? 분명 무릎을 제대로 펴지도 못했는데."

"카뮤님! 오오, 신이시여!"

그 소리를 들은 군중은 여기저기서 무릎을 꿇고는 카뮤를 칭양하는 목소리를 높였다. 깊은 병에 걸리면 생명을 하늘에 맡기는 수밖에 없는 백성들이었다. 눈앞의 기적, 그들은 떨리는 가슴을 부여잡고 카뮤를 향해 마음을 열었다.

"흐음……."

마치 광신도 집단처럼 변해 버리는 군중을 보며 봄멜은 씁쓸히 발길을 돌렸다.

백성들의 믿음을 기반으로 하는 교단이다. 신에 대한 백성들의 갈망과 믿음이 강할수록 모시는 신의 힘이 강해진다고 들었다.

그 점이 마법사와 신관들의 차이다. 백성들에게 다가서려는 신관들, 자신만의 마법 세계에 빠져 허우적대는 마법사. 백성들의 신망은 당연히 신관들의 차지다.

기분 좋은 일은 아니었으나 특성상 어쩔 수 없기도 했다. 백성들의 신망을 얻기 위해 어렵게 쌓은 마나를 써가며 백성들을 돌볼 마법사도 없었고 그럴 시간에 마법서를 한 자라도 더 읽는 족속들이었으니.

그간 라미안 교를 살핀 봄멜은 딱히 이상한 점을 찾지 못했다. 엄중한 부상을 당했다는 크라우치와 맥그레이가 빠른 회복을 보인 건 회복술이 뛰어난 신관들이니 그럴 수 있을 것이었다.

또한 가까이 지켜본 바로는 크라우치라는 자의 인품이 성자란 소릴 들을 만큼 훌륭했다. 온전치 못한 몸으로 1골드를 돌보고 회복하자마자 백성들을 찾았다. 어디 한 군데 라미안 교에서 의문점을 찾을 수 없었다.

　백성들의 아쉬움을 뒤로하고 크라우치는 오늘도 여지없이 1골드를 찾았다.
　"허허! 정말입니까?"
　"예, 그래서 제 이름이 1골드가 되었습니다."
　"휴우… 멀고도 멀었어요. 카뮤님의 광영을 대륙 곳곳에 전해야 하는데, 백성들의 고통 소리는 줄지 않고 우린 힘이 없으니……."
　1골드가 불쑥 물었다.
　"라미안 교는 모든 사람이 평등하다 생각하십니까?"
　의외의 질문, 크라우치는 잠시 말문이 막혔다. 신분제를 전면으로 부정하는 말이었다. 크라우치도 아이온의 사람, 당연하다 여겼던 문제였다.
　"흠흠, 글쎄요… 교리를 설명하는 것보다 예를 들어 말씀드리지요. 왈카의 성기사단, 검들은 전부가 귀족은 아닙니다. 버려진 아이들도, 천민도, 평민도, 귀족들도 섞여 있어요. 교에서 운영하는 학교에 다니던 아이들 중에 무술의 자질이 우수한 아이들이 성기사 교육을 받습니다. 아아! 강제는 아니고 뜻이 있는 아이들만요. 그렇게 수련을 받아 교육생에서 병사가 되고 기사가 되어 사도의 위치까지 오릅니다. 제가 알기론 귀족이라고 함부로 사도에 임명하진 않습니다. 사도 중에는 평민도 있으니까요."

능력이 있으면 성기사가 될 수 있다는 말이었다.

"신관 분들도 마찬가지입니까?"

크라우치는 이 질문에는 바로 대답하지 못했다. 교단 내부에서도 암투가 존재하기에 파벌이 형성되어 있는 것이다. 또한 왕권과 교권의 문제도 얽혀 있어 그리 단순한 문제가 아니었다.

"이런 말까지 하기는 조금 뭐하지만, 신성 투실바는 조금 복잡한 정치 문제가 있어서 한마디로 설명하기가 힘들어요. 저도 그 문제 때문에 맘이 편치 않아요. 그래도 고위 신관 분들 중에 평민 출신도 있다고 말씀은 드릴 수 있겠네요."

라미안 교에서는 신분제를 부정하지는 않으나 탄력적인 운영은 가능하다는 뜻으로 1골드는 받아들였다.

사회의 근간을 이루고 있는 신분제가 갑작스럽게 무너지면 일시적으로 백성들은 자유를 찾은 것처럼 보이지만 실상은 사회 자체가 붕괴한다. 신분제의 나름대로 정해진 역할 속에서 사회가 움직이는 것이다. 그 틀이 무너지기에 백성들은 공황 상태에 빠져든다.

1골드도 모르는 바는 아니었으나 크라우치가 백성들을 친근하게 대하는 모습에서 불쑥 그런 의문이 떠올랐다.

"왜 갑자기 그런 질문을?"

"아닙니다. 크라우치님께서 백성들을 아끼시는 모습이 차별을 두지 않는 듯해서.”

“아! 이야기를 들으셨군요. 카뮤님을 찾는 백성들의 마음은 다 똑같습니다. 신분에 따라 많고 적음이 없지요. 카뮤님께서도 말씀하셨습니다, 내 품에 들어온 백성들은 자식같이 아끼라고. 저는 그저 카뮤님의 행사에 따르는 종일 뿐입니다.”

형언할 수 없는 외모에 맑은 눈 속에는 따뜻함이 묻어나는 듯했다. 별반 사람을 대해보지 않은 1골드라도 정말 크라우치는 탄복(歎服)할 만한 사람이었다.

“그래, 1골드, 아니, 유진님은 앞으로 어떻게 할 작정이십니까?”

봄멜과 똑같은 질문이었다. 1골드는 크라우치도 그 사건과 연류되어 있기에 그런 말을 꺼내는 것이라 생각했다.

“찾아야 합니다, 그 혈인을. 또한 흉수들도요. 하지만 지금은 제가 가진 힘이 없으니 기다릴 겁니다.”

“휴우……! 전쟁은 전쟁을 부르고 복수는 복수를 낳는다고 하였습니다.”

크라우치가 길게 한숨을 내뱉었다. 1골드를 이해하지 못할 바는 아니나 신관으로서 피의 길을 가려는 그를 말리고 싶었다. 1골드가 제법 강성한 기운을 가지고 있다 해도 성기사에도 미치지 못했다. 돕는 마법사가 있어도 어려운 일이었다. 그가 말을 이었다.

"피의 수레바퀴는 돌고 돌아 다시 돌아옵니다. 예전 고대 왕국의 한 위대한 정복왕이 있었지요. 그의 군대가 지나는 길엔 풀 한 포기 남지 않았습니다. 결국 그는 자신의 욕망대로 북대륙을 정벌합니다. 하지만 일일 천하였습니다. 황좌에 오른 지 하루도 되지 않아 독살당하고 맙니다. 그를 죽인 자는 그가 가장 총애하던 비(妃)였습니다. 어느 전쟁에선가 비의 가족을 황제의 군대가 죽인 것이지요. 그 황비는 세 명의 자식을 두고서도 황제를 해하고 맙니다. 그 비는 또다시 자식에게 죽임을 당합니다. 부인이 남편을 죽이고 자식이 어머니를 죽이는 천륜을 저버린 비극입니다."

크라우치의 말이 끝나자 1골드의 낮은 음성이 울렸다.

"저도 한말씀 드리겠습니다. 남자(선비)는 자기를 알아주는 사람을 위해 목숨을 바치고 여자는 사랑해 주는 사람을 위해 화장을 한다는 말이 있습니다."

1골드는 춘추시대 말기의 '사위지기자사(士爲知己者死)하고 여위열기자용(女爲悅己者容)' 라는 고사를 인용했다.

진(晉)나라에 예양이라는 남자가 살고 있었다. 그는 처음에 범씨, 중행씨라는 고관을 섬겼으나 높이 등용되지 못했다. 그 다음에는 지백이라는 고관을 섬기게 되었는데 이번에는 능력을 인정받아 높은 직책에 발탁되었다.

그러나 지백은 세력 다툼에서 경쟁자인 조양자에게 죽임

을 당하고 만다.

주인을 잃은 예양은 도망가 복수를 맹세했다.

그는 그 후 조양자의 화장실에서 비수를 품고 숨어 있다가 잡혔다. 그러나 조양자는 문초하는 내용을 듣고는 '이 선비는 의리를 아는 선비다. 나만 조심하면 그만이니 살려주라'고 선처를 베풀었다.

풀려난 예양은 이번에는 몸에 옻칠을 하고 머리카락도 짧게 잘랐으며, 문둥이처럼 변장한 채 걸식을 하고, 심지어 숯을 먹어 목소리까지 변조시키고는 조양자를 노렸다.

얼마나 철저하게 변장을 했는지 자기 아내마저 몰라볼 정도로 오직 절친한 친구 한 명만 그를 알아보곤 물었다.

"자네는 지백을 섬기기 이전에도 다른 주인을 섬긴 적이 있거늘, 어찌 지백을 위해서만 이렇게 갖은 고생을 겪으면서도 복수를 하려는가?"

예양은 '다른 사람과 달리 지백님은 나를 중히 써준 분이다. 여자는 자기를 사랑해 주는 남자를 위해 화장을 하고, 남자는 자기를 알아주는 이를 위해 목숨을 바친다' 라고 대답했다.

어느 날 다리 위에서 조양자를 기다리다가 예양은 다시 붙잡혔다. 조양자도 이번에는 참지 못했다.

"네가 섬기던 지백은 죽었는데 어째서 원수를 갚으려고 하느냐?"

이에 예양은 이렇게 대답했다.

"지백님은 나를 선비로 대우해 주었기 때문이오. 이번만큼은 살 수 없음을 알고 있습니다. 하지만 이대로 죽기에는 너무 한스럽습니다. 그러니 당신의 옷이라도 칼로 쳐서 주군의 한을 조금이나마 씻게 해주십시오."

조양자는 그의 의지에 감동해 의복을 벗어주었다.

예양은 칼을 뽑아 기합 소리와 함께 옷을 세 번 자른 후 '지백님의 은혜를 갚았다' 고 외치고는 스스로 자기 목을 찔러 자살한다. 그런데 칼로 자른 옷에서 피가 흘러내렸다. 이 괴사를 목격한 조양자는 너무 충격을 받은 나머지 시름시름 앓다가 1년 후에 죽는다.

아이온의 세계에 맞게 고사를 각색해 크라우치에게 들려준 1골드가 말을 이었다.

"짐승이나 다름없던 저를 돌봐주시고, 그것도 모자라 아들로 삼아주신 분입니다. 복수를 위해 이 한목숨 바치는 것은 당연한 일입니다. 물론 전 옷만 자르지는 않을 겁니다."

크라우치는 감복(感服)했다. 은근히 가지고 있던 호감이 커져 그를 곁에 두고 싶은 마음이 일었다.

"나 때문에 발생한 일입니다. 내가 도움을 드리지요. 교단에 말해 그들을 찾도록 하겠습니다."

유진과 함께한 바론조차도 외면한 일을 이 사제는 먼저 도움을 주겠다고 한다. 1골드가 고개를 숙였다.

"감사합니다. 염치 불구하고 부탁드리겠습니다."

그들이 대화를 이어가는 와중에 방문 건너에서 작은 소란이 일었다. 격식없는 대화에 만족해하던 크라우치가 눈살을 찌푸렸다.

"무슨 일입니까?"

문밖에서 성기사의 목소리가 들려왔다.

"유진님을 찾아온 아이가 있사온데 로브를 벗으라 하니 거절하기에 황송하게도 언성을 높였습니다. 별일 아니니 심려치 마십시오."

"들여보내 주십시오. 제 동생이나 다름없는 아이입니다."

로브를 뒤집어쓴 아이, 봄멜에게 가 있는 칸야였다.

조심스레 문이 열리고 체격보다 훨씬 큰 로브를 뒤집어쓴 칸야가 들어섰다.

"스승님께서 보내셨니?"

"예, 유진님. 봄멜님께서 찾으십니다."

흠칫 놀란 크라우치가 물었다.

"마법을 배우고 있나요? 그리 보이지 않는데?"

"배우진 않았습니다만 스승님으로 모셨습니다."

"익힐 생각인가요?"

"저는 검사입니다. 아버지의 유지도 있고 해서… 잘 모르겠습니다."

"외람된 말이지만 좋지 않습니다. 마법은 심성을 탁하게 만들어요. 경지를 이루었다는 마검사를 들어본 적도 없고요. 쉬이 결정을 내리지 말기를 바랍니다."

크라우치도 신관이라 마법에 민감한 반응을 보였다. 말없이 흘려버린 1골드가 문득 드는 생각이 있어 칸야와 크라우치를 번갈아 쳐다보았다. 앉은뱅이도 일어서게 만들었다고 들었다. 가능할지도 모른다.

"칸야야, 모자를 벗어봐라."

뜻밖의 말에 칸야의 몸이 움찔했다. 신관들이 1골드의 처소에 있다는 걸 알았으면 오지도 않았을 것이다. 그런데 그들의 우두머리 앞에서 얼굴을 보이라니, 딴사람이 한 말이라면 오해를 하고 도망쳤을 테지만 1골드의 앞이었다.

칸야는 보기에도 안쓰러울 정도로 떨리는 손으로 모자를 벗었다.

질끈 눈을 감은 칸야는 크라우치에게서 아무런 반응이 없자 실눈을 떠 신관을 찾았다.

"헉!"

너무나 아름다운 얼굴에 오히려 신음성이 그의 입에서 흘러나왔다.

크라우치는 흠칫했으나 털복숭이 칸야를 천천히 훑어보았다. 마족인 웨어울프는 아니다. 뱀파이어나 웨어울프들은 인간의 모습을 하고 있어도 체온에서 구별할 수 있다. 그들은 인간보다 냉혈을 갖고 있었다.

'수인족? 글쎄, 유사 인종인 그들은 멸종했다고 알려졌는데……'

그때 1골드의 말소리가 상념을 깨웠다.

"다모증(多毛症)이란 병입니다. 보통 사람들보다 털이 많이 나는 병입니다. 혹시 사제님께서 고칠 수 있나 해서… 계속 부탁만 드립니다."

털이 많이 나는 병이라는 말에 크라우치는 고개를 갸웃했다. 들어본 적이 없었다.

"그런 병이 있나요?"

"예, 대부분 타고난 천형으로 알고 있습니다."

"호오! 의학 지식까지 갖추고 계신지는 몰랐네요."

"아, 아닙니다. 그저 주워들은 정도입니다."

1골드는 다모증의 완벽한 치료가 힘들다는 것 또한 알고 있었지만 신기한 마법이 성행하는 곳이니 혹시나 하는 마음으로 부탁을 한 것이다.

이상하리만치 호감이 드는 1골드의 부탁이기에 크라우치는 흔쾌히 승낙하고는 칸야의 손을 잡았다.

"난 이 병은 잘 모른단다. 하지만 카뮤님의 권능은 그 끝을 헤아릴 수 없으니 좋은 결과를 가져올 것이다. 계속해서 마음속으로 되새기거라. 이 보기 흉한 털을 제거해 달라고 카뮤님께 빌고 또 빌거라."

근래 귀에 딱지가 앉도록 들은 성자 크라우치가 아닌가. 금 방이라도 울 것 같은 얼굴에 칸야는 말을 잊지 못하고 계속 고개를 끄덕였다. 이런 복이 그에게 찾아올 줄은 꿈에서도 몰 랐다.

크라우치는 바른손을 칸야의 머리에 올리고 다른 손으로 칸야의 작은 손을 감쌌다. 그리고는 살며시 눈을 감았다.

순간 신성력을 끌어올리자마자 주변의 마나가 파동을 치 며 그의 주위로 모여들었다.

신성한 기운에 휩싸여 눈이 시리도록 밝은 금발을 휘날리 는 크라우치를 보자 1골드는 지금의 상황도 잊고 그 아름다움 에 취해 버렸다. 인세에서는 도저히 볼 수 없는 듯한 모습에.

'…천사다.'

조금 지나서는 살이 떨리는 막대한 마나의 유입에 입을 떡 벌렸다. 세상이 넓긴 정말 넓다. 이런 강자가 눈앞에 있었는 데도 몰라보다니. 그는 다시 한 번 우물 안 개구리임을 실감 했다.

1골드의 눈에 작은 떨림이 일었다. 외모와 풍기는 품성으 로만 영웅을 논한다면 그는 단연코 눈앞의 크라우치를 손꼽 을 것이다. 몽롱한 눈이 일순 섬광이 일곤 초점을 되찾았다.

이어지는 광경에 1골드는 철가면만 아니라면 함박웃음을 지었을 것이다. 칸야의 몸에서 터럭이 빠지기 시작했다. 손이 며 팔이며 얼굴을 수북이 덮고 있던 털들이 떨어져 내렸다.

"하하! 우리 칸야가 이렇게 미남이었다니, 진흙에 가려진 진주였구나!"

그리 뛰어난 외모는 아니었으나 1골드는 진정 감탄했다는 듯이 목소리를 높였다. 이에 크라우치까지 맞장구치자 칸야의 하얀 피부는 홍시처럼 붉어졌고 고개를 들지 못했다. 누가 볼까 무섭게 털이 빠진 손등을 조심스레 쓸고 손길이 얼굴로 향했다. 부드러운 피부의 감촉, 눈앞에 뿌옇게 변하면서 눈물이 흘러내렸다.

"흑흑. 감사합니다, 크라우치님, 유진님."

햇빛조차 볼 수 없던 칸야의 감동은 이루 말할 수 없었다. 이제 정상적인 생활이 가능해진 것이다. 어두운 지하실을 벗어나 또래의 아이들과도 뛰어놀 수 있고 자랑스레 얼굴을 들고 시내를 돌아다닐 수도 있었다.

만남이 있으면 헤어짐이 뒤따라오는 것은 불멸의 이치.

한 달여를 샤벨 시에 머문 라미안 교 일행이 떠나는 날이었다. 원래 일행을 추스른 후에 바로 투실바로 가려 했으나 백성들에게 선행을 베풀고 1골드와 친해진 크라우치가 늑장을 부리는 통에 많이 늦추어진 것이다.

이왕자가 이끄는 왕실 근위 기사단에 오스넬 영주의 병력까지 합쳐진 라미안 교 일행은 웬만한 기사단은 능히 대적할 만한 진력이었으니 리미안 교는 용병단 초위 병력까지 받아들였다. 처음 용병단에 발을 디뎠을 때의 약속을 지킨 것이다.

크라우치는 떠나기에 앞서 바론 단장을 찾기보다는 1골드를 찾았다. 같은 신성력을 익힌 동질의 기운을 가진 것도 그렇다고 신분이 비슷하다거나 뛰어난 인재라서가 아니라 그냥 마음이 통했다. 곁에 두면 편하다고나 할까, 수십 년을 사귄 친구처럼.

"나 간다네."

하인에게도 말을 놓지 않는 크라우치가 1골드에게 하대를 했다.

"가시는군요."

별다른 말 없이 둘은 그저 눈빛을 마주쳤다. 먼저 입을 뗀 것은 크라우치였다.

"정말 나를 따라갈 생각이 없어?"

왈카의 검술을 익히게 해준다고 해도, 홍수를 찾으면 전력을 다해 도와준다고 해도 1골드는 변함없는 답을 내놓았다.

"예, 말씀만으로도 감사합니다. 지금은 제가 크라우치님께 짐만 될 뿐입니다. 후에… 후에 작은 힘이라도 보탤 수 있게 되었을 때 제가 크라우치님을 찾아뵙겠습니다."

결연한 의지가 담긴 말이었다.

"후우… 자네 생각이 그렇다면… 신전으로 기별을 넣게. 특별한 사항이 있으면 내 연락하겠네."

“감사합니다. 무리해서 흉수들을 쫓지 않으셔도 됩니다. 크라우치님의 도움, 절대 잊지 않겠습니다.”

말만으로도 믿음이 가는 친구였다. 크라우치는 1골드의 손을 꼭 잡아주고는 아쉬움을 남긴 채 몸을 돌렸다. 꼭 다시 볼 것 같은 예감이 그의 발걸음을 가볍게 했다.

1골드도 크라우치의 모습이 보이지 않을 때까지 뒤를 쫓다 아쉬움을 털어내고 몸을 돌렸다. 그도 이제 떠날 시간이 된 것이다.

“나도 간다.”

“저도 갈 거예요.”

“……”

출발부터 난관이었다. 1골드는 봄멜과 칸야를 보며 입맛을 다셨다.

부서진 대검을 수리하고 유진의 저택을 정리하자 일주일이란 시간이 훌쩍 지났다. 여분의 돈을 하인들에게 나누어 주었고 가산을 처분했다.

장거리 여행에 묵직한 금화를 들고 다닐 수 없기에 처분한 돈은 아이온 북방 제일의 강대국인 크로시안 제국에 속한 바알 가(家)의 환수표로 바꿨다.

바알 가는 북방 제일의 상단으로 제국을 제외하고도 십여 개국의 주요 도시에 15개의 지점을 가지고 있어 어디를 가두

환전이 가능했다.

유진의 검사들 중 일부는 용병단에서 받아들였으며 대부분은 그들의 길을 찾아 떠났다. 그중 1골드를 따라가겠다는 자는 한 명도 없었다. 1골드 또한 잡을 이유도, 잡고 싶은 마음도 없었다.

홀가분하게 주변을 정리한 1골드는 작별 인사를 하러 봄멜을 찾았다가 이런 상황에 직면한 것이다.

"가자! 벌써 준비가 끝났다."

봄멜은 제자 안도르를 시켜 1골드를 돕게 하면서 떠날 준비를 했다. 바론이 아무리 잡으려 애를 써도 그는 요지부동이었다. 두 명의 제자 중 3써클의 벽에 부딪친 하워드는 세상을 배우라는 의미의 행각 수행(行脚修行)을 보냈다.

무사처럼 마법사도 일정 수준에 오르면 스승의 문하를 떠나서 수행길에 오른다. 넓은 세상을 직접 보면서 견문도 넓히고, 자신의 경지를 세상 속에서 검증하라는 의도다.

1골드는 세상에 처음 나서는 그를 걱정하는 봄멜의 마음을 모르지 않았으나 냉큼 감사를 표할 수 없었다.

그가 가고자 하는 곳은 제국을 넘어 에티우스 밀림이었다. 생사의 갈림길에서 뇌 속에 또렷이 각인된 곳이다. 그곳을 가게 되는 경위를 봄멜에게 어떻게 설명해야 할지 난감했다. 게다가 칸야까지 간다고 나선다.

그사이 봄멜은 목숨보다 더 소중한 마법서를 넣어둔 이공간을 열고 오랜만에 마법 지팡이 두 개를 꺼내었다. 30㎝ 길이의 끝에 둥근 구슬이 달린 오브(Orb)와 그보다 한 뼘은 더 긴 마법 스틱을 놓고 고민하다가 스틱을 잡았다.

보통 마법 증폭과 빠른 시현을 위해 사용하는 마법 지팡이는 미스릴로 만든 것을 제일로 친다. 하나 워낙 미스릴의 가격이 비싸다 보니 고위 마법사가 아니고서는 엄두를 내지 못한다. 게다가 봄멜처럼 저리 긴 스틱을 가진 마법사는 흔치 않았다. 언뜻 보면 마법 스틱이라기보단 레이피어(Rapier)에 가까웠다. 미스릴로 만들어졌으니 웬만한 검보다 더욱 단단했다.

가볍게 스틱을 휘저은 봄멜이 만족한 미소를 짓고는 앞장섰다. 그의 뒤를 제자 안도르와 결연한 표정을 지은 칸야가 뒤따랐다.

한숨을 내쉰 1골드는 고개를 젓고는 무거운 발걸음을 옮겼다. 에티우스를 찾아가는 적당한 이유는 가면서 생각해 볼 작정이었다.

Chapter 5

네오 코어(Neo Core)

굽이지는 비탈길 옆에는 산을 깎아 만든 계단식 논에서 한창 푸르름을 자랑하는 보리가 바람 따라 이리저리 군무(群舞)를 추고 있었고 꽃망울을 터뜨린 유채는 노란색의 진수를 마음껏 뽐내며 바람을 맞았다.

푸른 산과 화사한 유채꽃에 풍요한 보리밭이 눈을 어지럽혔다. 그 사이 작은 소로로 제법 튼튼한 말 세 필과 네 명의 노소가 길을 걷고 있었다.

말 위에서 한껏 미소를 지은 봄멜이 입을 열었다.

"이 칼린 고개만 넘으면 평지라 여기를 산행 기점이라 한단다."

　고갯마루를 넘어 샤벨 시로 가는 길은 걸어가는 1골드가 멀미를 느낄 정도로 그야말로 구불구불 구절양장(九折羊腸)이었다. 샤벨 시는 상당한 고지대에 위치했다.

　"반 시간 정도만 내려가면 이정표가 나올 게야. 좌측은 드록바로, 우측은 아드리안을 거처 수도인 오리스로 가는 길이고. 우리는 제국이 목적지이니 계속 남하를 해서 푸셀 시로 향하면 된단다."

　봄멜의 말고삐를 잡고 있는 1골드가 물었다.

　"제국까지는 얼마나 걸립니까?"

　"글쎄, 말을 타고 죽어라 달리면 한 달 정도고, 이 속도라면 삼 개월은 잡아야 하지 않을까?"

　군사적 목적이 아니라면 이동 수단에 관계없이 이 시대의 이동 거리는 하루 최대 30㎞ 정도였다. 도로 사정이 말이 아니었는데, 험한 지형으로 길을 내기도 힘들었지만 지역 영주들이 영지 내 도로를 잘 관리하지 않았다. 통행세의 명목으로 거두어들인 세금을 다른 용도로 사용하기 때문이었다.

　"어휴! 세 달이나 이 말을 타고 가야 제국에 도착하는 거예요?"

　짐을 실은 말에 탄 칸야였다. 그는 말을 탄 지 한 시간도 되지 않아 허리가 쑤시고 엉덩이가 아파 죽을 지경이었다.

　일행 중에 걷는 이는 1골드뿐이었는데 그를 하루 종일 태우고 다닐 만큼 체력 좋은 말을 찾기가 쉽지 않았고, 있다 하

더라도 체력 훈련을 하고자 하는 목적이 있어 말을 타지 않았
을 것이다.

망토 안에 걸친 쇠사슬 갑옷 무게만 10kg에 검도 그만큼의
무게가 나갔으니 20kg을 짊어지고 걷는 것으로 지구력 향상
에 상당한 도움이 된다.

1골드는 이 무게도 익숙해지면 흉갑까지 착용할 생각이었
다. 그에겐 일상생활이 수련의 연속이다. 한시의 쉴 틈도, 마
음의 여유도 없었다.

산악 지대를 벗어나 관도로 들어서자 일행은 좀 더 속력을
냈다. 봄멜의 말고삐를 잡은 1골드가 속보로 걷기 시작했기
때문이다.

그 속도가 말의 속보(速步)와 별반 차이가 나지 않을 정도
였다.

느긋하게 세상사에 대해 이야기를 하며 좀 더 돈독한 정을
쌓을 생각을 하던 봄멜은 탐탁지 않았으나 1골드의 마음을
알기에 잠자코 그가 하는 대로 내버려 두었다.

보통 여행자들은 관로로 이어진 도시를 경유지로 거쳐 간
다. 그런데 1골드 일행은 지도상에 한 점을 찍고 수직으로 내
려가는 듯한 여로를 잡았다. 노숙을 하기에는 주변 환경이 많
은 위험 요소를 내포하고 있었으나 1골드나 봄멜은 상관치
않았다. 노숙의 위험쯤은 봄멜이 나서지 않아도 1골드 선에
처리가 되었다.

1골드는 수련이 목적이었고 봄멜은 일행의 몰골이 도시로 들어가기에 영 께름칙했다. 철가면의 거한과 로브를 뒤집어 쓴 두 마법사, 그리고 세상 물정을 전혀 모르는 아이 한 명은 가릴려고 해도 눈에 띄기 마련이었다.

특별한 일이 아니고선 도시에 들어갈 일이 없기에 속도는 더욱 배가되었다.

해가 아스라히 보이는 산등성이로 넘어가자 그들은 제법 넓은 공터를 잡고 쉴 준비를 했다. 말 세 필을 중심에 놓고 천막 세 개가 완성될 즈음 1골드가 영양 한 마리를 잡아와서는 능숙한 솜씨로 배를 가르고 내장을 정리했다.

야영지 주변에 알람 마법을 걸고 온 안도르가 요리를 도맡아 했는데 그를 제외하고는 누구도 음식을 만들어본 일이 없어 당연히 그가 할 일이 되어버렸다.

식사를 마친 후에 바로 1골드는 검술 수련에 몰두했다. 그동안 배운 검술을 답습하고 하나하나 자신의 것으로 만들어갔다. 그 후엔 한 시간 정도 검무로 추면서 마나를 쌓고 천막으로 돌아와서는 가부좌를 틀고 연공을 했다.

이때쯤엔 소주천이 완성된 상태로 한 흡기에 단전에서 밀어낸 진기가 미려를 통화해 백회혈에 도달하며, 호기를 마치면 진기가 기해혈로 돌아와서 일주천을 운기하는 단계까지 와 있었다. 이제 임독맥(任督脈)을 연결한 중심을 다졌으니 이제부터는 차근차근 몸 구석구석을 연결하는 곁가지 12맥을 뚫으면 된다.

1골드에게는 임독맥보다 12맥을 다지는 일이 더 쉬웠다. 검무를 통해 전신 모공으로 받아들인 마나가 체내에 골고루 쌓인 상태였다. 진기가 경락을 통과하며 체내에 쌓인 마나를 받아들이면서 더욱 강성해져 혈들을 뚫었다.

이미 무의적으로 검에 마나를 싣는 경지에 올랐기에 더욱 수월했다.

진기가 차고 넘치면 임독맥이 스스로 열리듯이 나머지 맥도 스스로 열린다. 임독맥이라는 큰 줄기에서 나오는 진기의 힘으로 12맥이 어디에 있다고 의식할 필요 없이 열리는 것이다.

선각자(先覺者)들 또한 12맥을 알고 연 것이 아니라 그들의 자아(自我)가 진기를 인도하여 기경팔맥을 연 후에 어디 있는지를 안 것이 아니던가. 의식할 필요 없이 열리게 되는 것이 깨달음의 시작이다.

의식대로 진기를 소통할 정도의 경지로 대주천을 완성하려면 아직 멀었으나 출발은 좋았다.

지평선 끝까지 이어진 관로를 의미없이 걷는 일은 여행자들을 지치게 한다. 자연의 위대함을 구경하는 것도 한계가 있다. 따분함을 이기지 못한 칸야는 늘어지게 하품을 하고 안도르는 어느새 꾸벅꾸벅 졸았다.

1골드에게 말고삐를 맡긴 봄멜은 무슨 생각을 그리 깊게

하는지 굳게 닫은 눈꺼풀이 열릴 줄 몰랐다. 땀을 뻘뻘 흘리는 1골드만이 무언가를 계속 중얼거리며 바삐 발을 놀릴 뿐이었다. 그러던 한순간 봄멜이 침묵을 깼다.

"마법의 기원은……."

뜬금없는 말이었다. 1골드가 마상의 봄멜을 쳐다보았으나 봄멜은 여전히 눈을 감은 채였다.

봄멜은 1골드가 듣든 말든 스스로에게 하는 말이라도 되는 양 마법 강론을 펼치기 시작했다.

"정확히 알려지지 않았으나 세계 도처에서 발견되고 있으며 역사적으로도 신학보다 더 오래되었다는 사료들이 곳곳에 남아 있다. 신학이 발달하고 교단이 득세를 하면서 마법을 악마와 밀접히 연결시켰다. 종교란 선이고 그에 반하는 악이 있어야 하기에 마법을 악으로 몰아붙이는 것이다. 주술사들이나 일부 흑마법사들이 저주를 걸고 제단에 산 제물을 바치는 의식에서 비롯된 일이기도 하고."

이렇게 일방적으로 시작된 수업은 이동하는 내내 계속되었다. 마법의 기원, 시전자의 성향에 따른 분류, 4대원소에 따른 마법, 구현하는 방법 등등, 끝없이 이어져 해가 넘어가고 몸을 땅에 눕힐 때에나 그쳤다.

"오늘은 마나에 대해 이야기를 해보자. 마나는 한마디로 세상을 구성하는 에너지다."

봄멜이 말하는 마나는 1골드가 알고 있는 기와 똑같았다.

알고 있는 내용이라도 1골드는 귀를 기울였다. 책을 통해 익힌 것과 경험을 통해 체득한 봄멜의 강론을 비교할 수 없다.

"우리는 태어날 때부터 마나를 가지고 태어난다. 그러니 우리네 정신(精神) 자체가 마나임을 인지해 두거라. 그럼에도 모든 사람이 다 마법을 쓸 수 있는 것은 아니다. 왜 그럴까?"

"인지한다고 해도 쉽게 느끼고 쓸 수 있는 것이 아니니까 그런 것 같습니다."

봄멜의 얼굴이 환해졌다. 1골드가 흥미를 느끼기 시작한 것이다. 그는 자신의 의도가 맞아가자 속으로 쾌재를 불렀다. 하지만 무덤덤한 표정은 변화가 없었다.

"첫째로 보통의 수련으로는 마나를 느낄 수 없다는 것이고, 둘째는 마나를 느낀다 해도 쓰는 방법을 모르고, 셋째는 그 무엇보다도 중요한 마나 배열을 알아야 하며, 그 배열을 이루게 해주는 정신력, 즉 네오 코어를 조절할 수 있어야 한다."

"네오 코어요? 그게 뭡니까?"

1골드가 점점 말려드는 것 같자 봄멜은 은근한 미소를 지었다. 마법사의 자질 중 하나가 바로 호기심이다.

"넌 마나를 모을 수 있지 않느냐?"

"그렇습니다."

"그런데 모은 마나로 마법을 시현할 수는 없지?"

1골드는 고개를 끄덕였다. 사고 수련으로 마나의 흐름에 간섭을 해서 모은다 해도 그게 끝이었다. 자유의 속성을 가진 마나를 속박하지는 못했다.

"아하! 네오 코어라는 게 대기 중에 흐르는 마나를 속박하는… 거미줄 같은 겁니까?"

봄멜의 눈이 더없이 커졌다. 단 한 번도 언급한 적이 없는데 1골드는 바로 알아챈 것이다. 체질뿐만 아니라 하나를 가르쳐 주면 둘을, 열을 깨우치는 머리를 가진 것이다.

그가 놀라 말이 없자 1골드가 슬쩍 쳐다보았다.

"허험! 거미줄이라… 그보다는 마나 배열을 허공에 그리는 스플렌더 같은 것이다. 아아! 스플렌더는 마법진을 더욱 강성하게 그릴 수 있는 마법 가루란다. 보통 한 써클 위의 마법까지 시현하게 해주지."

1골드의 머리가 무섭게 돌아갔다. 자연의 법칙에서 물체를 이루는 원료가 마나다. 이 마나를 구성하고 거기에 의미를 부여하면 존재가 된다.

삼성체로 보면 원료는 그대로이고 기의 구성을 위지시켜주는 게 자기장이며, 의미가 파장이다. 그럼 마나 배열을 구성이라 여기면 자기장을 네오 코어라 보면 된다.

순간 1골드의 머리가 확 트였다. 모은 마나를 구속시키고 의미를 부여할 수 있는 물질이 네오 코어다.

"그렇군요. 그거였구나."

"…이해했느냐?"

"예. 무슨 말씀이신지 일겠습니다. 마나를 모으는 수단을

네오 코어라고 하는군요. 그 수단으로 마나 배열을 하면 마법
이 실현되는 겁니까?"

"그, 그렇지! 그 배열에 시동어를 외치면서 언령(言靈)의 힘
을 실어주면 된다."

"언령이요?"

"그게 뭐냐면, 전설 속의 마법의 종주라는 드래곤은 궁극
마법인 9써클의 마법을 시동어만으로 시전할 수 있는데 이를
언령 마법이라 부른단다. 한마디로 말의 힘으로 마법을 시현
한다는 것이야."

1골드는 고개를 갸우뚱했다. 말의 힘이라는 말 때문이었
다. 순간 스쳐 가는 생각이 있어 물었다.

"혹 언령이 마나 배열로 늘어선 마나에 존재의 의미를 부
여하는 겁니까?"

"헉!"

봄멜은 너무 놀라 말에서 떨어질 뻔했다. 몇 마디 해주지
않았는데 마법 체계를 완전히 이해한 것이 아닌가!

"자연법칙을 따라 한 거군. 생성, 존재, 소멸, 재생성의 과
정을… 창조가 아닌 모방한 건가? 마법사도 대단하네. 마나
배열은 어떻게 알았을까?"

1골드가 중얼거리는 소리에 놀라 심장이 목구멍으로 튀어
나올 뻔했다.

"오, 오랜 연구와 노력으로……"

그도 모르게 뛰어나온 말에 봄멜은 황급히 입을 다물었다.

'혹시… 젊어진 대마법사가 아닐까? 깨달음의 과정에 마(魔)가 껴서 기억을 상실한…….'

소드 마스터뿐만 아니라 7써클에 오른 대마법사도 젊음을 되찾으면서 엘프에 가까운 수명을 갖는다고 한다. 지금은 물러났으나 제국의 공작인 대마법사 엘 카르도도 300살이 넘은 노괴물이 아니었던가.

정말 1골드가 처음으로 마법을 접했다면 감히 그는 따라갈 수도 없는 천재였다.

1골드가 이미 기에 대해 책을 쓸 만큼의 지식을 갖추었다는 사실을 모르는 봄멜은 상상의 나래를 폈다.

잠시 침묵이 흐르고 1골드가 먼저 입을 떼었다.

"저번에 스승님께서 마법을 보여주실 때 똑같은 화살인데도 때론 불로, 물로, 얼음으로도 만드시던데 그때마다 마나 배열이 다른 겁니까?"

"아니, 배열은 같은데 마나를 이루는 4대원소에서 원소들이 가진 속성을 네오 코어로 활성화시킨 거다."

동일 써클의 마법 화살을 만들 때 사용하는 마나의 양도 배열도 같다는 말이었다. 단지 내포한 성질을 변화시키는 것이었다.

"4대원소요?"

"마나를 이루는 속성들로 불, 공기, 물, 그리고 땅을 그렇게 부른단다."

1골드는 별말없이 고개를 끄덕였다. 만물을 생성하고 변화시키는 다섯 가지 원소 오행과 비슷했다. 금(金)과 목(木)을 제하고 수(水), 화(火), 토(土)에 공기가 더해졌다.

'호흡하여 기로 이루어진 공기를 받아들이니 공기를 전제로 하고 있다 치면 동양 사상이 이곳보다 더욱 세분화하고 발달했구나. 흐음… 그럼 쇠로 만든 화살도 만들 수 있는 건가?'

봄멜의 이어지는 말에 1골드는 생각을 접었다.

"마법사마다 개인의 특성에 따라 마나의 구성 원소 중에서 유난히 잘 느끼고 손쉽게 사용할 수 있는 원소들이 있다. 제법 명성을 날리는 마법사 이름 앞에 바람이니, 얼음이니 하는 말이 붙는 것도 그 때문이야."

"스승님은요?"

"난 불 계열의 마법을 잘 쓴다. 그래서 한때는 폭염의… 허허험! 그건 넘어가기로 하고."

한창 전투 마법사로서 악명을 날릴 때 붙은 호칭이라 봄멜은 황급히 말을 돌렸다. 일 수에 수백 명을 지옥의 불꽃으로 태워 버린 폭염의 마도사 엘 카 보몬트 메른이란 악명은 아직도 유명했다.

"슬슬 해가 넘어가는구나. 안도르!"

"예? 예! 스승님!"

“오늘은 여기서 쉬어간다.”

저녁 식사가 끝나고 자리를 털고 일어나는 1골드를 봄멜이 재빨리 붙잡았다.

“오늘 밤은 나에게 시간을 내주어라.”

“…예.”

모닥불을 사이에 두고 네 명의 노소가 둥글게 앉았다. 봄멜이 말없이 모닥불로 손을 뻗어 불꽃을 잘라내었다.

“우와!”

칸야의 탄성이었다. 봄멜의 손바닥 위에 응당 사라졌어야 할 불꽃이 여전히 활활 타오르고 있었다.

“어르신, 어떻게 하신 거예요?”

“1골드야, 왜 아직도 불꽃이 꽃을 피우는지 알겠느냐?”

“흐음…….”

당연한 반응이었으나 한편으로는 올바른 답변을 기대하던 봄멜이 아쉬움을 느끼며 입을 열려고 할 때였다.

“계속해서 불꽃을 유지할 원료를 공급해 주시기 때문이 아닙니까? 스승님께서 마나를 불어넣어 주시는 것 같군요.”

“호오! 그렇다. 그럼 불꽃의 형태를 유지하는 힘은?”

“유지하는 힘이 네오 코어입니다.”

역시 1골드는 실망시키지 않았다. 봄멜이 1골드에게 손을 내밀었디.

“받아라. 불을 꺼뜨리면 안 된다.”

1골드는 불꽃을 느끼려 애를 썼고 그 순간 봄멜의 손을 떠난 불꽃은 도깨비불처럼 날아 1골드의 손바닥으로 옮겨졌다. 하나 1초도 되지 못해 불꽃은 사라져 버렸다.

빙긋 미소 지은 봄멜이 말했다.

“우선 불꽃을 유지하는 법부터 터득해 보거라. 펜을 정신력으로 조종하던 때를 떠올리면 쉽게 알 수 있을 것이다.”

“펜을 움직여요? 정신력으로요?”

1골드에게 가르칠 것이 생긴 봄멜은 기분이 좋아져서는 칸야의 물음에 직접 행동으로 염력을 보여주었다.

그가 야영지 한편으로 손을 뻗자 마른 나뭇가지가 스스륵 딸려와 모닥불 속으로 들어갔다.

“우와! 어르신, 대단하세요. 손도 대지 않고, 어떻게 하는 거예요? 예? 가르쳐 주세요.”

“헐헐! 그렇게 신기하니?”

“예!”

당연한 반응이다, 세상 만물이 신기한 나이인데 인간을 벗어난 능력을 보여주었으니.

“별거 아니란다. 그냥 나뭇가지에 대고 모닥불에 들어가라고 명령을 내렸단다. 그랬더니 저놈이 제 몸 타는지도 모르고 들어가는 거 아니겠니? 추위에 떠는 이 늙은이가 불쌍해 보였나 보구나. 헐헐헐!”

봄멜은 눈을 반짝이는 칸야가 한없이 질문 공세를 퍼부을 것 같자 귀찮기도 해서 대충 얼버무렸다.

그사이 1골드는 잡아먹을 듯 모닥불을 노려보면서 손을 불꽃에 넣었다 뺐었다를 반복하고 있었다. 손이 벌겋게 달아올랐지만 그는 멈출 줄을 몰랐다.

마나를 잔뜩 손바닥 위에 머금어도 불꽃은 꺼져 버렸고 정신을 집중해 불꽃의 한 부분을 정신력으로 감싸도 되지 않았다.

하지만 포기할 그가 아니었다. 정우 때에도 하루를 마지막처럼 치열하게 살던 그였으며, 1골드로도 그 이상이면 이상이지 이하는 아니었다. 강해져야만 할 충분한 이유가 있기 때문이었다.

손에 난 솜털이 타면서 노린내를 풍기고 피부에 화상을 입어 물집이 잡히려고 할 때 1골드는 불꽃보다도 신체 내부에 신경을 쏟았다.

불의 기운을 느끼려 애를 쓰고 모닥불에 애꿎은 손이 상처를 입자 육체가 화가 났다는 듯이 내부 장기가 달아올랐다.

심장과 소장.

1골드의 입가가 길어졌다. 이것이다. 마나만 모아 불에 공급한다고 되는 것이 아니었다. 앙꼬 없는 찐빵이랄까.

찌지직!

살이 디는 소리가 들렸다. 그는 모닥불에서 손을 집어넣고는 뜨거움도 느끼지 못하는지 두 눈을 감아버렸다.

"허! 이, 이놈아! 뭐 하는 짓이냐. 어서 손을……."

후다닥 1골드에게 달려들어 손을 빼내려던 봄멜이 굳어버렸다. 그가 달려들기 전에 1골드가 손을 빼내었는데 손바닥 위에서 주먹만 한 불꽃이 생명의 빛을 피우고 있었기 때문이다.

"허어……!"

감탄이 나왔다. 4대원소를 알려주면서 네오 코어의 사용법을 세밀하게 가르치려 했는데 한 번 보여주고 약간의 힌트를 건넨 것만으로 해낸 것이다.

'이! 정말 괴물이 아닌가! 엘프라도 되는 것이냐!'

자연을 가장 잘 알며 그를 넘어 친화적인 엘프라면 혹시 모르는 일이다. 인간이 이처럼 빠르게 마나의 원소를 느끼다니. 그도 불의 원소를 느끼기 위해 사방에 스승이 불의 장막을 지펴놓고 그 안에서 일곱 날, 일곱 밤을 지새웠었다.

게다가 불꽃을 유지해 주는 마나를 공급하는 일도 쉽지 않다. 네오 코어로 형태를 잡은 만큼의 불꽃에 소모되는 정확한 마나의 양이어야지만 불꽃이 터지거나 소멸하지 않고 유지한다.

봄멜에 의해 반로환동(返老還童)한 대마법사에서 엘프로 변한 1골드는 그런 걸 아는지 모르는지 손바닥 위의 불꽃을 이리저리 살피다가 허공으로 던졌다. 하지만 불꽃은 형태를 유지하지 못하고 손을 벗어나자마자 소멸했다.

그 이유를 몰라 슬슬 고개를 젓는 그에게 봄멜이 다가가 손에 치료 마법을 걸어주었다.

"멍청한 놈, 이 지경이 될 때까지 불에 손을 넣고 있다니."

그가 그랬던 것처럼 1골드도 불을 느끼려고 한 것을 모르지는 않았으나 괜히 화가 났다. 어느새 봄멜의 마음 깊숙이 1골드가 자리한 것이다.

그의 마음을 아는지 1골드의 눈빛이 따뜻해졌다.

"죄송합니다."

"몸을 상하면서 하는 수련은 발전을 더디게 할 뿐이다. 네 마음을 모르는 바는 아니나 급한 마음을 다스리는 것도 수련의 일부야. 이 한심한 놈아!"

순식간에 피부가 제 색을 찾자 봄멜이 다소 누그러진 말투로 말했다.

"불을 느꼈구나."

"운이 좋았습니다. 스승님 말씀처럼 저도 불에 재능이 있었나 봅니다."

자신과 같은 길을 간다는 제자를 싫어할 스승은 없다. 언제 화냈냐 싶게 봄멜의 얼굴이 환해졌다.

1골드는 모닥불만으로 불의 성질을 느낀 것이 아니다. 모닥불과 심장과 소장에서 이는 화($火$)의 기운을 비교하면서 성질을 파악했다.

마나의 4대원소와 오행을 동일 선상에 놓고 비교한 것이 이런 결과를 초래했다.

대자연이 음양오행으로 운행하듯이 소우주인 인체 역시 오장육부로 구성되어 있다. 오장(五臟)은 음이고 육부(六腑)는 양이다.

오장육부를 오행으로 구분하면 간(肝), 담(膽)은 목(木). 심(心), 소장(小腸)은 화(火). 비(脾), 위장(胃腸)은 토(土). 폐(肺), 대장(大腸)은 금(金)이며. 신(腎)과 방광(膀胱)은 수(水)다. 여기에 심포(心包:심장의 외막(外膜). 기혈(氣血)이 지나는 통로인 낙맥(絡脈)이 연결되어 있음)와 삼초(三焦:인체의 수분 대사를 관장하는 기관)를 화로 보고 모두 합해 육장육부가 된다.

손에 상처를 입으면서까지 불의 기운을 받자 심장과 소장에서 반응이 온 것이다. 이 화의 기운이 바로 마나의 불이었다. 체내로 직접 원소의 속성을 느껴 이해가 더욱 빨랐고 운용이 가능했다.

흐뭇한 눈으로 1골드를 바라보던 봄멜의 얼굴이 순식간에 굳었다.

"누구냐!"

급작스런 마나의 움직임을 느낀 것이다. 그가 움직임이 이는 곳으로 고개를 홱 돌리며 어느새 수인을 맺자 묵직한 물체가 떨어지는 소리가 났다.

쿵!

흙먼지를 일으키며 어린아이 머리통만 한 돌덩이가 떨어진 것이다. 봄멜이 재빨리 주변을 살폈다. 바위 근처엔 나무밖에 보이지 않았다. 설마 나무 위에서 떨어졌을 리는 없고, 그때 그의 눈에 뒷머리를 긁적이는 칸야가 보였다.

"혹?"

"에이, 잘 안 되네. 저게 왜 안 오고 하늘로 치솟지……?"

너무 놀란 봄멜은 말을 뱉지도 못하고 어버버거렸다. 그러다 풀썩 주저앉고는 1골드와 칸야를 번갈아 쳐다보았다.

느지막하게 하늘에서 복을 내려주는 것인가. 사람들에게 최고의 인재라 칭송을 받는 자들이 마법사의 길을 걷는다. 그런 그가 괴물들 사이에서 범인처럼 느껴졌다. 안색이 창백해진 안도르는 말할 것도 없고… 자괴감을 느껴 목을 매지 않으면 다행이었다.

엘프만큼이나 자연과 친밀한 야성을 가진 칸야인 것을 그들은 몰랐다.

"후우……."

길게 숨을 내뱉은 1골드는 움직이는 듯 움직이지 않는 듯 천천히 검을 회수했다. 스르륵 내려진 왼발 앞굽에 힘을 실고 숨을 들이쉬며 허공의 한 점을 향해 검을 밀었다. 이어지는 웅얼거리는 노랫가락에 맞추어 춤을 추는 듯 유연한 동작으로 허공을 돌며 땅을 미끄러졌다.

아름답다기보다는 달빛에 번뜩이는 철가면에 한 덩치, 그 손에 들린 시퍼런 검날이 보는 이로 하여금 기괴한 상상을 불러일으켜 오금이 저리게 만드는 모습이었다.

끊임없이 이어지던 검로가 한순간 멈추었다. 한 시간씩 검무를 추는 1골드였는데 오늘은 반 시간도 안 되어 멈췄다.

"으음……."

1골드는 검무에서 평소 때와는 다른 감각을 느꼈기에 멈춘 것이다.

"움직이는데……."

미세하지만 검무의 동작에서 체내의 마나 흐름을 느꼈다. 검무를 통해 마나를 받아들이는 것이니 당연히 운기처럼 마나가 소통을 할 것이지만 그걸 느낀 적은 처음이었다.

그가 커다랗게 고개를 끄덕였다.

"대주천 때문이구나!"

몸통에서 머리로 운기할 때는 모르던 감각이었다. 팔과 다리에 조금씩 소통이 되자 검무를 통한 미세한 흐름을 느낀 것이다.

만유 왕국을 벗어나 카시리아 왕국에 발을 디뎠으니 대주천을 시작한 지 두 달이 지난 무렵이었다.

대검을 내린 채 깊은 생각에 빠졌던 1골드는 무슨 생각이 들었는지 처음부터 다시 검무를 추었다.

'아하! 이 동작에서 들숨을 쉬고 팔을 뻗으니 마나가 유입이 되네. 무게중심이……'

대주천으로 마나에 대한 이해력이 높아져 1골드는 검무를 통해 들어오는 마나 유입의 원리를 파악하려 했다.

'오호! 날숨으로 마나가 팔을 타고 도네? 어어! 금세 어디로 사라졌지? 체내에 잠복한 거야? 다시 빠져나간 거야?'

쉽지는 않았다. 마나는 스스로도 모르는 사이 들어왔다 나갔다를 반복한다. 비록 검무를 통해 그 유입의 양이 평소와는 많은 차이가 난다 해도 단번에 알기는 힘든 일이었다.

1골드는 기뻤다. 이런 느낌을 받은 것만으로도 발전이 있다는 말이고, 좀 더 집중하면서 원리를 찾아 이해하면 더욱 빠른 발전이 있을 거라 생각했다. 눈을 뜨면 감을 때까지 하루 종일 강해질 일만 생각하니 이런 생각까지 들었을 터였다.

온 정신을 집중해 검무를 펼치던 1골드는 어느 한순간 버럭 소리쳤다.

"그래! 그거야! 왜 그 생각을 못했지? 하하하하!"

한참을 웃으며 잠든 사위를 깨우던 1골드는 가벼운 마음으로 천막으로 향했다. 그는 몇 발자국 걸으면서도 발길에 정신을 쏟아 부었다.

'검무를 춘다는 건, 몸을 움직여 마나를 받아들이는 것. 단순하게 생각하면 움직임을 통한다는 것이 아닌가? 걷는 것도, 밥 먹는 것도 몸을 움직인다. 노래는 호흡이고, 이는 들숨과 날숨을 가리키며 결국 호흡과 미세한 동작에 답이 있는 거다. 이 점만 잘 파악하면 걸으면서도 축기를 할 수 있지 않을까?

천막으로 돌아온 1골드는 바로 운기에 들어가지 않았다. 검무를 통해 생각한 문제를 고민하기 시작했다. 정우였을 때 얻은 모든 지식을 찾아 머릿속을 헤집고 다녔다.

호흡과 몸동작을 일치시켜 자연스럽게 마나를 받아들일 수 있는 방법, 결국 검무를 이끌어낸 원리를 찾는 것이다. 한참의 시간이 흐르고 한순간, 그의 눈에 이채가 어리면서 기쁨의 빛이 떠올랐다.

"승개후흡(昇開後吸), 강합전호(降合前呼)!"

선도에서 찾았다. 승개후흡은 들숨과 같이 행해야 할 몸동작으로 '승'은 위를 향해 몸이나 팔을 올리는 동작, '개'는 팔을 벌리거나 가슴을 펴는 동작, '후'는 몸을 뒤로 젖히는 동작이고 '흡'은 들숨이다.

강합전호에 '강'은 선 자세에서 무릎을 구부리거나 팔을 아래로 내리는 동작, '합'은 손바닥을 마주해서 합치거나 가슴을 오므리는 동작, '전'은 몸을 앞으로 수그리는 동작을 뜻하고 '호'는 날숨이다.

1골드는 유진 가의 검무와 승개후흡, 강합전호를 비교해 보았다. 검을 상단세로 잡아 치켜드는 동작에서 숨을 들이쉬고, 발을 내밀며 무릎을 굽히면서 검을 내치는 동작에서는 숨을 내쉰다. 예비 동작에서는 숨을 들이쉬고 검을 떨쳐 내면 숨을 내쉰다. 일치했다.

힘을 쓸 때나 팔을 뻗을 때 호, 즉 날숨을 쉰다. 1골드는 자신의 평상시의 모습을 그려보았다. 무의식적으로도 그랬던 것 같기도 했다. 하지만 의식과 무의식은 엄청난 차이가 있다.

이런 몸동작은 아무렇게나 하더라도 무의적으로 자연스럽게 호흡과 들어맞을 수도 있으나 항상 의식적으로 몸동작과 호흡을 일치시킨다면 이야기가 달라진다. 사소한 몸동작으로도 마나를 느끼고 축기가 가능한 것이다.

이론과 실제 수련 방법이 그의 두 손에 있었다. 검무를 좀 더 세분하여 분석하면 확실한 방법을 알 수 있을 것이다.

철가면이 미세하게 흔들렸다. 아마 그 속에서 1골드는 함박웃음을 짓고 있을 것이다.

남행에 접어든 지 한 달이 지난 어느 날, 일행에 변화가 생겼다. 새하얀 피부를 뽐내는 듯이 드러낸 채 봄멜의 정식 제자가 되어 연실 기쁨을 표현하며 환한 웃음을 짓던 칸야가 다시 로브를 눌러썼다.

"에이 씨! 얼굴만 번듯하게 생긴 돌팔이 신관 놈! 생긴 만큼 실력이 좋았으면 정말 성자일 거다. 나쁜 놈."

칸야는 입술이 내밀고 하루 종일 투덜댔다.

　한 걸음, 한 걸음, 미세한 동작 하나하나와 호흡에 온 신경을 집중하고 걷던 1골드가 한숨을 푹 내쉬고는 말했다.

　"칸야야, 크라우치님은 좋은 분이다. 그만 해라."

　"좋긴, 돌팔이란 증거가 여기 있잖아요. 이게 뭐예요, 이게."

　모자를 확 젖히자 칸야의 얼굴이 드러났다. 매끈한 피부는 온데간데없이 사라지고 솜털이 아닌 면도한 후에 며칠이 지난 것처럼 짧고 굵은 털들이 얼굴을 덮고 있었다. 다모증이란 병이 완치된 줄 알았는데 다시 털이 나기 시작한 것이다.

　1골드가 타이르듯 말했다.

　"그 병이 원래 완치가 힘들어서 털을 깎고 뽑고 하는 수밖에 없어. 치료 약물도 수술로도 힘든… 그분도 네 병 치료를 위해 최선을 다했을 거다."

　정신을 동작에 집중하느라 정우 때나 쓰던 말로 실언을 내뱉은 1골드는 재빨리 말을 바꾸었으나 봄멜이 이미 말을 들은 후였다.

　"칫! 그래도, 괜히……."

　처음부터 치료를 하지 않았으면 차라리 지금보단 나았다. 뽀송한 피부의 얼굴로 근 한 달을 넘게 생활했다. 다시 예전처럼 돌아가 수북이 털이 난 얼굴로 다시 산다는 것은 어린 칸야에게 무척 고역이었다.

　1골드도 모르는 바는 아니었으나 크라우치를 욕할 이유는 없었다. 가끔 늑대소녀니 소년이니 하며 신문에도 났었다. 현대의 최신 의학으로도 완치가 힘든 병이라 마법으로도 쉽지 않을 것이다.

1골드의 생활에 약간의 변화가 생겼다. 걸으면서는 움직임에 온통 신경을 쓰느라 봄멜의 강론이 귀에 들어오지 않았다. 하여 저녁 식사 후에 따로 시간을 내어서 칸야와 함께 마법을 배웠다.

그는 전엔 시간이 허락지 않아 검만 파고들었지만 완전히 1골드로 화한 후에는 그런 걱정이 자연스레 사라졌다. 마법을 배우면서 마나에 대한 이해가 한층 넓어져서 검 수련에도 도움이 되었으므로 마법에 대한 흥미도 많아졌다.

봄멜이 가르치는 마나 축적 방법은 앙와식(仰臥式:바로 누운 자세)과 비슷했다. 편안히 누워 마나를 느끼고 호흡을 통해 받아들이는 것까지도 똑같았다.

"이렇게 신심을 이완하고 편하게 누운 자세에 마나를 심장 아래 명치 어림에 위치한 마나 홀에 축적하는 거란다."

'심장 아래 명치?'

1골드는 마법사의 마나 홀을 당연 단전이라 생각하고 있었는데 봄멜은 명치 부근이라고 설명했다.

'그 위치면… 중단전이 있는 곳인데.'

연공서에 따라 중단전의 위치에 대한 설이 헤아릴 수 없이 많지만 가슴 근방이란 설이 많았다.

한 기공서에서는 오장마다 호흡법이 있다고 설명을 하기
도 했으니 마나홀이 중단전이라고 해도 그리 놀랄 일은 아니
라고 1골드는 생각했다.

'허, 거참! 마나 홀이 중단전이라니… 하단전은 육체를, 중
단전은 마음을, 상단전은 정신을 다스리는 기반이라는 말이
있더니, 마법은 마음의 구현인가?

봄멜이 호흡법과 자세를 구체적으로 설명하여도 1골드는
자신만의 세상에 빠져 있었다.

'네오 코어라고 하는 것이 정신력의 발현이라 했으니 상단
전에 기인할 수도 있겠구나. 그렇다면 마법은 중단전과 상단
전을 사용하는 거네.'

영성 수련을 통해 초능력을 얻었고 그 능력이 마법의 중요
한 부분을 차지했다.

'어차피 무공이나 마법이나 육체를 통해 행해지는 능력이
다. 만류귀종(萬流歸宗)이라는 말처럼 그 끝이 같을 수도 있
지. 그럴 것이야. 그거야.'

1골드는 마법을 수련하는 시간을 좀 더 갖자고 마음먹었
다. 삼단전을 일통하고 정수리를 여는 것이 육체의 각성이었
다.

하단전부터 시작해 중단전을 개(開)하고 상단전을 여는 것
이 순서라지만 마법이라는 수단을 통해 중단전과 상단전을
좀 더 활성화시키면 일통할 시기가 더욱 단축될 수도 있을 것

이다. 물론 정론을 따르지 않는 위험은 있을 테지만.

아니나 다를까, 봄멜이 네오 코어를 설명하며 미간에서 약간 윗부분을 짚었다. 상단전이 위치한다는 인당과 크게 다르지 않았다.

1골드는 크게 고개를 끄덕였다. 격공섭물(隔空攝物)이다, 경지에 다다른 고수가 기로 물건을 들어올린다는.

'멍청한 놈! 왜 몰랐을까? 처음 돌을 움직였을 때 눈치를 챘어야 했는데.'

투시 능력을 가진 초능력자들이 주로 인당에서 투시를 한다고 하는데 기를 수련하는 도인들 중에서도 인당을 넓히면서 초능력을 얻는 이가 있었다.

네오 코어는 상단전을 사용하면서 얻는 능력이었다. 결국 영성 수련은 상단전을 통해 이루어진 것이었다.

돌고 돌아 왔지만 기, 초능력, 마법은 같은 맥락으로 이어진 것이고 그 사용 방법의 차이였다.

무사와 마법사 두 가지 길을 함께 가서는 대성할 수 없다는 통설을 1골드는 잊기로 했다. 하나를 매진하는 것보다 조금 시간은 늦을지 몰라도 어느 한계점을 넘어가면 오히려 더욱 빠를지도 몰랐다.

위험이 크면 얻는 것도 많다.

1골드는 충분히 위험을 감수할 마음 준비가 되어 있었다.

"잠시 좀 보자꾸나."

자정이 넘긴 시간이었다. 검무를 마치고 천막으로 가는 1골드를 봄멜이 불러 세웠다.

야영지에서 떨어진 곳에 자리를 잡은 봄멜이 굳은 표정으로 말했다.

"처음 보았을 때, 널 보며 내가 무엇을 떠올렸는지 아느냐?"

"……."

"골렘이었다. 이지없이 주인의 명령에 따르는 골렘. 좀 더 지나서는 본능만 가진 짐승이라 여겼지. 교육이란 것이 통하지 않았으니까. 네가 사고를 당한 후부터는 뭐라 정의할 수도 없더구나. 내가 널 진찰했을 때 난 사용할 수 있는 모든 방법을 동원해 너의 정체를 알려고 했다."

1골드는 묵묵히 봄멜의 말을 듣고만 있었다. 봄멜이 무슨 의도로 이런 말을 꺼내는지 몰라서가 아니라 그도 마음의 준비가 필요하기 때문이었다.

"하지만 알아낼 수가 없었다. 지성이란 게 존재하지 않는 빈 몸뚱어리만 있었으니까. 그래서 그냥 신의 기적이라 여기고 넘겼지. 마법사로서 우스운 꼴이었으나 인간의 지혜는 한계가 있으니까. 지금은 오늘내일하는 늙은이지만 나도 어릴 적 천재 소리를 들었던 사람이다. 마법사로서도 마지막 고비만 남겨두었고… 근 한 달을 같이 먹고 자고 숨을 쉬니 다시

의문이 들었다. 후후후, 우습게도 네가 젊어진 대마법사처럼
보이기도 했으니 말 다 했지 뭐."

봄멜의 강한 눈빛이 1골드를 똑바로 주시했다.

"이제 내 의문을 풀어줄 수 있느냐? 네가 어떤 말을 해도
난 놀라지 않을 것이다, 근자에 너무 놀라 더 이상 놀랄 기력
도 없고. 다만 네가 나를 가지고 논 것이 아니기를 바란다."

한 권 분량의 마나 배열을 척척 외우는 머리를 가진 마법사
다. 1골드가 깨어나 1년 동안에 얻은 지식이라고 보기엔 하는
행동과 언사에 무리가 있었다.

1골드가 크게 숨을 들이켰다. 언제까지나 속일 생각은 없
었다. 아이온의 언어를 배우고 원활하게 대화를 나누게 되면
정우의 모습이 간간이 섞여 나올 것이라 생각했다.

조금만 눈치가 빠른 인물이 옆에서 그를 지켜보다 보면 언
젠가는 이상한 점을 찾을 것이다. 그때가 지금이었고 다행스
러운 건 그 상대가 봄멜이라는 점이다. 유일하게 마음을 주고
믿을 수 있는 봄멜.

"스승님, 말이 길어질 것 같습니다. 저기 바위에 앉으시지
요."

봄멜의 얼굴이 풀렸다. 스승님이라고 불렀다. 그를 인정한
다는 의미였다.

바위에 걸터앉은 1골드는 바로 입을 열지 않았다, 스스로
노 사신을 나 알지 못했기에.

"그냥 들어주십시오. 예전 중국이란 나라에 장자라는 사상가가 있었습니다. 그가 어느 날 꿈에 나비가 되어 꽃들 사이를 즐겁게 날아다녔습니다. 그러다 깨어보니 다시 사람이 되어 있었죠. 그는 이런 생각을 했습니다. 자신이 꿈속에서 나비가 된 것인지, 아니면 나비가 꿈에 장자가 된 것인지……."

장자가 뭐고 중국은 뭐냐는 말이 턱 밑까지 올라왔으나 봄멜은 꾹 참고 1골드의 말에 귀를 기울였다.

"제가 그랬습니다. 전 제가 살던 세상에서 정우라고 불렸습니다. 어느 날 꿈을 꾸는데 1골드가 되어 있더군요. 그때가 전격류 마법을 맞은 날이었습니다. 그 후 꿈을 꿀 때마다 1골드가 되었습니다. 그러다 보니 앞서 말한 장자란 사람처럼 되더군요."

"…저어우?"

"처음엔 제가 정우고 1골드는 꿈이라 생각했습니다. 그러다 1골드가 저고 정우가 꿈처럼 여겨지더군요. 정우라는 아이는 그 세상에서 죽을 운명이었습니다. 그래서 1골드로 살고 싶었는지도 모르고요. 그러다 양아버지가 돌아가시던 날, 정우도 죽었습니다. 정우가 죽으면 1골드도 죽을 줄 알았는데 이렇게 살아 있고요."

"그 세계라니?"

"이계입니다. 이곳은 아이온이라 하지요. 그곳은 지구라고 합니다."

1골드는 지구에 대해 간단히 설명을 했고 봄멜은 입을 벌린 채 이야기를 들었다.

"간단하게 정리해 보자. 그러니까 너는 이 아이온의 사람이, 아니, 영혼이 여기 사람이 아니란 말이냐? 빙의한 것처럼?"

"그렇습니다. 어느 날 1골드 속에 제가 들어와 있더군요."

"이계, 이계라… 일부 마법사들은 이계가 존재한다고 믿고 있지. 이계로 가는 마법진을 그리고 아예 사라져 버린 놈도 있었고. 그런데 이계에서 온 사람이라고 주장하는 자가 내 앞에 나타나다니. 허허허."

1골드는 말을 이었다. 신의 농간으로 육체와 정신이 분리된 이야기, 정우가 조로증에 걸린 천재로 살고자 노력한 것 등등. 정말 마음속에 담아두었던 모든 이야기를 허심탄회하게 꺼냈다. 그러자 마음속에 묵직하게 가라앉았던 돌덩이가 치워지는 듯 시원해졌다.

"제가 제국을 거쳐 에티우스에 가자고 하는 이유이기도 합니다."

"신과 같은 존재가 널 1골드에게 완전히 보내주고 그 장소를 알려주었다? 허허허. 놀랄 일이 없을 줄 알았는데, 이거 제 명에 죽지 못하겠구나."

1골드의 눈빛은 맑았다. 급하게 꾸며낸 이야기 같지도 않았고 말마디 마디마다 구구절절이 진심이 묻어 나왔다.

그렇다고 봄멜이 다 믿는 것은 아니었으나 믿지 않을 도리도 없었다. 그렇게 과학 문명이 발달된 세계를 상상력만으로 지어내는 데도 한계가 있을 텐데 1골드는 원리까지 상세하게 설명을 한 것이다.

"마법은……."

1골드는 자신이 생각한 기와 마나, 오행과 4대원소를 이야기했다. 이 부분에서 봄멜은 입을 떡 벌리고 한 자라도 놓칠세라 귀를 쫑긋 세웠다.

그에게는 기에 대한 설명은 마나에 대한 또 다른 학설과도 같은 것이었다.

"허허허……! 그 세계도 마나가 존재하겠지. 그걸 그렇게 연구하다니."

마나를 연구한 지 칠십 평생 동안 처음 듣는 이론이었다. 단언 하건대 이런 학설은 아이온에서는 찾아볼 수 없으리라. 이제 그는 이계에서 왔다는 이야기가 완전히 믿어졌다.

'그래, 그럴 수도… 살고자 노력하니 하늘이 감복해 1골드의 말처럼 지푸라기를 내려주신 걸 거야. 하여튼 연구 대상이야, 저놈은. 그보다 기라… 어쩌면 막힌 장벽을 뚫어줄 지푸라기가 될 수 있겠는걸? 이거 오히려 내가 1골드한테 고맙다고 해야 하나.'

봄멜은 6써클 마스터에서 정체된 지 15년째였다. 아무리 연구에 몰두하고 마법서를 뒤적거려도 답이 보이지 않았는데 하룻밤의 대화에서 많은 걸 얻었다. 정말 1골드는 하늘이 내려준 복덩어리였다.

엉덩이를 털고 일어선 봄멜이 뒷짐을 지고는 새벽 하늘을 올려다보았다. 시간 가는 줄 몰랐는데 벌써 동이 터오고 있었다.

마계에서 마물들을 소환하는 흑마법사도 있었고 천상의 신이 강림하는 신관도 있었다. 어떤 흑마법사가 이계의 영혼을 소환해 1골드의 몸속에 집어넣었다고 해도 불가능한 일이라고는 생각하지 않는다. 신의 농간 또한.

마법이나 신성력의 바탕은 신이 있다는 믿음하에 출발하니까. 대우주는 그만큼 신비한 곳이다.

"솔직하게 이야기해 줘서 고맙구나. 이렇다 저렇다 해도 너는 1골드다. 아무리 봐도 내 눈엔 1골드로 보여. 밤이 늦었다. 어깨도 찌뿌드드하고 허리도 욱신거려서 그만 몸을 눕혀야겠어. 아침에 보자, 제자야."

멀어져 가는 봄멜에게 1골드가 진심을 담아 깊숙이 허리를 숙였다.

Chapter 6

짊어진 이름의 무게

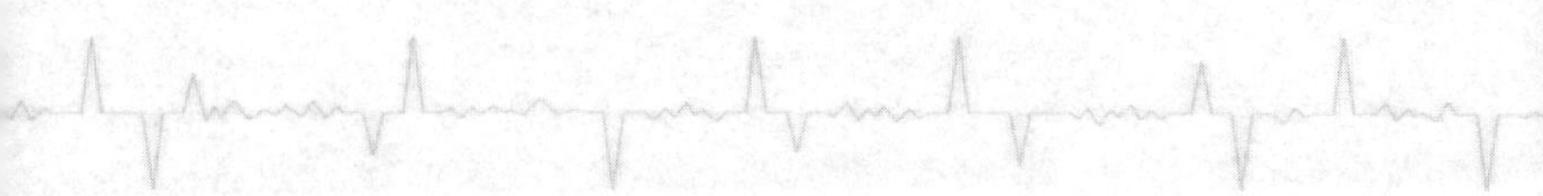

끼이익!

귀에 거슬리는 마찰음이 났건만 아무도 신경 쓰는 사람이
없었다.

"하하하하."

"크크크, 그래서 내가 말야……."

"까악! 어딜 만져요!"

초저녁인데도 취객들의 소음으로 여관 안은 들썩거렸다.
잠만 자는 여관이 없으므로 1층에 마련된 주점에는 다양한
사람들이 자리를 차지하고 있었다.

왁자지껄한 주점 안으로 석양이 스며들어 주점 특유의 어

두침침함을 밀어내고는 작은 틈을 벌려놓았다.

한가운데 자리를 잡고 거들먹거리는 장한들, 음침한 주점의 구석에서 무슨 작당 모의를 하는 듯 소곤거리는 자들. 테이블 사이를 미끄러지듯 오가는 짙은 화장을 한 여급들에게 수작을 거는 음탕한 사내들은 새로 등장한 자들에게는 관심을 두지 않고 자신들만의 일에만 몰두하였다.

그러나 한 사람, 죽은 노모가 돌아온 듯 반기는 사람이 있었다. 계산대에 앉아 늘어지게 하품을 하던 브린은 튕기듯 일어나 새로운 손님을 맞았다.

"어서……."

'오십시오' 라는 뒷말은 어디로 갔는지 붙여지지 않았다. 장정 두 명이 함께 오가도 넉넉한 가게 문이 한 거한에 의해 꽉 들어찼기 때문이다.

꿀꺽!

덩치도 덩치지만 키가 어찌나 큰지 고개를 숙이고 문을 넘는 철면의 사내… 철면!

보는 것만으로도 숨이 턱 막히는 위압감이 들었다.

브린은 황급히 정신을 차렸다. 헬베른 산 초입에서 여관을 10년 넘게 꾸리면서 별의별 손님들을 다 겪었기에 제법 단련이 되어 있는 것이다.

"어서 오십시오."

상인 특유의 사림 좋은 미소를 지으며 손님을 맞았다.

바닥에 흘린 음식물과 주향이 섞여 시큼한 냄새를 만들어
내는 주점을 1골드가 무심한 눈길로 훑었다. 그때쯤에는 어
느새 주점 안은 쥐 죽은 듯 조용해졌고 손님들은 힐끗힐끗 그
를 살피고 있었다.

1골드가 별반 특별한 행동 없이 브린에게 몸을 돌리자 다
시 소음이 일었다.

"네 명이다. 하룻밤만 묵고 갈 것이다."

강압적인 말투였다. 방이 있는지조차 묻지 않았다. 브린은
없어도 만들어야 할 판이었으므로 최대한 자세를 낮추며 대
답했다.

"헤헤, 최고로 좋은 방을 드리겠습니다. 몇 개나 필요하십
니까? 저녁은요? 방으로 올려다 드릴까요, 여기서 드시겠습
니까?"

"두 개, 여기서 먹지."

1골드는 피식 웃었다. 봄멜이 가르쳐 준 방식이었다. 이런
관문 도시의 여관들은 여행자들에게 바가지를 씌우기 예사였
고 대우 또한 나빴다. 그래서 경험이 많은 것처럼 행동하고
약간의 위압적인 기세를 풍기라 한 것이다. 작은 것이지만 그
는 세상사를 배우고 있었다.

곧이어 1골드의 일행이 들어오자 다시금 주점은 침묵에 잠
겼다. 일행 모두 로브를 쓰고 있었고 그중 얼굴을 드러낸 봄
멜의 강퍅한 인상이 주위를 끈 것이다.

노회한 여행자들이나 검을 찬 자들은 한눈에 봄멜이 마법 사일 것이라고 판단했다. 한칼 할 것 같은 거한의 일행이니 평범한 노인은 아닐 터다.

삐이꺽!

장신의 육중한 1골드가 홀을 가로지르자 마룻바닥이 비명을 질렀다. 여급에게 맡기기 불안했는지 브린이 나서 술에 취해 널브러진 취객을 깨워 보내고는 좋은 자리를 마련해 주었다.

1골드는 봄멜이 앉을 때까지 석상처럼 서 있다가 봄멜이 자리하고서야 앉았다. 예의 바른 행동이었는데 군중의 눈엔 봄멜을 모시는 것으로 비쳐졌다.

연신 허리를 숙이며 주문을 받은 브린이 테이블 사이로 사라지자 봄멜이 입을 떼었다.

"오늘은 뜨거운 물에 목욕도 하고 푹신한 침대에서 푹 쉬어야겠다. 삭신이 결려서 말이야."

"죄송합니다, 스승님. 저 때문에."

철가면의 1골드, 다시 털이 나기 시작한 칸야 때문에 가급적 사람들의 눈을 피해 산행을 택했다. 백여 일 동안 인가에 들른 적이 손에 꼽을 정도였다.

카시리아 왕국과 크로시안 제국의 경계선인 헬베른까지 두 달 반이면 올 거리였으나 각자가 수련의 재미에 푹 빠져 처음과는 다르게 여로가 점점 길어졌다.

1골드는 검과 마법에, 칸야는 본격적으로 마법을, 봄멜은 1골드에게 들은 기와 마나에 대해 비교 연구를 하였다. 그가 너무나 훌륭한 제자를 두어 가르치는 재미에 푹 빠진 것도 한 몫을 했고.

무엇이 있을지도 모르는 에티우스로 급히 갈 필요도 없었다. 그곳에 무얼 얻으러 가기보다는 수련 장소로 선택한 것이기 때문이다.

군중의 숨겨진 시선에 짜증이 일었으나 일행은 무시하고는 간만에 맛보는 제대로 된 음식으로 미각을 달랬다.

거의 식사를 마칠 때쯤이었다. 여관 문이 벌컥 열리며 완전 무장을 한 병사들이 쏟아져 들어왔다. 그들은 작정하고 왔는지 주위를 돌아보지도 않고 1골드 일행이 앉은 자리로 뛸 듯이 다가와 포위했다.

1골드는 눈을 가늘게 뜨고는 긴 팔을 내려 바닥에 풀어놓은 검을 잡았다. 무슨 일이 생길지 모르기 때문이다.

병사들을 헤치고 기사인 듯한 사내가 다가와 턱을 치켜들었다.

"너희는 누구냐?"

"무슨 일이오?"

물으면서 1골드가 일어서려 하자 한 병사의 창날이 제지하는 듯 내밀어졌고 1골드는 슬쩍 검병으로 창날을 밀치고는 몸을 세웠다. 너무나 자연스러운 동작이었다.

창이 밀린 병사가 얼굴을 붉힌 채 외쳤다.

"이, 이놈! 뉘 앞이라고 감히, 앉아라!"

1골드는 병사의 외침을 한 귀로 흘리고는 기사만 쳐다보았다.

눈높이가 목 어림에 오는 덩치였다. 흠칫한 기사였으나 그는 헬베른 성주의 기사였다.

"수상한 자들이 성내에 들어왔다는 신고를 받았다."

기사가 일행을 쭉 훑어보고는 1골드에게 눈길을 돌렸다.

"신분을 밝히고 철가면을 벗어라. 그리고 너도."

칸야를 가리킨 말이었다. 털이 난 외모가 드러나면 일대에 소란이 일 것이다.

1골드가 봄멜을 보았는데 나서지 않겠다는 듯 어깨를 으쓱했다. 스스로 해결해 보라는 뜻이었다.

"얼굴을 보일 수는 없소."

"무어라! 지금 반항이라도 하겠다는 것이냐!"

아무런 말도 없이 1골드가 챙이 넓은 모자를 벗었다. 그러자 흉하게 일그러진 화상 자국이 선명한 윗머리가 드러났다.

"이래서 그랬소."

"험험!"

"저 어린아이는 내 종자요. 볼 필요도 없으니 신경 쓰지 말고."

그러면서 망토를 젖히고는 품에 손을 집어넣었다.

"흐음!"

망토 사이로 언뜻 비친 탄탄한 근육 위로 굵직굵직한 상처들이 얼핏 보이자 기사가 저도 모르게 신음성을 내었다. 전사에겐 수많은 전장을 거치면서 생긴 훈장 같은 것이었다.

1골드가 두루마리를 꺼내 기사에게 내밀었다.

"신분증명서요."

유진이 남긴 유품으로 족보와 같은 것이었다. 한 국가에 속한 것이 아니어서 신분을 증명한 패가 없었다.

얼굴을 굳힌 기사가 강압적이었던 태도를 버리고 공손히 두루마리를 받았다. 신분증명서, 곧 귀족 신분을 나타내는 것이다. 가끔 위조된 증명서를 들고 다니는 간 큰 것들이 있어 기사는 두루마리를 펼쳐 꼼꼼히 살펴보았다.

길고 긴 두루마리, 유서 깊은 가문이라는 의미다. 맨 위에 가문의 문장이 찍혀 있었는데 포효하는 흑사자의 문장(紋章)이었다. 기사가 고개를 갸웃했다. 흑사자의 문장을 쓰는 가문은 근방에 없었다.

그는 한자한자 놓칠세라 꼼꼼히 증명서를 살폈다. 시조부터 시작해 대대로 이어진 이름들이 쭉 나열되어 있었다. 눈에 확 띄는 라스트 네임.

"스왈츠?"

어디선가 들어본 성이긴 한데 잘 생각이 나지 않았지만 부인들의 처녀적 성은 눈에 익었다. 아직도 그 가세가 명명한 가문들이 많았다.

유명한 가문을 버젓이 적은 허위 신분증명서는 없다. 가문끼리의 결합은 중요한 정치적 사안이다. 귀족들이 보면 단번에 안다. 이토록 유명한 가문과 사돈을 맺은 가문인데 왜 단번에 떠오르지 않을까?

그러다 한순간 상상 속에 그렸던 전장의 모습이 떠올랐다.

"아! 스왈츠 가!"

가끔 술에 취한 노기사들이 유흥거리로 내뱉은 대륙 전쟁의 영웅 가문. 음유 시인들의 지껄이는 신화처럼 여겨지던 이름이었다. 몰락한 비운의 가문. 그런데 아직도 그 명맥을 유지하고 있었다.

"되었소?"

"아아! 스왈츠 가의 분이었군요. 식사를 방해해 죄송합니다. 일행 분들이 워낙 눈에 띄는지라… 게다가 기사님께서 워낙 기골이 장대하셔서……."

"괜찮소. 그대가 해야 할 일을 한 것뿐이니."

"저, 실례가 되지 않는다면 성함을 알려주실 수 있겠습니까?"

1골드는 잠시 말문을 열지 않았다. 이름이라… 너무나 많은 이름을 어깨에 짊어지고 있었다.

"나는… 유진 그란델 콥 란데그란드 터커… 스왈츠요."

“한잔 받아라.”

탁한 진청색 물을 바라보던 1골드가 단숨에 들이켰다. 목구멍이 샤 해지면서 식도가 타오르는 듯했다.

“크흑……! 좋군요.”

술을 처음 마셔 그 맛을 알지는 못했으나 속이 시원해졌다. 빙긋 웃은 봄멜도 잔을 비웠다.

“많은 이름을 가지고 산다는 건 너무 힘든 일이다.”

“즐기면서 살고픈 마음은 없습니다.”

“그 아이들은 하늘에서도 행복할 거야. 네가 이렇게 남아 같이 가고 있지 않느냐?”

“남은 자의 자위일 뿐입니다.”

하지만 그렇게라도 해야 살아갈 것이다.

“산다는 게 그런 것 아니겠느냐? 만나면 언젠가는 헤어지니. 만나 인연을 맺고, 아쉬운 이별을 하고, 다시 새로운 인연이 찾아들고.”

“너무나 아쉬운 이별이라 평생 잊을 수가 없습니다.”

“그렇겠지. 그럴 것이야.”

봄멜은 자신을 돌아보았다. 길다면 길고 짧다면 짧은 칠십 평생 수많은 인연이 스치고 지나갔다. 애증이 남기도 하고 분노가, 또는 아쉬움으로 점철된 인연들이었다. 절로 한숨이 나왔다. 마법사의 길이라는 게 행복과는 너무나 먼 여로였다. 손에는 수천의 피를 묻히고 무엇을 얻고자 그리 마법에만 묻혀 살았는지.

"잠시 실례해도 되겠습니까?"

봄멜이 사색을 방해한 목소리를 향해 시선을 돌렸다. 장신의 청년으로 선이 굵직한 얼굴에 보기 힘든 검은 머리, 서글서글한 눈매가 호탕한 기질을 보여주는 사내였다.

"실례하시오."

인연 이야기를 하다 보니 새로운 인연이 다가선 듯해서 봄멜은 그답지 않게 쉽게 허락했다.

"안녕하십니까? 저는 무사 수행 중인 레알이라고 합니다. 신성 투실바 왕국의 베르디 가문에 적을 두고 있습니다. 두 분의 대화에 끼어들어 죄송합니다."

"괜찮소. 앉으시구랴."

투실바란 말에 1골드까지 레알에게 흥미가 생겼다. 크라우치가 있는 곳이었다.

"저녁에 병사들과 나누시던 말씀을 본의 아니게 들었습니다. 스왈츠 가의 유진님이시지요?"

"그렇소."

"평소에 흠모에 마지않던 무가였습니다. 만나뵙게 되어 영광입니다."

가문을 치켜세워 주는 미사여구를 동반한 짧은 인사가 오가고 레알이 본론을 꺼내었다.

"제가 실례를 범한 것은 다름이 아니라 동행을 부탁드리려 그랬습니다. 헬베른 산행을 같이 해도 되겠습니까?"

헬베른은 근방에서 유일하게 제국으로 통하는 길이다. 이곳에 머문다는 건 당연 제국으로 간다는 의미여서 행선지도 묻지 않고 동행을 요청하는 것이다.

1골드가 거절을 하려 했으나 봄멜이 나서 동행을 허락하였다. 그러자 반색한 레알이 일행을 불러 오겠다며 자리를 비웠다.

"스승님."

"여러 사람을 만나면서 경험을 쌓는 것이 아니더냐. 보아하니 제대로 교육을 받은 녀석 같구나. 산이 제법 커서 삼 일은 가야 한다. 국경 지대라 귀찮은 잡졸들도 많고. 도움이 될 게야."

레알 일행은 다섯 명으로, 막시라는 청년과 레이아라는 여검사, 여마법사 엠마, 나머지는 라미안 교 신관인 안토니였다. 전형적인 파티의 구성이다. 소 닭 보는 듯하는 마법사와 신관도 파티에서는 서로의 필요성을 절감하기에 쉽게 다가선다.

봄멜이 보기에 레알만 이들의 리더로 제법 검을 다룰 줄 아는 것 같았다. 나머지는 막 수련 딱지를 뗀 자들로 공명심만 가득 찬 풋내기들이어서 그들로 인해 머리가 아파왔다.

"오! 정말 크라우치님을 아십니까? 이럴 수가. 저도 먼발치에서만 한 번 뵈었을 뿐인데. 크라우치님, 너무 멋지시지 않습니까? 만유에서 기력을 많이 소진하셨다고 하던데 괜찮으신 것 같았나요?"

크라우치를 떠올리는 것만으로도 눈이 몽롱하게 풀리는 안토니를 보며 1골드가 입맛을 다셨다. 혹시나 크라우치의 근황을 알까 해서 물었는데 오히려 질문 공세에 시달렸다.

"좋아 보이셨습니다."

"정말 대단한 분이십니다. 카뮤님의 강림이라는 소리까지 들으실 정도로요. 손짓 한 번에 만병을 치료하시고, 신분을 가리지 않고 불쌍한 백성들을 돌보시고……."

"칫! 돌팔이가 무슨."

"예?"

칸야가 황급히 손을 휘저었다.

"다른 생각을 했어요. 신관님한테 드린 말이 아니에요."

밝은 앞날을 꿈꾸다 망가진 칸야로서는 도저히 크라우치가 좋게 보이지 않았다. 겉만 번지르한 날나리 신관, 이게 칸야가 생각하는 크라우치의 모습이었다.

레알 일행이 앞장을 서고 봄멜이 칸야와 함께 맨 후미에서 따르는 형태로 헬베른 산을 올랐다. 헬베른은 하나의 산을 나타내는 이름이 아니라 소(小)산맥이었다. 서너 개의 산을 넘어야 제국의 영역에 닿는다.

치안상 공백이 생기는 이런 국경 지대는 많은 위험이 도사리고 있어 관문 도시에서 여행객들이 모여 함께 넘던가, 부유한 귀족이나 상인들은 용병을 고용하는 경우가 많았다. 레알이 1골드에게 동행을 요청한 이유였다.

그는 동행을 구하기 위해 헬베른에서 나흘을 머물러 있었는데 스왈츠 가라는 이름에 앞뒤 잴 것도 없이 동행을 청했다.

첫 산을 넘어 7부 능선 정도 내려왔을 때 엠마가 슬금슬금 처지더니 봄멜과 어깨를 나란히 했다. 이제 막 3써클 마스터에 오른 그녀는 단번에 봄멜이 자신보다 상위의 마법사인 것을 알아보았다.

몬스터 같은 덩치만 빼면 세 노소는 모두 마법사로 보였다. 혹시 아는가? 건질 것이 있는지.

"봄멜님, 오늘은 저 계곡에서 쉬어야 할 것 같아요. 산은 해가 짧다더니 벌써 산등성이에 해가 걸려 있네요."

"……."

"저는 히타로스 파의 마법을 익히고 있어요. 혹 실례가 안 된다면……."

"실례가 된다. 입 다물라."

엠마는 봄멜의 정체를 알고 싶어 자파의 이름까지 꺼내 들었지만 그의 한마디에 입을 다물었다.

마법사는 크게 백과 흑, 둘로 분류하기도 하고 네크로맨서를 흑마법사 계열에서 따로 떼어내 세 종류를 분류하기도 한다.

네크로맨서는 좋게 표현하면 생명력을 연구하는 자들로 시체를 다루거나 마신과 계약을 맺기에 마법사들 사이에서 배척을 받는 것이 아니라, 생명력을 연구한답시고 실험대에 인간을 올리기 때문이었다.

마법사가 연구를 위해 어마어마한 가치를 지닌 보석 따위의 마법 재료들을 날려먹는 것처럼, 네크로맨서들은 인간을 실험 재료로 쓰기를 주저하지 않는다.

봄멜이 힐끗 엠마를 살폈다. 그럭저럭 볼 만한 얼굴에 조금 통통하고 나이는 20대 중반 정도. 그 나이에 3써클 마스터면 나쁘지 않은 편이다. 통상적으로 3써클 유저에 오르는 데만 대략 15년 정도가 걸린다.

게다가 히타로스면 백마법 여섯 지파(支派) 중 그의 사문 아트랄 파와 가장 돈독한 관계를 유지하는 곳이었다. 타 지파의 경우 쓰임새가 많은 마나 배열이나 새로운 주문을 연구하지만 두 지파는 마나의 원리를 다룬다는 점이 친밀한 관계를 형성하게 해주었다.

하지만 봄멜은 전투 마법사, 그의 스승처럼 블랙 위저드(Black Wizard)가 되어 사문을 밝힐 수는 없었다. 스승 또한 뿌리만 알고 있으라 했다. 아트랄 파에서 전투 마법사가 나왔다는 것은 사문의 얼굴에 먹칠을 하는 것과 진배없었다.

개울가 옆에 자리를 잡고 분주하게 저녁 준비를 할 때였다. 봄멜이 수풀이 우거진 능선의 한 지점을 쳐다보았다.

"귀찮은 것들이 슬슬 나타나기 시작했군."

그 말만 내뱉고는 칸야를 불러 평평한 바위를 찾아 노소가 나란히 앉았다.

"스승님, 무슨 일 있으세요? 저 거들어야 하는데요."

"튼튼한 놈들도 많은데 너까지 나설 것 없다. 로브는 갑갑하지 않느냐?"

"헤헤헤, 땀 한 방울 나지 않고 시원하고 좋아요. 이담엔 크면 제가 꼭 스승님을 보살펴 드릴게요."

"허허허, 녀석."

로브를 푹 눌러쓰고 눈만 드러내야 하기에 로브에 간단한 마법 몇 가지를 걸어주었다.

"곧 재밌는 일이 벌어질 거야. 여기서 구경이나 하자."

"재밌는 일요?"

"옳지, 시작한다."

봄멜의 말이 끝나기 무섭게 공기를 매섭게 가르는 소리가 들렸다.

쉐에에엑!

"화살이다!"

제일 먼저 반응한 것은 1골드였고 소리를 친 것은 레알이었다. 어느새 대검을 빼 든 1골드가 나섰는데 화살은 일행이 있는 곳에서 한참 못 미치는 곳에 떨어졌다.

"와아아아아!"

연이어 우렁찬 함성 소리와 함께 수풀을 젖히고 뛰어내려오는 일단의 무리가 있었다.

괴한들을 살핀 1골드가 미간을 좁혔다. 한눈에 봐도 흉측한 무기들을 앞세우고 안면을 잔뜩 구긴 인상이 산적으로 보였다.

제법 많은 50여 명의 무리로 어디서 구했는지 갑옷을 걸친 자들도 있었고, 제법 발달한 근육을 드러낸 자도 있었는데 1골드는 크로스 보우를 들고 있는 궁수들을 빠르게 파악했다. 산적들의 무력이라 봤자 병사만도 못하지만 화살은 위협이 된다.

일행을 포위한 산적들 중에서 1골드만은 못하지만 가슴을 풀어헤치고 철구에 가시가 숭숭 박힌 모닝스타를 어깨에 걸친 거구가 앞으로 나섰다.

"어이, 안녕들 하쇼? 놀라게 해드려 상당히 미안하외다. 나는 이 헬베른의 지배자 쇼월터요. 뭐 남들은 광마(狂魔) 월터라고 부르기도 한다오."

그러면서 모닝스타를 내밀고 흔들었다.

"이놈이 가끔 주인의 맘도 모르고 머리통을 아작 내 뇌수를 묻혀서 그런 별명이 붙었다오. 대충 상황을 짐작했을 테니 상두직인 대사를 한번 쓰짓소. 에헴, 기긴 것을 디 내놓으면 목숨만을 살려주겠다! …끝이오.”

“하하하하!”

“킥킥킥!”

산적들이 여유있게 웃음을 터뜨리면서 서로 농을 건넸다. 여자 둘에 늙은이 하나, 애도 하나 있고, 장정이라 봤자 넷밖에 없었다. 덩치가 조금 거슬렸지만 50명이라면 충분히 상대하고 남을 거라 여긴 것이다.

검을 땅에 박고 칼 받침에 팔을 기대고 있던 1골드가 상대할 가치도 없다는 듯이 몸을 돌렸다. 달려들 때 상대해 주면 그만이다.

“야! 이 자식아! 어르신이 말씀하시는데, 죽고 싶냐!”

쇼월터란 놈이었다. 1골드가 발길을 멈췄다.

“와라.”

한마디. 1골드의 몸에서 뭉클 살기가 일었다. 감정을 마나에 실을 수 있는 경지. 레알 일행까지 그 살기에 마른침을 삼켰다.

먹고살기 힘들어 산적질을 하지만 쇼월터도 퇴역 군인으로 제법 전장에서 뒹군 경력이 있었다. 그가 지지 않고 소리쳤다.

“여기 있는 계집들까지 다 죽일 생각이냐!”

“상관없다.”

여차하면 여자들을 인질로 잡을 생각이었는데 냉정하게 말을 내뱉었다.

챙!

"흥! 너 따위 놈에게 누가 죽는다는 것이냐!"

레이아가 검신이 좁은 검을 빼 들고 소리쳤다. 철가면을 쓴 놈은 그 유명한 스왈츠 가문이라면서 레이디에 대한 예의를 전혀 모르는 무식한 놈이었다. 위험이 닥치면 앞서 여자를 보호하는 것이 기사도가 아니던가.

그녀는 남자 따위의 보호를 받을 생각은 전혀 없었지만 기분이 나쁜 것은 어쩔 수 없었다.

그러자 엠마까지 나서 불덩이를 둥실 띄웠다.

"마법사다!"

한 산적의 외침이 들리자마자 산적질을 오래 해먹었는지 궁수들이 일제히 엠마에게 화살촉을 향했다.

"아아! 흥분들 하지 마시고."

레알이 나섰다. 상대하면 하겠지만 산적의 수가 많아 이쪽도 피해를 감수해야 한다.

"얼마면 물러나시겠소?"

그가 타협을 제시하자 쇼월터가 시큰둥한 표정이 되었다. 한 계집이 제법 예뻐서 산채에 데려갈 생각이었는데, 가시 있는 장미였다.

"얼마나 주게?"

"10골드면 되겠소?"

"애들이 몇인데? 인건비두 안 나와. 네눔들 짐을 빼앗지 않겠어. 돈만 놓고 가지?”

그때 멀리서 늙수레한 음성이 들렸다.

“쯧쯧쯧, 행각 수행을 한다는 놈들이 저깟 산적이 무서워서 돈을 주겠다니. 집구석에서 검이나 휘두르지 뭐 하러 기어나와.”

“행각 수련이 뭡니까, 스승님?”

“네 사형 하워드가 떠난 여행.”

“아! 돌아다니면서 견문을 넓히고 수행한다는 거요. 그 와중에 나쁜 놈들을 처치해 명성도 쌓는다고 하셨지요?”

“헐헐헐, 우리 칸야가 저기 허우대만 멀쩡한 놈들보다 백 배는 낫구나.”

레알의 얼굴이 벌겋게 달아올랐다. 처음 길에 떠났을 때 악명이 자자한 흑마법사를 처치할 꿈을 꾸지 않았던 것은 아니다. 흠모하는 레이아가 일행에 끼지 않았다면 산적들과 한판 벌였을 테지만 그녀가 다칠까 봐 이런 한심한 자태를 보인 것이다.

창피를 당한 것은 레알만이 아니었다. 일행 모두 똥 씹은 표정이 되었고 특히 레이아가 그를 경멸이 담긴 시선으로 노려보고 있었다.

‘빌어먹을, 이게 아닌데······.’

잘못을 뉘우치는 만큼 개선도 빨랐다.

“레이아는 엠마와 안토니를 보호해라. 유진님, 도와주시겠습니까?"

까닥.

고개가 숙였다가 올라갔을 때 1골드는 이미 땅을 박찼다. 의식적으로 마나를 다리에 보냈다. 몸이 한결 가벼워졌다. 가면 안으로 입가에 미소가 어리는 듯했다.

지옥의 사신처럼 검은 망토를 휘날리며 거한이 빠르게 쏘아오자 황급히 정신을 차린 쇼월터가 소리쳤다.

"죽여라!"

말이 끝나기가 무섭게 그가 모닝스타를 휘두를 때는 쇄도해 오던 1골드의 검은 그림자조차 없었다.

쇼월터를 뛰어넘은 1골드는 처음에 점찍어두었던 궁수로 향했다. 먼저 이제야 실을 너트에 거는 멍청한 놈.

번쩍.

거침없이 검이 궤적을 그렸다. 검은 궁수의 목을 향했지만 워낙 길다 보니 옆에 서 있던 자의 왼팔까지 싹둑 잘라 버렸다.

"크아악!"

비명 소리가 들릴 때쯤엔 다섯 보 떨어진 궁수의 배에 검을 박고 있었다. 연한 옆구리로 검을 밀쳐 빼내고는 오른쪽에서 창날을 들이미는 놈의 정수리를 후려쳤다.

샤사삭!

비명조차 없었다. 단숨에 정수리부터 사타구니까지 정확

하게 반으로 갈라 버렸다.

털썩.

통통! 떼구르르.

갈라진 몸뚱어리와 하늘로 쳐올려진 머리통이 우연찮게도 같이 떨어져 묘한 음향을 만들어냈다.

"이, 이! 악마 같은 놈!"

쇼월터의 비명 같은 외침이었다. 1골드는 그 소리가 들리지도 않는지 다른 목표로 향했다. 궁수는 모두 다섯이었다. 사방에서 검이 날고 창날이 번뜩였다. 그는 물속을 유영하는 물고기처럼 너무나 부드럽게 피하면서 목표로 향했다.

눈동자가 흔들리고 손이 떨렸다. 크로스 보우를 겨우 치켜들어 사이트(Sight:조준기)에 검은 악마를 올려놓았지만 초점을 맞출 수가 없었다.

한순간 가까스로 악마를 잡았다. 크게 숨을 들이쉬어 떨림을 억제하고 방아쇠를 당겼다. 화살은 여지없이 커다란 악마를 향해 날아갔다.

사정거리가 250m나 되는 보우다. 그는 100m의 목표도 자신있었다. 10m여의 거리, 어김없이 악마를 꿰뚫어 동료의 한을 달랠 것이다.

"헉!"

화살이 사라졌다. 아니, 놈이 손으로 잡아챘다. 코앞에서 화살을 잡아채는 놈이라니… 그는 눈을 감아버렸다. 차가운 물질이 목을 스치고 지나갔다. 죽지 않은 것인가. 그는 눈을 떴을 때 괴상한 장면을 목격했다. 목 없는 육체가 두 다리를 딛고 나무 기둥처럼 서 있었다.

화살을 손목 보호대로 쳐낸 1골드는 궁수의 목을 날려 버리고 네 번째 목표를 찾았는데 그자는 불덩어리가 되어 있었다. 이제야 정신을 차린 레알 일행이 손을 쓴 것이다.

타인에게 피해만 주는 산적들이다. 꽤 많은 목숨이 이자들의 손에 의해 죽음을 맞았을 것이다. 살려두면 피해만 더 커진다. 살 가치가 없는 자들이다. 다 죽인다.

살심을 더욱 북돋은 1골드가 겁에 잔뜩 질려 벌벌 떨고 있는 산적의 몸통을 갈라 버렸다. 등을 돌리는 자의 다리를 베어버리고는 등판에 검을 꽂았고 악에 받쳐 검을 휘두르는 자는 검과 함께 목을 쳐올렸다.

몰입.

산적들 사이로 뛰어들어 간 1골드는 살육의 순간에도 몰입을 했다. 검의 최적의 로(路)를 조종했으며 신체의 무게중심인 단전에서 자세에 따라 옮겨가는 마나의 위치를 확인했다.

검을 내치는 순간의 날숨과 회수하는 들숨에 집중을 하였을 때 한순간 단전으로부터 배 울림 소리를 들었다. 그러자 손끝에 저림이 나타나고 손끝이 팽창한 느낌이 들었다.

그의 눈이 피에 전 검신으로 향했다. 아지랑이 같은 기운이 검에 감돈다. 검에 마나가 실린 것이다.

‘이런 느낌이었군.’

체내의 마나가 경락을 통해 팔로 이동해 검으로 옮겨간 것, 1골드는 그 느낌을 기억하려 애썼다. 검에 산적들의 몸뚱이가 썽둥썽둥 잘려 나가도 무심한 눈빛엔 전혀 변화가 없었다. 오직 체내의 마나 이동에만 신경을 집중했다.

휘이잉……!

산바람이 1골드의 주위를 감돌고 그에겐 관심이 없다는 듯이 계곡을 빠져나갔다. 피가 흘러 개울물을 붉게 물들이고 아직도 김이 피어나는 시체 조각 속에서 1골드는 장승처럼 서 있었다.

그러다 1골드는 검을 들어 허공에 휘저었다. 검신을 타고 핏방울이 튀어 올랐다. 고개를 갸웃한 1골드가 검을 들고 아수라장을 빠져나왔다.

학살과 같은 싸움터에 정신이 빼앗긴 레알 일행은 그런 1골드를 멍하니 쳐다볼 뿐, 아무도 입을 열지 않았다. 1골드가 봄멜에게 다가갔다.

“스승님, 저 잠시만 자리를 비우겠습니다.”

봄멜은 살육의 현장을 아무렇지도 않게 보았고 전과 다름없이 1골드를 대했다.

“어디 가게?”

“좀 전에 싸움에서 검에 뭔가 이상한 점이 있어서요. 저녁 준비를 못해서 죄송합니다.”

“신경 쓰지 마, 안도르 놈이 할 일이니. 갔다 오거라.”

“예. 그럼.”

꾸벅 인사를 건넨 1골드가 수풀 사이로 사라졌다.

레알 일행의 시선이 이 이상한 사제지간으로 향했다. 무려 50여 명의 목숨이 한순간 사라졌는데 저들은 모기 죽인 것처럼 행동을 한다. 오한이 드는지 그들은 몸을 부르르 떨었다.

자리를 털고 일어난 봄멜이 어슬렁 싸움터로 걸어갔다. 그때까지도 레알 일행은 정신을 차리지 못했다. 엠마와 레이아는 풍겨오는 피비린내에 한쪽에서 헛구역질을 연신 해대고 있었고 막시는 처음 살인을 했는지 피 묻은 검신을 망연자실 쳐다보고 있었다. 오직 레알만이 인상을 찌푸린 채 싸움터로 고개를 돌렸다.

봄멜이 싸움터 근처에 멈추어 서서는 팔을 내밀자 그의 손에 우윳빛 광채가 빛나는 마법 스틱이 쥐어졌다. 가볍게 한편을 향해 스틱을 내젖자마자 집채만 한 불덩어리가 생겨나더니 무서운 속도로 지면을 강타했다.

콰앙!

흙먼지가 가라앉고 그 자리에 지름이 5m가 넘는 구덩이가 드러났다. 봄멜은 다시 한 번 구덩이에 불덩이를 쏘아 보내 크기를 넓히고는 빠르게 캐스팅에 들어갔다.

연이은 마법, 그가 가볍게 손을 놀리자 어디선가 거센 바람

이 불어와서는 시체들을 구덩이로 옮겨놓았다. 능숙한 솜씨
였다.

　주변을 훑어보며 만족스런 미소를 지은 봄멜이 몸을 돌리
자 기다렸다는 듯이 구덩이에서 화염이 솟구쳤다.

　탁 탁타타!

　시체 타는 노린내와 불꽃이 튀는 을씨년스런 소리가 골짜
기를 감쌌다.

　자리를 옮겨 숙영지를 잡은 일행은 늦은 저녁을 들었다. 제
대로 먹는 사람은 1골드와 봄멜, 칸야밖에 없었다. 일행 사이
에 흐르는 어색한 기운이 짜증이 났는지 봄멜이 들던 수프를
밀어놓았다.

　"뭐가 불만이야?"

　"……."

　"거기 히타로스 계집애가 말해봐."

　지목당한 엠마가 주춤하다가 어렵게 입을 뗴었다.

　"사, 산적을 그렇게 다 죽이지 않아도 되지 않았을까 해서
요. 겁만 줘서 보내도 되었는데……."

　"겁? 놀고 있군. 누가 겁을 먹었는데? 내 제자가 나서지 않
았으면 네년은 지금쯤 산적들 배 아래에 깔려 있을 거야. 그
걸 원했나 보지?"

　"아, 아니, 그런 뜻이 아니라……."

봄멜이 차가운 얼굴로 레알 일행을 훑어보았다. 레알과 레이아는 못마땅한 기색이 역력할 얼굴로, 막시는 첫 살인의 죄책감 때문에 그사이 안색이 핼쑥하게 변해 고개를 박고 있었고, 신관 안토니는 아예 딴 곳을 보고 있었다.

"검 몇 번 휘둘러 악당을 굴복시키고 승자의 미소를 짓는 모습을 상상했다면 얼른 집으로 꺼져 버려. 싸움에 임했으면 내가 죽든 상대가 죽든 둘 중 하나는 죽는 거야. 쯧쯧쯧, 풋내기들. 에잉!"

혀를 찬 봄멜이 천막으로 가버리자 칸야와 안도르가 그 뒤를 따랐다. 1골드는 여전히 고기 조각이 둥둥 떠다니는 멀건 수프를 들었다.

레이아가 차가운 얼굴로 1골드에게 말을 건넸다.

"정말 우리가 죽어도 상관없었나요?"

1골드가 고개를 들어 레이아를 보았다. 불그스름한 색이 감도는 머리칼에 이목구비가 작아 제법 귀여운 얼굴이었다.

"당신, 검은 왜 차고 있나?"

"그야 기사니까……."

레이아가 뒷말을 흐렸다. 기사가 목숨을 구걸하는 듯한 느낌을 받았기 때문이었다. 무용(武勇)과 명예가 기사의 겸양이었다. 그녀는 실태를 깨달았다. 아직도 한구석에 기사라기보다는 여자라는 마음이 남아 있었다. 그녀가 조막만 한 입술을 깨물었다.

“비록 짧은 시간이지만 우린 같이 산행에 오른 동료가 아닌가요? 동료는 서로 보호를 해주어야……”

“짐이 될 것 같으면 처음부터 동료가 되지 말았어야 해. 동료는 당신의 앞을 지켜주는 게 아니라 등을 보호해 주는 거다. 그런 마음가짐이라면 검을 놓고 드레스를 입도록. 그때는 당신을 보호해 준다는 놈들이 나타나겠지.”

레이아가 자신을 무시하는 발언에 발끈해 입을 열려고 할 때 1골드가 벌떡 몸을 일으켰다.

“가볼까?”

천막 안으로 들어간 줄 알았던 봄멜의 목소리였다. 1골드와 봄멜의 시선이 한 곳으로 향했다. 산등성이 너머에서 화광이 치솟고 있었다.

가깝게 보였으나 화광이 인 장소에 도착했을 때는 자정에 근접한 시간이었다.

탁탁탁!

후두둑!

그 힘을 다한 불길이 재와 함께 무너져 내리는 곳, 허술하게 나무를 엮어 만든 10여 개의 움막이 불길을 토해냈고 그 사이사이 남녀노소를 불문하고 참혹한 시체들이 널려 있었다. 시체는 대략 40여 구로 이 어설픈 마을의 일원인 듯 보였다.

장정들은 반항이라도 했는지 농기구를 손에 들고 있었고

아이를 안은 아낙네는 웅크린 자세로 아이와 함께 차갑게 변해 있었다.

"유민들 같군."

봄멜의 말이었다. 영주의 혹정에 시달려 영지를 이탈한 백성들이거나 더 나은 곳을 찾아 떠도는 사람들이었다.

"겁탈을 당한 여인들이 한 명도 보이지 않아. 같은 유민 패거리나 산적은 아니다. 안도르, 이들의 짐이 있는지 살펴봐라."

타다 만 움막에 물을 일으켜 불을 끈 안도르가 안에 들어갔다 나왔다.

"식기나 옷가지, 자질구레한 것들은 그대로 있는데요."

고개를 끄덕인 봄멜이 1골드에게 물었다.

"여기서 어떤 일이 벌어졌을 것 같으냐?"

"제 생각엔 원한이 아니고서는 아이까지 죽이지 않았을 것 같습니다."

봄멜이 레알에게 시선을 돌렸다.

"자네는?"

"저도 유진님과 같은 생각입니다."

봄멜이 비릿한 웃음을 지으며 고개를 저었다.

"둘 다 세상을 쉽게 살았군. 짐이 그대로 있다는 것은 재물이 목적이 아니라는 것, 유민한테 뺏을 것도 없었겠지만서도 겁탈당한 이너지도 없고 그녀들 또한 죽임을 당했디. 여자가 목적도 아니고, 아이들 또한 죽었다. 노예상은 아니라는 말. 한마디로 싹 죽였어. 그럼 뭐겠나? 대충 두 가지로 볼 수 있지. 이들의 영지에서 쫓아온 병사들의 소행이던가. 아니면 죽이고 싶어 죽였던가."

시체를 살피던 1골드가 몸을 일으켰다.

"모두 검에 당했습니다."

"아마 말발굽 자국도 있을 거야."

레알이 물었다.

"어르신은 무슨 일이 있었는지 아시는 것 같습니다."

"자네도 알지 않나?"

"저는 모르겠습니다. 가르침을 내려주십시오."

피식 웃은 봄멜이 1골드에게 물었다.

"어떻게 할 생각이냐? 그냥 제국으로 갈까?"

"진심이십니까?"

오히려 1골드가 반문을 하자 봄멜의 웃음이 더욱 짙어졌다.

"그럴 리가 있겠냐? 네 이름을 내가 아는데."

땅을 손으로 훑던 칸야가 벌떡 일어섰다.

"이쪽이에요."

일행 중에 가장 어린 칸야가 선두에 서서 일행을 이끌고 있었다. 산속 생활을 오래 해서인지 말발굽 자국과 수풀의 짓눌린 방향들을 잘도 찾아내었다. 게다가 코앞도 잘 보이지 않는 숲의 어둠이 그에겐 장애조차 되지 않는 듯했다.

한 마리 날다람쥐처럼 능숙하게 수풀을 헤치고 나무들 사이를 오가는 칸야의 모습에 1골드까지 놀랐다.

"허허, 저놈은 타고난 사냥꾼 같구나."

봄멜의 감탄이었다. 레알 일행이 이를 악물고 쫓을 정도로 칸야는 빨랐다.

날이 밝고 해가 넘어갈 때까지 추격은 계속되었다. 서너 시간의 거리라 생각했는데 그자들도 바삐 발걸음을 놀려서인지 쉬이 꼬리를 잡을 수 없었다.

이틀이 지난 후에는 칸야의 도움 없이도 놈들을 추적할 수 있었다. 비명 소리와 화광이 인도했기 때문이다. 이틀 만에 그놈들은 또다시 일을 벌인 것이다.

일행의 발걸음이 빨라졌다. 자식을 안고 죽은 어미의 시신이 눈앞에 그려졌다. 악적, 세상에서 없어져야 할 악적이었다.

살기를 번뜩이며 달려가던 레알이 주춤했다. 사람을 토끼몰이하듯이 쫓으며 검을 내려치는 자들이 화광 사이로 비쳤는데 잘 손질된 갑옷을 입고 있었기 때문이다.

장미의 문장이 그려진 감청색의 망토를 걸친 자들, 동일한 제복을 입고 있는 기사들이었다.

"뭐 하나?"

봄멜이 레알의 귀에 속삭이듯 말했다.

"저들은……?"

"기사들 같군. 아니면 귀족이던가."

레알은 망설였다. 영지를 도망친 농노들을 잡으러 온 병사들로 보였다. 타 가문의 일에 끼어드는 것은 귀족 간의 예의가 아니다. 게다가 그 일이 물건 취급하는 노예들 때문이라면 상관할 바가 아니었다.

"클클, 네놈도 귀족 나부랭이라 이거지? 왜 그런 놈이 산적들 일로 지랄을 떨었을까? 저 유민들과 산적은 달라 보이나 보지? 내 눈엔 저들이 더 불쌍해 보이는데."

레알 일행을 무시하고 봄멜과 1골드가 나섰다. 마나를 듬뿍 실어 봄멜이 외쳤다.

"멈춰라!!"

산이 쩌렁쩌렁 울리는 고함에 막 한 유민의 멱살을 잡고 배에 검을 쑤시려던 기사까지 딱 멈춰 섰다.

"으으으……."

"엉엉엉……! 엄마! 어어마아!"

멈추어진 공간, 울음소리가 사이를 쓸고 지나갔다.

유민을 상대로 투구조차 필요없어 맨얼굴을 드러내고 있는 기사들은 모두 젊은이들이었다.

10여 명의 기사 중 퉁퉁한 얼굴에 기름기가 좔좔 흘러 피부가 뺀질뺀질한 놈이 나섰다.

"누구냐? 누군데 감히 대제국의 아이작 백작가의 행사를 방해하는 것이냐!"

외침이 범상치 않자 놈은 가문의 이름까지 들먹였다. 전혀 기죽을 봄멜이 아니다. 그가 능글맞게 대답했다.

"아아! 뭐 방해하는 것은 아니고, 그냥 궁금해서 몇 가지 물어보려고."

"이놈! 어따 대고 반말이냐! 네놈 정체를 밝혀라!"

뺀질한 놈을 보좌하는 듯한 기사가 소리쳤다. 그러자 1골드의 시퍼런 안광이 그를 향했다.

"어른 말씀하시는데 함부로 나서지 마! 멱을 따버리기 전에."

"헐헐헐, 역시 제자는 잘 두었단 말이야. 어떤 잡놈과는 다르게 어른을 공경할 줄도 알고."

가문의 이름을 밝혔건만 전혀 주눅 들지 않는 상대였다. 흩어져 피 맛을 즐기던 기사들이 하나둘 뺀질한 놈 주위로 모여들었다. 그 수는 열한 명, 기사단의 1개대에 해당하는 인원이었다.

뺀질한 놈이 기사들의 힘을 등에 업고 기세를 살렸다.

"관 속에 들어갈 늙은이가 말이 많군. 그래, 궁금한 게 뭐냐? 죽이기 전에 내 친절히 대답해 주마."

"호오! 정말 친절도 하셔라. 그럼 염치 불구하고… 저들을 죽이는 이유는?"

"도망친 노예니까."

그때 목숨을 부지한 유민들이 한데 모인 곳에서 뾰족한 음성이 터져 나왔다.

"우리가 무슨 노예냐! 난 자유인이다!"

"시끄럿! 이곳까지 숨어든 놈들은 다 뻔한 잡것들이다. 영지에서 도망친 것들이! 곧 죽여줄 테니 입 닥치고 기다려."

"그렇군. 네놈들은 인간 사냥을 나온 쓰레기들이었어."

오랜 평화 속에서 마른 천으로 검만 닦던 귀족들이 찾은 유희.

농토를 버린 농노나 높은 고리대를 갚지 못해 야반도주한 도시민들이 유민화하자 짐승 사냥처럼 그들을 찾아 살인을 즐기는 자들이 나타났다.

검에 녹이 쓴 기사들은 피 칠을 하려 나섰고, 모든 것을 가진 귀족들 중 일부는 더 한 쾌락을 쫓아 뛰어들었다.

소속없는 이들, 인명대장에 이름도 없는 유민들이다. 그들을 죽인다고 뭐라 하지 않는다. 오히려 유민들 중 산적이 되거나 강도단이 되기에 병사를 풀어 토벌하기도 한다.

"쓰, 쓰레기?! 이 노린내 나는 늙은이가 죽으려고 환장했구나. 오냐, 내 너그러운 마음으로 네놈의 소원을 들어주마. 보아하니 마법 몇 가지를 다룰 줄 아나 본데 여긴 전장이 아니다."

마법사는 전장에서 없어서는 안 될 존재지만 이는 광범위 마법에 해당하는 말이었고 기사와의 대인 전투에는 무력하다. 놈은 그 사실을 상기시킨 것이다.

"아이구, 그러서? 이거 무서워서 오줌이 찔끔찔끔 나오네. 아무래도 쉬가 마려운가 봐. 그 쉬로 네놈 목욕을 시켜줄 테니 조그만 기다려라. 하하하!"

마법사의 언사가 아니었다. 마법사들의 성정이 대체로 괴팍하고 이기적이지만 뛰어난 머리로 수만 권의 책을 읽고 지식이 풍부한 자들이라 저런 상소리를 잘 하지는 않는다.

뺀질한 놈은 화가 머리끝까지 차 올라 김이 날 것 같았다.

"여, 여봐라! 저놈들의 사지를 잘라 내 앞에 대령하라!"

"존명!"

십여 보의 거리, 앞서 나서는 기사들.

우웅웅!

그들의 검에서 미세한 떨림이 인다. 제대로 수련을 쌓아 마나를 다룰 줄 아는 자들이었다.

1골드가 한발 나섰다. 검을 잡은 손에 힘을 주었다. 뭉클 일어나는 살기를 더욱 북돋아 투지를 불사를 때였다. 그와는 비교도 할 수 없는 살기가 등 뒤에서 뻗어왔다. 봄멜이었다.

흠칫 놀란 1골드가 봄멜을 돌아보았는데 그는 여전히 비릿한 미소를 짓고 있었다.

"비, 빌어먹을! 저, 전투 마법사다! 모두 달려들엇!"

한 기사의 외침이 싸움의 시작을 알렸다.

　대인 전투 경험이 많지 않은 일반 마법사는 기사들과 부딪치면 절대적으로 불리하다. 마법을 시현하려면 약간의 시간이 필요하기 때문에 시현하기도 전에 봉쇄를 당해 죽는 일이 다반사였다.

　하지만 전투 마법사들은 다르다. 오히려 기사보다 전투 경험이 풍부했고 순간순간 생기는 기사들의 약점을 잘 파악한다.

　"카카카! 늦었다. 죽어랏!"

　쉐에엥!

　달빛을 받은 미스릴 마법 스틱이 번쩍이자 달려오던 한 기사의 머리가 튀어 오르며 피가 분수처럼 뿜어졌다. 눈에 보이지 않는 바람의 칼날이 치고 간 것이다.

　"이야압!"

　쾅! 쾅! 콰광!

　기사들의 기합 소리가 여기저기서 터지고 굉음이 울렸다. 손짓 한 번에 다섯 개의 윈드 커터가 생겨났다. 목을 잃은 두 기사와는 달리 나머지는 막아내었다.

　"큭큭, 제법이야. 좋구나."

　그들 간의 공간이 순식간에 사라지고 두 군데의 전장이 생겨났다. 기사 세 명과 맞선 1골드와 나머지가 달려든 봄멜이었다.

　후왕!

푸르스름한 빛을 발하는 검이 봄멜을 베고 지나갔다. 그의 몸이 두 쪽으로 갈라지는가 싶었는데 바짝 긴장한 기사가 사방을 두리번거렸다.

순간 대여섯 발자국 떨어진 좌측에 검은 안개가 서리는가 싶더니 형체를 잡아가고 인영이 생겼다.

짧은 공간을 이동하는 블랭크 마법이었다. 형체가 완전히 드러나지도 않았는데 봄멜의 손이 허공을 자른 기사로 향하자 강력한 기운이 빛살같이 날아갔다. 주먹만 한 구체로 마나를 압축한 마나탄이었다. 1써클의 저급 마법.

잔뜩 긴장했던 긴장한 기사가 비웃음을 머금고 마나탄을 검으로 내려쳤다.

깡!

더할 수 없이 놀란 기사가 눈을 부릅떴다. 싹뚝 잘려 허무하게 사라져야 할 마나탄이 검을 부러뜨리고 강맹한 기세로 기사의 복부에 틀어박혔다.

"커억!"

마나탄이 흉갑을 우쩍 찌그러뜨리고도 그 힘이 다하지 않은 듯 뱃속까지 파고들었다. 기사가 내장을 뒤흔드는 고통을 이기지 못하고 허리를 꺾자 그의 등이 꼽추처럼 불쑥 솟았다.

펑!

등이 폭죽처럼 터졌다. 마나탄이 뱃속에서 폭발한 것이다. 피가 솟구쳤고 그 사이로 뜬겨진 살점과 부서진 뼈 조각이 사방으로 흩뿌려졌다.

"이, 이, 사악한 흑마법사 놈!"

"껄껄! 나를 그런 천한 놈들과 비교하다니, 네놈은 고이 죽지 못하겠구나!"

악에 받친 소리를 지른 기사의 신형이 일직선으로 봄멜을 향했다. 순식간에 거리를 없애는 빛살처럼 빠른 움직임이었다.

봄멜은 지척까지 기사가 다가와도 전혀 당황하지 않았다. 오히려 미소가 짙어졌다. 오랜만의 싸움에 그도 흥이 돋은 것이다. 막 푸른 빛을 발하는 검이 그를 가를 듯이 날아들었을 때 그의 몸이 또다시 안개처럼 흩어졌다.

기사는 재빨리 몸을 돌렸다. 등 뒤가 가장 취약한 부분, 그곳에 나타날 것이다. 순간 솜털까지 쭈뼛 섰다. 귓가에서 뜨거운 숨결이 느껴진 것이다.

"이, 이, 컥!"

이건 뭔가? 불에 달군 쇠꼬챙이가 속을 뒤집는 듯한 통증은? 그가 자신의 옆구리를 내려다보았다. 우윳빛의 막대기가 갑옷 이음새 사이를 뚫고 깊숙이 박혀 있었다.

"마, 말도 안……."

"돼. 이놈은 미스릴로 만든 거거든. 네놈 갑옷 따위는 종잇장만도 못하지."

쇠마저 녹여 버리는 화염으로 감싸인 마법 스틱을 검처럼 사용해 찔렀다. 일반 마법사라면 도저히 생각도 할 수 없는 행동이었다.

　전투 마법사를 만나면 피하는 게 상책이라더니 그 이유를 알 수 있었다. 하지만 너무 늦게 안 죄로 그는 옆구리가 녹아내린 채 숨을 거두었다.

　눈을 빛내며 싸움을 지켜보던 엠마가 탄성을 지르든 말든 봄멜은 낭비가 전혀 없는 움직임으로 고위 마법을 단 한 번도 발휘하지 않고 너무 쉽게 기사들을 처리해 갔다.

　6써클의 전투 마법사, 대마법사라도 꺼리는 상대였으니 소드 마스터가 아니고서는 그의 상대가 될 리 만무했다.

　마지막 상대에게 목과 사타구니 등의 갑옷으로 방어하기 힘든 부분에 파이어 에로우 열 발을 동시에 쏟아 부은 봄멜은 간만의 전투로 끓어오른 피를 식히고 느긋하게 1골드에게 시선을 돌렸다.

　망토를 푼 채 단단하면서도 거대한 근육을 드러낸 1골드는 근육이 민망할 정도로 상처를 입어 피 칠을 한 상태였다. 셋 중 하나를 처리하면서 허벅지와 옆구리에 검상을 입었다.

　상대의 수준이 그와 별반 차이가 나지 않았고 갑옷까지 착용한 상태라 1골드가 하나를 처리한 것도 대단한 일이었다.

　칙칙한 회색빛이 감도는 1골드의 검과 푸른빛을 발하는 기사의 검이 다시 허공에서 엉켜들었다.

　치명적인 사혈만 노리는 일격필살의 검로들, 실전적인 검술이라 그들의 검로는 비슷하기까지 했다. 검과 검이 부딪쳐 힘으로 밀쳐 내고 들어난 허점에 일격을 가하는 방식, 정말 단순 무식한 기사들의 검이었다.

봄멜이 1골드를 도와주려 마나를 모으는 찰나에 1골드의 검이 바뀌었다. 그리 큰 차이가 나는 것은 아니지만 부드러움이 가미되었다고 할까.

"호오!"

머리를 후려치는 상대의 검을 이마 위에서 방어를 했는데 그 순간 1골드의 손목이 유연하게 돌아갔다. 빙글 한 바퀴를 돌리면서 상대의 검을 옆으로 흘리고 바닥을 스치듯 좌측으로 이동했다. 그러자 흘린 검은 바닥을 쳤고 1골드는 머리 위로 검을 치켜든 자세가 되어 있었다.

힘 대 힘으로 받아친 것이 아니라 상대의 힘을 역이용해 부드럽게 밀쳐 내면서 옆으로 돌아간 것이다.

사삭!

머리통이 부드럽게 사선으로 갈라져 스스륵 미끄러져 내려왔다.

"후욱!"

크게 숨을 들이킨 1골드는 빠르게 일주천을 시켰다. 물에 젖은 솜처럼 묵직했던 육체가 조금이나마 가벼워지고 머리가 맑아졌다.

그는 지금껏 유진 가의 검술만 고집했었다. 그게 유진에 대한 도리라 생각했다. 하지만 수세에 몰리자 전세를 전환할 길을 찾게 되었고, 1골드를 통해 눈요기한 동양 검술에서 그 해법을 발견했다.

유(柔)가 강(剛)을 제압한다고 했던가. 힘이 모자라 제압할 수 없기에 부드러움을 가미시켰다. 예상외로 좋은 결과를 얻었다.

유진 가의 검술이 완벽하지 못하다는 말을 들었기에 고집을 꺾을 수 있었다. 검술의 완성을 그에게 맡긴다는 부탁도.

"와라!"

한 놈 남았다. 봄멜을 힐끔거리며 도망칠 구석을 찾던 놈이 검을 놓았다. 항복 선언이다. 하지만,

"와라!"

"졌소. 난 아이작 백작가의 가신이오. 우리 도련님과 나를 살려준다면 그만한 보상을 하겠소."

전장에서 잡힌 귀족도 보상금을 받고 풀어준다. 저 멀리 떨어진 일행 중에도 귀족으로 보이는 자들이 있었다. 귀족 간의 예의는 알 터. 후한이 없다는 약조를 하고 묵직한 금화를 건네주면 살 수 있을 것이다.

1골드는 놈이 무슨 수작을 부리는지 알았다. 용병으로 보아온 모습이었다.

쓴웃음이 나왔다. 제 놈들의 목숨은 귀하고 저 유민들과 같은 사람들은 개돼지만도 못하다는 귀족 놈들의 생각.

“미친놈.”

차갑게 욕설을 내뱉은 1골드가 천천히 검을 들었다.

“무, 무슨 짓이오? 검을 버린 상대를…….”

기사는 말을 잇지 못했다. 윗니 위로 얼굴이 없어진 입으로 말을 할 수는 없으니까.

1골드가 왼다리를 끌며 처음 목청을 높이던 뺀질한 놈을 찾았다. 그놈이 도련님이라 불린 놈이다.

그자는 쉽게 찾았다. 봄멜의 발아래 패대기쳐진 개구리마냥 엎어져 있었다. 봄멜이 손을 썼는지 꼼짝도 못하고 식은땀만 줄줄 흘리고 있었다.

“칸야!”

“예! 유진님.”

헐레벌떡 뛰어오면서 칸야가 대답했다.

“형이라고 부르라니까.”

“다른 사람들 앞에서는…….”

“괜찮다. 저놈들 품을 뒤져서 돈 될 만한 것들을 찾아봐라.”

천성이 두려움이 없는 것인지 산적 일로 단련이 되었는지 칸야는 인상 한 번 찡그리지 않고 시체들을 뒤적거렸다.

그사이 봄멜이 1골드의 상처를 치료해 주었다. 감사를 표한 1골드는 두려움에 떨고 있는 열댓 명의 유민에게 다가갔다. 가족을 지키려 맞서 싸웠는지 장정은 찾아볼 수 없었고 아녀자와 아이들, 노인들밖에 없었다.

"저놈은 당신들이 알아서 하시오."

뺀질한 놈을 일컫는 말이었다. 그리고는 칸야를 불러 거두어들인 전낭을 그들 앞에 던져 놓았다.

"죽은 자들의 목숨 값이라 생각하시오. 저놈들을 찾으러 추격대가 들이닥칠 것이니 이걸 가지고 멀리 도망쳐서 숨어 사시오."

혹시나 자신들까지 죽일까 봐 숨을 죽이던 유민들이 펑펑 눈물을 쏟으며 머리를 조아렸다.

1골드가 그중 똑바로 자신을 쳐다보고 있는 아이의 머리를 쓰다듬었다.

"어머니냐?"

아이의 허리를 끌어안고 있는 여인을 지칭한 말이었다.

"응!"

"그래, 어머니를 지킬 수 있도록 강해져야 한다."

"응! 아저씨만큼 강해질게."

평생 만져 보지도 못한 거금을 손에 쥔 유민들은 잠시 슬픔을 잊었다. 그러나 분노만큼은 잊지 않았다. 옴짝달싹할 수 없는 뺀질한 놈을 던져 주자 너도나도 할 것 없이 달려들어 짓밟고 할퀴고 물어뜯으며 분노를 표출했다.

유민들과 함께 시체를 묻고 뒷정리를 한 1골드 일행은 다시 세곡으로 길을 잡았다.

　제국을 코앞에 둔 어느 날, 봄멜이 레알 일행에게로 다가갔다.

　"여기서 헤어진다. 우리가 먼저 갈 테니 네놈들은 반나절 후에 출발해라."

　"그게 무슨 말씀입니까, 어르신?"

　레알의 물음에 봄멜이 차갑게 대답했다.

　"난 귀찮은 일은 질색이라서 네놈들을 모두 죽여 버리고 싶다만 늙었는지 더 이상 피를 보기 싫다. 이곳에서의 일. 관에 들어갈 때까지 입을 다물어야 할 거야. 꼴에 귀족이라고 입을 나물대다간 투실바까지 쫓아가서 네 가족 모두를 찢어 죽여주마."

　섬뜩한 협박, 전투 마법사란 그의 정체가 드러난 지금 단순한 협박처럼 들리지 않았다.

　"네놈들 몸에 표시를 해두었다. 어디를 가도 내가 찾고자 하면 한 시간도 안 돼 찾을 수 있어. 괜히 객기 부리다가 객사하지 말고 헛바닥 간수를 잘해야 할 거다."

　봄멜은 할 말만 마치고 몸을 돌렸다. 귀족들의 성품, 너무도 잘 안다. 아이작 백작가라 했다. 제국의 수백 명의 백작가 중 하나, 딱히 겁낼 상대는 아니지만 아이작의 요청을 받은 귀족들이 나서면 얘기가 달라진다. 제국을 벗어나기 전까지 끝없는 추적을 받을지도 모른다.

기사들의 죽음이 알려지기 전에 최대한 멀리 벗어나야 한
다. 겁을 줬다고는 하나 레알 일행을 믿을 수는 없다. 죽이자
니 마음에 걸리고.
"가자! 시간이 없다."

에티우스 밀림

진청색 물감으로 칠한 것 같은 하늘은 더없이 맑았다. 눈사람 모양을 한 뭉게구름이 손에 잡힐 듯 다가왔다.

좌아악!

동남풍을 받은 쌍돛이 터질 듯 가득 부풀었다. 거침없이 푸른 바다를 가로지르는 배의 뾰족한 뱃머리에 맞은 파도가 하얀 포말을 만들어냈다.

배의 폭이 보통 배보다 가늘고 뱃머리에 삐죽 솟은 부분이 선명하게 남아 있는 날렵한 배였다. 전투선으로 만들어진 배를 개조한 것으로 일반 상선에 비해 두 배는 빠르다.

뱃머리에 서서 하얗게 일어나는 포말에 시선을 주고 있는 거한에게로 선장이 다가섰다.

"험험, 유진님, 죄송한데 모치오 항에 정박을 했으면 합니다. 급하게 출발하느라 식량과 식수가 모자랄 것 같습니다."

"……."

"아아! 물론 급하시다는 것은 알지만 반나절 정도면……."

"이 배는 알라모 항으로 갑니다."

더 이상 말할 필요도 없다는 듯이 1골드가 몸을 돌렸다.

헬베른을 넘은 일행은 동쪽으로 방향을 틀었다. 어리숙하게 레알 일행을 믿고 제국을 가로지를 봄멜이 아니었다. 건장한 말을 구해 밤낮을 가리지 않고 몰아 3일 만에 바아스라는 도시에 도착했다.

바아스는 제국 북동 평야 지대의 젖줄인 네이니 강을 끼고 있는 제국의 내륙 수운(水運) 도시의 하나로 곡창 지대에서 생산되는 곡물과 강을 거슬러 올라오는 해산물이 모여들어 거대한 시장이 형성된 곳이다.

그곳에서 동해(東海)로 가는 배를 타고 바다로 나왔다. 거친 바다를 뚫고 항해하는 배가 아닌 내륙선이어서 다시 배를 갈아타야 했다.

네이니 강 하류 삼각지에 형성된 항구 도시 로스빔에서 하루 동안 머무르며 배를 구했는데 에티우스로 가는 배는 없었다. 에티우스를 경계로 아이온의 남반구와 무역을 하는 선단이 없진 않았으나 그 배를 타려면 신분 확인 절차가 까다로

웠다.

　원시 밀림이 우거진 에티우스를 목적지로 하는 자들이 있다는 게 오히려 더 이상한 일이었으므로 제국 남단 알라모를 목적지로 아예 배를 통째로 빌렸다.

　급하게 배를 구하다 보니 뱃삯을 두 배나 지불했다. 하지만 선장이란 작자는 부수입을 올리려 배를 정박하자고 하는 것이다. 목적지를 확실히 하고 배를 띄웠는데 식료품이 부족하다는 말은 거짓이다.

　정박한 후에 또다시 이런저런 핑계를 대고 다른 손님을 태울 것이 뻔하다. 1골드도 그 정도는 안다.

　찔끔한 선장이 물러가고 1골드는 가도 가도 끝없이 펼쳐진 지평선을 바라보았다. 쓴웃음이 나왔다. 샤벨 시에서 구입한 지도에 표시된 에티우스 밀림은 무척이나 가까워 보였다.

　그런데 하루 150㎞를 이동한다는 쾌속선으로도 알라모 항까지 열흘은 걸린다고 했다. 꾸불꾸불 돌아가는 해로라도 제국의 종단 거리가 1,200㎞ 이상은 된다는 소리였다.

　"훗, 1,200km, 육로로 갔으면 두 달은 걸었겠네. 제국이라더니 크긴 엄청 크군."

　제국은 횡으로 반 배는 더 긴 형태의 국가라고 했으니 1,800㎞ 정도 잡으면 남한 면적의 50배 정도 된다. 1골드는 절로 한숨이 나왔다. 제국만 이 정도인데 이 넓은 땅덩어리에서 흉수를 찾자니 앞이 막막했다. 게다가 정체조차 몰랐다.

1골드는 잡념을 털어내었다. 그건 후의 일이고 에티우스 밀림의 일이 먼저였다. 작은 숲이라고는 생각하지 않았지만 선원들의 말을 들으니 그곳의 크기 또한 대단했다.

바다와 같이 넓은 에티우스 강을 중심으로 형성된 밀림인데, 강에서 갈라진 지류만 백여 개에 달한다고 한다. 제국의 남부 국경을 십분지 이가 밀림이 대신한다고 했으니 그 길이가 상상조차 가지 않았다.

밀림 속에 수백 개의 강이 흐르고 햇살이 들어오지 못할 정도로 수풀이 빽빽이 우거진 밀림. 1골드는 그곳에서 한 장소를 찾아야 한다.

원시림의 에티우스, 사람의 발길이 닿지 않은, 아니, 못한 곳이다. 얼마나 많은 위험이 도사릴지 그 누구도 모른다.

선장의 공헌대로 정확히 열흘 후에 알라모 항에 도착했다.

"대단하다!"

이게 1골드가 바라본 알라모 항에 대한 평가였다. 칼로 반듯하게 자른 듯한 해안 절벽 위에 보는 이로 하여금 위압감이 들게 하는 검청색의 성벽이 그 끝이 보이지 않을 정도로 당당히 서 있었다.

해안선을 따라 빙 둘러진 성벽, 해상에서 어떤 공격을 해도 저 단단한 성벽을 뚫지 못할 것 같았다.

"대단한 이용이지. 실제로 알라모는 단 한 번의 침입두 허용한 적이 없었어."

봄멜의 말에 1골드가 크게 고개를 끄덕였다.

해안선에서 50m 정도 높이의 가파른 절벽 위에 또다시 10m여 높이로 쌓은 성벽이었다. 적선이 해안에 닿기도 전에 몰살할 듯 보였다.

알라모는 에티우스를 지나 남방 제후들의 침략을 대비해 세워진 군사 도시다. 이에 제국 해군력의 주축인 제1함대의 기항이기도 했다.

알라모 앞바다를 통과하는 모든 배들은 제국 해군의 기찰(譏察)을 받고 통행세를 지불해야 한다.

배가 천천히 해안선을 따라 운행했다. 1골드는 접안을 어디에다 해야 하나 하는 의문이 들었다. 도통 절벽만 보일 뿐, 항만이라고 부를 만한 곳이 보이지 않았다.

절벽을 쳐다보던 그의 눈에 이채가 어렸다. 절벽 사이 움푹 들어간 곳에 거대한 문이 보였기 때문이다. 그가 묻기도 전에 봄멜이 먼저 말해주었다.

"저곳이 함대의 기항이야. 외부에서는 전혀 안이 보이지 않아 몇 척이나 정박해 있는지 알 수가 없지. 정말 이곳은 천연의 요새다."

"알라모 항이 아닙니까?"

"더 가야 돼. 10여 분만 가면 갈매기 날개처럼 생긴 만(灣)이 보인다."

"이곳에 와본 적이 계십니까?"

"젊었을 때. 그때는 여기저기 많이도 돌아다녔지. 알라모에 가면 놀랄 일이 많을 거다."

봄멜의 말마따나 10여 분을 더 가자 하늘에서 주먹으로 절벽을 내려친 듯한 모양의 만이 있었다. 알라모 항이었다.

하지만 봄멜의 말 중 틀린 것이 있었는데 1골드는 선착장에 들어서도 전혀 놀라지 않았다.

선착장에 접안할 수 없어 만의 가운데 떠 있는 수십 척의 3본 마스트의 대형 범선을 보고도, 새까맣게 접안한 소형 선박들을 수백 척을 보고도, 흑탑을 연상시키는 흑인 거한들이 요상한 치마를 입고 다니는 모습을 보고도 그는 전혀 놀라지 않았다.

알라모는 마치 인종 전시장 같았다. 백인, 흑인, 황인, 적인. 적인에서는 조금 놀랐다. 백색 바탕에 붉은 빛이 감도는 피부는 처음 보았기 때문이었다.

1골드는 흑인을 보자 혹시 노예가 아닐까 생각했다. 지구의 중세, 근대 시대까지 그랬으니까. 하지만 봄멜의 대답은 전혀 반대였다.

"제국은 여러 민족이 합쳐진 다민족 국가다. 크게 세 개 민족이 주도권을 잡고 있단다. 나머지 소수 민족 중에서도 흑인은 아즈빌이라는 전사의 민족으로 상당한 지위를 가지고 있지. 북반구에서는 잘 찾아보기 힘든데 제국 남부 지방에서 용케 세력을 형성하고 있었어. 제국 초창기부터 아즈빌은 제국의 중상류층에 속해 있단다. 지금이야 혼혈들이 많아 순수 혈통을 찾아보기 힘들지만."

알라모 시내에 들어선 1골드는 사람들의 이목을 끌지 못했다. 철가면이 조금 특이하긴 했으나 그만한 덩치의 아즈빌 족 때문이었다. 아즈빌 장정들의 평균 키가 2m 육박한다니 그럴 만했다.

샤벨이나 헬베른과는 비교도 안 될 정도로 번잡한 시내를 가로지른 봄멜은 거침없이 일행을 이끌고 제법 고급스러운 여관을 잡았다.

점원에게 셈을 치르면서 봄멜은 금화 하나를 더 건넸다. 무슨 부탁을 하는 듯했다. 1골드는 항해의 피곤을 풀기 위해 목욕을 마치고 봄멜의 방에 왔을 때 그 이유를 알 수 있었다.

"인사드려라. 타룰이라고 내 친구다."

봄멜의 친구라는 말에 1골드가 황급히 예를 갖추었다.

"아! 안녕하십니까? 1… 유진이라고 합니다."

강팍한 인상의 봄멜과는 달리 타룰은 작은 키에 통통한 체구였다. 백발을 단정하게 넘긴 그가 사람 좋은 미소를 지었다.

"헐헐헐, 자네가 이놈이 침을 마르도록 칭찬한 제자군. 반갑네. 타룰이네."

1골드가 한편에 자리하자 타룰이 말을 이었다.

"끌끌끌, 자네가 아이작 백작 놈의 자식새끼를 작살내 놓았더군."

"따로 들은 소식 있나?"

"뭐 별일없어. 죽었다는 소리만 들었지. 그래, 이곳엔 웬일인가? 내 자리 하나 알아봐 줄까? 자네 정도면 서로 데려가려고 난리가 날 텐데."

둘은 절친한 친구였는지 타룰은 아이작의 일을 대수롭지 않게 받아넘겼다.

"귀찮게. 싫네. 자넨 아직도 공작 놈 옆에 있나?"

"제자한테 넘겼어. 요즘은 유유자적 애나 보고 있다네."

타룰은 알라모의 영주 젠크스 공작가의 마법사였다.

"애?"

"홀홀홀, 늦장가를 들어서 자식 놈이 생겼거든."

"큭큭, 그 나이에 장가를 가? 거참."

"이거 왜 이러나, 아직도 팔팔하다고. 어린 마누라 데리고 사는 재미도 쏠쏠하고. 그보다 다신 안 올 것처럼 떠나더니… 20년 만인가?"

"호! 벌써 그렇게 흘렀나?"

몇 가지 신변잡설에 대한 대화가 오가고 타룰이 물었다.

"그건 그렇고 정말 어쩐 일이야?"

안색을 바꾼 봄멜이 용건을 꺼냈다.

"에디우스에 들이기 볼끼 히고."

"에티우스? 허! 이 친구가 벌써 노망이 났나 보네. 뭐 하러 그 험지에 들어가? 왜 재수없는 네크로맨서 놈의 꼬리라도 잡았나? 그렇다면 나도 한 팔 거들지."

금방이라도 나설 것처럼 들썩이는 타룰을 보며 봄멜이 피식 웃었다.

"녀석. 그런 일 때문이 아니라, 제자 때문이야. 자네도 봐서 알겠지만 유진은 검도 다루거든. 선조가 남긴 유품이 그곳에 있다고 하더군."

"유품?"

"허허, 더는 실례 아닌가?"

입맛을 다신 타룰이 말했다.

"그래도 재미난 일 같은데. 에티우스가 그렇게 만만한 곳도 아니고 상급 몬스터가 줄줄이 서식하는 곳이라는 것은 자네도 알 텐데. 같이 가줄까?"

"깊게까지는 들어가지 않을 테니 걱정하지 말고."

분명한 거절이었다.

"그래? 그럼 뭘 도와줄까?"

"최근 정보하고 길잡이가 필요해. 믿을 만한 놈으로."

"그 넓은 밀림을 다 뒤지지는 않을 테고 어딜 갈 생각인데?"

봄멜이 1골드에게 시선을 주었다. 1골드가 말했다.

"화산이 있는 곳입니다."

"화산? 너는 에티우스를 모르는구나. 곳곳에 화산이 있어. 그렇게 말해서는 찾을 수 없다."

"늪지에 걸친 화산입니다."

"늪지에 화산이라… 이나 강 근처에 그런 곳이 있다고 들은 것 같군. 그러니까 에티우스 강을 따라서 500㎞ 정도 남서쪽으로 가면 세상의 끝 같은 거대한 폭포가 나오는데 그 폭포에서 에티우스 강이 세 줄기로 나누어지지. 다시 북향으로 방향을 잡고 온 만큼 가면 에치오 화산이 있는데 네가 말한 곳이 거기 같구나."

1골드는 눈앞에 깜깜해졌다. 무려 반년간 밀림을 뚫고 가야 한다는 말이 아닌가?

그때 봄멜의 목소리가 들렸다.

"이봐, 장난치지 말고. 빠르게 가면 얼마나 걸릴 것 같나?"

"홀홀홀, 나랑 같이 가면 보름 안에 데려다 주지."

봄멜과 타룰은 전투 마법사로 함께 전장을 누비던 전우였다. 믿음이 가는 전우, 함께이고 싶었다. 더욱이 에티우스 밀림에 들어간다고 한다. 남벌의 기치를 올렸던 그 어떤 황제도 밀림의 벽 앞에서는 굴복했다.

어떻게 생겨먹었는지조차 모르는 곳이다. 그곳의 지도라고 해봤자 플라이 마법으로 하늘에서 건성건성 작성한 것이다. 숱한 모험가들이 발을 들였다가 다시는 세상의 빛을 보지 못한 곳이다.

위험과 신비를 간직한 곳, 게다가 전우와 함께라면… 타룰의 흥미를 끌기에 충분했다.

타룰은 5써클 마스터로 6써클의 철벽에 막혀 더 이상의 진전이 없어 봄멜의 도움이 필요하기도 했다.

"모든 준비는 내가 다 해줄게. 길잡이도 아즈빌 놈들로 한 댓 명 구하지."

결정적인 말이었다. 그렇게 타룰이 일행에 동참하였다.

"위!"

봄멜의 외침에 1골드의 곡도가 빛을 발했다.

스팍!

주먹만 한 원형의 물체가 두 동강이 나서 수풀에 떨어졌다. 잔털이 수북이 난 몸통에 네 개의 다리가 달려 있었다. 등판에 감청색과 붉은 줄이 가로로 그어진 거미였다. 겉모양이 화려 할수록 독성이 강한 독거미다.

두 토막이 나도 꿈틀거리는 거미를 지긋이 밟아준 1골드가 발걸음을 옮겼다.

숨을 턱 막히게 하는 이글거리는 태양에 습기 찬 공기, 거기에 이름 모를 넝쿨 식물들이 길을 막았고, 좀 쉴라 치면 불쑥 불쑥 튀어나와 시커먼 입을 벌리는 갖가지 생물들이 발목을 잡았다.

알라모에서 국경선을 따라 서쪽 방향으로 뱃길로 닷새를

가고서야 이름도 요상한 우탕가라는 지역에 도착했다. 이곳에서 타룰의 연락을 받은 아즈빌 족 세 명과 에티우스의 원주민 두 명을 만나 밀림으로 들어갈 준비를 하면서 이틀을 머문후에 출발했다.

첫 일주일은 나쁘지 않았다. 간간이 인적도 보였고 좀 어설프지만 길도 있었다. 에티우스를 종으로 가로지르며 강 두 개를 건너자 그때부터 시작이었다.

주먹만 한 모기에 한 방 물린 칸야는 하룻밤 사경을 헤맸고 원주민 한 명은 땅이 푹 꺼지며 입을 쩍 벌린 거대 식인 식물의 밥이 되었다. 열받은 봄멜이 화염구를 먹여주었음을 물론이다.

넓은 잎으로 하늘을 가린 나무들 사이에서 기다란 나뭇가지가 뚝 떨어지면서 아즈빌 인 한 명을 덥석 물고 아름드리 원목 사이를 빠져나가려다 타룰에 의해 얼음덩이가 된 일도 있었는데, 놀랍게도 나뭇가지의 정체는 그 길이가 무려 10m나 되는 뱀이었다.

봄멜과 타룰이 아무리 전투 마법사라 해도 살기를 느낄 수 없는 이런 생물의 공격은 워낙 은밀해 미리 눈치를 채지 못했다. 주변 환경과 겉가죽의 색을 일치시키는 뱀이 있다는 소리조차 그들은 들어본 적이 없었다.

미지의 땅으로 들어갈수록 봄멜과 타룰의 근심이 늘어갔다. 에티우스이 먹이 사슬 최상위에 군림하는 상급 몬스터이 그림자도 보지 못한 상황에서 원주민 안내인과 호위를 겸한 아즈빌 인 각각 한 명씩 잃었다. 어느 정도 예상은 했으나 처음부터 피해가 너무 컸다.

타룰이 장담한 보름을 훌쩍 넘겨 근 한 달이 지난 시점에 일행은 겨우 행로의 반을 왔을 뿐이었다.

뚝!

선두에서 우거진 수풀을 베어 넘기며 길을 만들어가던 아즈빌 인 사즈가 우뚝 멈춰 섰다.

"사즈, 무슨 일인가?"

살이 익을 것 같은 열기 때문에 지상에서 피어오르는 아지랑이가 눈에 보일 정도로 더웠는데 질문을 하는 타룰은 두꺼운 로브를 쓰고도 땀 한 방울 흘리지 않았다.

"타룰님, 더 이상은 못 들어갑니다."

"못 가다니, 그게 무슨 소리야?"

대답 대신 사즈가 한 곳을 가리켰다. 장정 열 명이 손을 맞잡고도 그 둘레를 감싸지 못할 정도의 거목이었다. 족히 천 년은 된 듯한 나무에 인간의 손길이 닿아 있었다.

"무슨 주술의 대상인 것 같군요."

1골드의 말이었다. 거목에는 검은색과 붉은색의 천들이 둘러져 있었고 나뭇가지에는 크고 작은 해골이 걸려 있었다.

긍정의 표시를 한 사즈가 말했다.

"저 나무, 검은 숲의 일족의 영토라는 표시입니다."

“검은 숲! 혹, 다크 엘프를 말함인가?”

봄멜이 놀라 물었다. 그러자 사즈가 몸을 돌렸다.

“돌아가야 합니다. 더 이상의 전진은 용납되지 않습니다. 아무리 용맹한 아즈빌이라도 그들의 상대는 아닙니다.”

“끄응!”

숲이 가진 암흑의 힘을 상징하는 존재가 다크 엘프다. 인간들에게는 마신에게 혼을 팔아넘긴 사악한 엘프라고 알려져 있으며 호리호리한 일반 엘프와는 달리 근육질의 전사로 신령, 정령, 사령과 같은 혼령을 사용하는 샤먼(Shaman) 마법과 정신계 정령을 잘 다룬다.

일행은 이도저도 결정을 내리지 못하고 한편에 자리를 잡았다.

봄멜이 1골드에게 말했다.

“다크 엘프라면 상당히 껄끄러운 상대다. 다른 곳도 아니라 에티우스에 마을을 형성했으니 적어도 수백이 있을 텐데, 다크 엘프 수백이면 숲 속에서는 1개 사단, 아니, 군단과도 맞먹는 전력이다.”

1골드의 고민은 길지 않았다.

“전 가겠습니다.”

그의 눈길이 숲을 뚫고 한 지점으로 향했다. 에티우스 밀림에 들어올 때부터 강력한 끌림이 오는 곳이다. 밀림 안으로 깊이 들어갈수록 그 느낌이 더욱 짙어졌다. 마치 정우가 1골

드를 찾았던 것처럼 그를 부르는 듯했다. 어떤 위험이 도사려
도 이제는 도저히 발길을 돌릴 수가 없었다.

"스승님은 칸야를 데리고 이곳을 벗어나 주십시오. 부탁드
립니다."

그러자 타룰이 나섰다.

"우리 솔직해지자. 목숨을 버리면서까지 안에 들어가야 하
는 절박한 이유가 뭐냐?"

선조의 유품이라니, 타룰은 그런 말도 안 되는 이유를 믿을
만큼 순진하지 않았다. 그저 봄멜과 시간을 보내면서 잡힐 듯
잡히지 않는 경지를 넘어볼 요량이었다. 하지만 더 이상은 아
니었다. 누구나 목숨을 소중하니까.

"찾을 게 있습니다."

"그게 뭐냐니까?"

"…저 안에는 제가 있습니다."

그로서는 최선의 답변이었다. 1골드가 정우를 부르는 듯한
느낌을 어떻게 표현을 하겠는가. 영성에 각인된 기억이다. 유
혹을 이기지 못하고 금단의 사과를 따 먹은 이브와 같은 꼴이
었다.

"허허허. 미치겠네. 내 미노타우로스를 상대하라면 했지
다크 엘프는 도저히 안 되겠다. 난 돌아가련다."

다크 엘프 숲은 미로다. 일부러 그렇게 조성한 것이 아니라
정신계 정령들이 스멀스멀 정신에 파고들어 환상을 심어놓기

때문이다. 일반인이라면 한 발짝도 전진하지 못하고 온갖 악
령에 시달려 정력이 고갈돼 죽는다.

다크 엘프의 정렬술을 넘었다고 치자, 다음은 어둠 속에 웅
크린 전사들의 활을 피해야 한다. 거기까지도 통과했다면 이
번엔 다크 엘프 샤먼 마법사와 마신을 섬기는 신관들이 나선
다. 그들의 마법은 흑마법사와 비슷한 구석이 있는데 안식을
찾지 못한 사령을 다루고 마계의 문을 열어 마수들을 소환한
다.

타룰은 오싹한 기분이 들었다. 아무리 생각해도 그들의 전
력으로는 뚫고 가기가 불가능했다. 다크 엘프를 피해 돌아간
다 해도 이 넓은 밀림에서 제대로 된 길을 어떻게 찾을 것인
가.

"잘 생각하셨습니다."

갑자기 울린 청아한 목소리, 일행이 바짝 긴장을 할 때 거
목에서 한 사내가 분리되어 나왔다. 장신의 사내는 조각 같은
얼굴에 갈색 피부, 긴 흑발 사이로 귀가 뾰족하게 튀어나온
다크 엘프였다.

1골드는 다크 엘프라고 해서 검은 피부를 생각했지만 눈앞
의 엘프는 서양인의 이목구비에 피부는 동양인 같았다.

사내가 나서는 순간 후두둑 소리가 나며 거목 위에서 수십
명의 근육질 전사 엘프들이 뛰어내렸다.

"흐음!"

한 명 한 명이 1골드를 보는 듯했다.

그런 덩치들이 지척에 있었는데도 눈치 채지 못할 정도로 그들은 자연과 동화되어 있었다. 만약 저들이 기습을 가했다면, 생각만으로 등줄기에서 식은땀이 흘렀다.

앞선 사내가 일행을 훑어보며 부드러운 미소를 지었다.

"인간 손님을 환영합니다. 제 기억에 딱 반백 년 만에 찾으신 분들입니다. 마을 규칙상 제가 나설 필요도 없이 이 친구들이 소홀치 않게 접대를 해드렸을 텐데 간만에 찾은 분들이라 얼굴이나 한번 뵙고자 나왔습니다."

엘프들은 숲이 전하는 이야기를 듣는다. 예전에 인간이 숲에 들어왔다는 소리를 들었고 감시자를 붙여 일행의 일거수 일투족을 감시했다.

"아차! 제 소개를 잊었군요. 저는 샤먼 안드레이입니다."

온화한 표정에 부드러운 말투로 예의 바른 행동이었다. 그러자 타룰이 엉겁결에 대답했다.

"아! 안드레이님이셨군요. 저는 타룰이라는 마법사입니다. 저 친구는 봄멜이고……."

타룰이 나서 일행을 소개했다. 다크 엘프에 대한 선입관을 가지고 있어 긴장을 풀진 않았으나 안드레이의 태도가 워낙 정중하다 보니 처음보다는 다소 누그러진 상태였다.

"오오! 그러셨군요. 반갑습니다. 이제 인사도 마쳤으니 숲의 규칙에 따를까 합니다. 위대한 제니트님의 영토에 발을 들인 자, 달콤한 죽음을 내릴지어다. 그럼 편안히 가시기를.”

말을 마침과 동시에 안드레이의 미소가 더욱 짙어졌고 그가 손을 내밀었다. 그의 손엔 둥근 구슬이 달린 30㎝ 길이의 오브가 쥐어져 있었다.

심연의 어둠을 담아놓은 듯한 구슬에서 어둠이 소용돌이를 일으키기 시작하더니 고막을 찢어버리는 날카로운 고성이 울렸다.

[끼이아아아악!]

순간 구슬에서 희끄무레한 물체들이 줄지어 튀어나왔다.

“사령(死靈)이다!”

봄멜과 타룰의 입에서 동시에 터진 외침, 안식을 찾지 못한 망령이 샤먼의 마법 구슬에서 튀어나온 것이다.

영혼의 안식을 찾지 못한 영혼들. 주로 전장 주변에서 떠도는 사령들을 마법 구슬 안에 담아놓은 것으로, 공포나 두려움에 파고들어 정신을 무기력하게 만들거나 육체를 집어삼키기도 한다.

정체를 아는 만큼 대응도 빨랐다. 사령이 일행에게 다가서기도 전에 봄멜의 마법 스틱이 허공을 갈랐다.

“월 오브 파이어(Wall Of Fire)!”

“파이어 스톰(Fire Storm)!”

사악한 영혼은 불로 태워 버리는 것, 전방에 불의 장벽이 펼쳐졌다.

[끄아아아아악!]

불길에 휩싸인 사령의 비명 소리가 끔찍하게 들렸다.

"하하! 이 정도는 당연히 막아주셔야지요."

안드레이의 목소리, 그리고는 알아들을 수 없는 언어로 빠르게 주문을 외웠다. 오브에서 빛이 번쩍이는 듯싶었는데 아무런 마나의 변화도 없었다.

봄멜이 눈을 부릅뜨며 외쳤다.

"정령이다. 놈이 정령을 소환했다!"

일행에게 대비하라는 목소리였으나 정령을 한 번도 본 적이 없는 이들이 태반이었다. 어떻게 생겨먹은 줄 알아야 대비를 해도 할 것 아닌가.

정령은 마나로 이루어진 것도 아닌 정신체, 즉 영체였기에 마나를 다룰 줄 안다 해도 포착하기가 힘들다.

봄멜과 1골드의 고개가 거의 동시에 돌아가 한 지점을 향했다. 사하라는 아즈빌 인의 그림자, 그곳에서 사령과도 비슷한 구체가 튀어나와 사하를 덮쳤다.

그의 몸이 부르르 떨렸다. 얼굴이 급속도로 붉어지며 혈관이 징그럽게 튀어나오고 눈동자에 핏발이 섰다. 마치 뱀파이어처럼 이빨을 드러낸 그가 말릴 틈도 없이 옆에 서 있던 원주민의 목을 곡도로 날려 버렸다.

"크흐흐흐! 재수없는 놈!"

"이, 이런! 휴리트드!"

　증오의 상위 정령 휴리트드가 갑작스런 변화에 일순 당황한 사하의 정신에 침범해 증오를 일으킨 것이다.
　안드레이는 여전히 미소를 지은 채 일행을 구경했다. 전사들에게 명령을 하면 순식간에 끝날 일이지만 너무나 오랜만의 방문자였다. 천천히 그들에게 죽음을 선사할 것이다.
　그가 휴리트드에게 심령을 전했다, 비슷하게 생긴 놈을 공격하라고.
　사즈는 동생의 행동을 이해할 수가 없었다. 왜 안내인을 죽인단 말인가.
　“사하! 정신 차렷!”
　사하는 정신을 차리기는커녕 오히려 거침없이 곡도를 휘두르며 그를 공격해 왔다.
　한 발 물러서 검을 흘려 버렸으나 사즈는 사하를 공격할 수 없었다. 친동생인데 어찌…….
　봄멜과 타룰 또한 손을 쓸 수가 없었다. 이미 사하는 정령이 빙의한 상태라 쫓아내려면 어둠의 정령의 상극인 신성력이 필요한데 마법사가 신성력이 있을 리가 만무했다.
　전격류 마법으로 정신을 일깨우는 정도는 가능했으나 상대가 상급 정령인 휴리트드다. 빙의체인 사하가 오러를 다룰 줄 아는 경지쯤 되어야지 스스로의 힘으로 밀어낼 수 있었다.
　그렇다고 손 놓고 있을 수는 없었다.
　“일레트러 스파크(Electric Spark)!”

2써클의 하위 마법이다. 죽지 않을 정도의 전기적 충격을 주는 방법은 이 정도밖에 없었다. 역시나 사지를 한번 떠는 게 끝이었다.

사하는 자신을 공격한 자를 찾을 생각이 전혀 없는지 오직 친형인 사즈에게만 검을 휘둘러 대고 있었다. 완전히 휴리트드에게 육체를 빼앗긴 상태였다.

사즈는 어찌할 바를 모르고 방어만 하고 사하는 눈이 뒤집혀 죽이려고 달려든다.

드드드드.

사하가 일행 사이에서 날뛰는 사이 안드레이가 또 무슨 수작을 부렸는지 지축이 흔들렸다. 불의 장막이 펼쳐진 땅거죽이 뒤집히며 흙이 파도와 같이 일어섰다가 불을 덮어버렸다.

이어진 주문.

"다크니스(Darkness)! 일루젼(Lllusion)!"

외침과 동시에 코끝도 보이지 않는 어둠이 밀려들었다. 그리고 이어진 광경은……

1골드는 정우를 보고 있었다. 어찌 된 일인지 그는 에티우스 밀림 속에서 다크 엘프와 싸우고 있었다는 것조차 잊었다. 오직 정우만이 눈에 가득했다. 정우의 파리한 입술을 열렸다.

"넌 누구야?"

"어… 어……!"

예상치 못한 질문에 1골드가 정신을 차리지 못했다.

"넌 누구기에 내 영혼을 차지하고 있어? 당장 내놔!"

"나, 나는… 너야. 난 정우야."

"흥! 네가 어떻게 나야? 난 나지. 네가 왜 내가 돼? 네놈이 내 영혼을 빼앗아가서 내가 어떻게 되었는지 알아? 이 나쁜 놈아!"

정우의 퀭한 두 눈에서 붉은 물이 흘렀다. 원망이 가득 찬 시선이 1골드의 마음을 후벼 팠다.

"춥고 배고파. 너 때문에 안식에 들지도 못하고 구천을 헤매고 다니잖아. 불완전해서, 저승에서도 받아주지 않아. 으앙 앙앙앙! 돌려줘! 내 영혼을 돌려줘!"

"저, 정우야, 진정해. 내가 너라니까. 내가 정우야."

울음을 싹 그친 정우가 표독스럽게 노려보았다.

"그럼 나는! 나는 뭐야? 나는 뭐냐구!!"

입이 열 개라도 할 말이 없었다. 한 세상에서 짧은 평생을 같이한 육체가 아니던가. 본신을 찾았다고는 하지만 정우의 육체는 버림받았다 여길 수도 있었다.

하지만, 하지만.

정우의 뒤로 따뜻한 표정의 부부가 나타났다. 정우의 부모였다. 그들이 정우를 다독이며 따뜻하게 안아줬다. 그리고 1골드를 보았는데 더할 수 없이 차가운 표정이었다.

"내놔라, 이 괴물아. 우리 아들의 영혼을 내놔!"

“네놈이 뭔데 우리 소중한 아들을 빼앗아가는 거야! 당장 돌려놓고 지옥으로 떨어져 버렷!”

“아, 아빠, 엄마!”

“누가 네 엄마라는 거얏! 내 아들은 정우야!”

“어, 엄마…….”

1골드가 다가가려 했으나 그들은 꿈결과 같이 사라지고 그란델이 나타났다.

“그, 그란델!”

“당신은 누구인가요?”

“나야, 1골드. 유진이라고.”

“당신은 정우가 아닌가요? 우리 유진님은 어디에 계시나요? 그분을 돌려주세요. 그분이 계셨으면 나나 우리 아이들이 이렇게 죽지는 않았겠죠.”

얼음 굴에서 나오는 듯한 냉랭한 목소리였다. 그란델을 보자 따뜻해졌던 1골드의 마음이 순간 얼어붙었다. 이어지는 한마디.

“당신이 오지 않았으면 우리는 죽지 않았을 거예요. 왜 평탄한 우리 삶에 나타나서 이런 짓을 벌인 거죠? 난 평생 당신을 저주할 거예요. 당신을 저주해요!”

“형을 저주해요.”

“오빠를 저주해요.”

어느새 나타난 그란델을 둘러싼 아이들의 입에서 저주란

말이 합창하듯 나온다.

　정신을 차릴 틈도 없이 정우가 그란델을 제치고 나와 저주를 퍼붓는다. 그다음으로 부모님이 유진이, 검사들이…….

　1골드는 땅이 뒤집어지고 하늘이 무너졌다. 이 질긴 한목숨을 이어가는 이유가 무엇인가? 사랑하는 이들의 원한을 갚는다는 이유였다. 허명이었나? 스스로의 만족이었나? 억장이 무너졌다.

　정우로서의 삶은 무엇이었나? 1골드로서의 삶은 또 무엇인가? 허망했다. 삶의 의미가 없다. 살 의욕이 사라졌다.

　'이렇게 살아서 무엇 하지? 아무도 원하지 않아. 맞아. 내가 살자고 발광을 해서 아이온에 오지 않았으면 그란델도, 아이들도, 양아버지도, 기사들도 모두 살아 있었을 거야. 다 나 때문에… 나 때문에…….'

　1골드는 머리를 움켜잡고 괴로워했다. 그들의 죽음이 다 그의 탓 같았다. 정우는 죽어서도 구천을 떠도는 원혼이 된 듯싶었다. 이건 사람으로서 도저히 해서는 안 되는 일이다.

　'내가 뭔데, 두 개의 목숨을 가지고 사는 거야? 나 살 필요도 없어. 죽어버려야 돼. 죽어 없어져야 해.'

　허망한 인생을 놓아버렸다. 삶의 의욕을 완전히 상실했다. 그때 공간이 갈라지며 뭉클 검은 연기가 스며들었다. 스멀스멀 모여들어 손 모양을 만들더니 1골드의 머리를 움켜잡으며 잡아채는 시늉을 하였다.

안드레이가 사령을 모으는 방법은 혼돈의 정령왕 레프리컨을 통한 정령 마법으로 마음의 약한 부분을 파고든다. 대상의 눈앞에 벌어지는 환상은 스스로가 만들어낸 것.

피시전자는 환상에 사로잡혀 공황 상태에 빠지고 살고자 하는 의욕을 상실하며 급기야 삶을 포기하는 지경에 이른다. 이후 육체에 머물 의지를 상실한 영혼을 손쉽게 취하는 것이다.

1골드의 영혼이 검은 손에 의해 잡혀 빠져나가려는 찰나 이마에서 빛이 번쩍였다.

영성의 발현, 영체에 손상을 입을 것 같자 자기 보호가 발동했다. 미간 위 인당에 빛의 소용돌이가 생겨났다. 흠칫 놀란 검은 손이 바르르 떨었다. 고양이 앞의 쥐 꼴이 이러했다.

공포에 찬 손이 푸확 하며 연기로 화하는 찰나 1골드의 빛의 소용돌이 중심에서 태초의 어둠이 일었다. 소용돌이의 중심, 마치 우주의 모든 것을 빨아들이는 블랙홀이 생긴 듯했다.

연기로 화해 도망치려던 검은 손은 거미줄에 잡힌 파리마냥 꼼짝도 하지 못하고 일순간 블랙홀에 흡수당했다. 검은 연기가 사라지자 1골드 이마의 빛도 사라졌다.

그때 흐리멍덩한 1골드의 눈이 점차 초점을 되찾았고 눈동자에 검은 기운이 어린다 싶더니 시커먼 안광이 폭사되었다가 부지불식간에 사라졌다.

여전히 사방에서 그에게 저주를 퍼붓는 친인들이 있었다.

1골드가 비릿하게 웃었다.

"크크크, 이런 개쌍놈의 잡귀들이!"

처음과는 전혀 다른 반응이었다. 지금 1골드의 눈엔 그들의 본모습이 보였다. 목소리만 흉내 낸 사령이었다.

1골드는 섬전과도 같은 속도로 검을 뽑아 들었고 지체없이 사령의 목을 쳤다.

[끼아아아악!]

정우를, 그란델을, 유진을 1골드는 사정없이 그들의 목을 베었다. 그 순간 그를 가둔 세계가 산산이 부서졌다.

봄멜은 불바다 위에 둥둥 떠 있었다. 이상한 일이었다. 폭염의 마도사란 별명으로 불리며 전장을 공포에 몰아넣었던 그였는데 불바다라니, 호랑이에 날개를 달아준 격이었다.

"훗! 쓸 만한 솜씨다만 이 정도로는 나를 어쩌지 못한다."

그의 손이 천천히 가슴으로 모아졌다. 깍지를 낀 손에 마법 스틱이 자리했다. 손목이 돌아가며 스틱이 빙글 회전하자 그 궤적을 따라 불길이 일었다.

달싹이던 입술이 굳게 다물어지고 그의 눈에서 불길이 토해졌다.

"트위스트 파이어 웨이브(Twist Fire Wave)!"

봄멜의 가슴 앞에서 회전하는 불길이 점점 회전력을 더하자 불의 바다에 폭풍이 불었다. 미친 듯이 출렁이는 불바다에 거대한 회오리바람 토네이도가 일며 불길을 빨아 올렸다. 승천하는 용처럼 솟구친 불기둥은 봄멜의 손아래에서 급작스레 90도로 꺾여 허공의 한 지점으로 매섭게 쏘아져 갔다.

콰아아아앙!

천지가 요동을 쳤다. 바위에 부딪친 파도처럼 산산이 부서진 불기둥은 썰물처럼 빠져나갔다가 더 큰 파도가 되어 돌아왔다.

쾅쾅! 콰아아앙!

한 번, 두 번, 세 번 만에 하늘이 쪼개지고, 그 기세를 잃지 않은 불기둥은 오브를 들고 있는 안드레이를 향해 쏘아져 갔다.

"재밌어, 정말 재밌어! 좋은 손님들이 방문하셨구만."

모든 것을 태워 버릴 듯 이글거리는 불기둥을 보고도 안드레이는 침착했다. 오브가 땅을 향했다.

"본 오브 월(Born Of Wall)!"

줄기 식물이 자라듯이 땅을 뚫고 굵은 뼈가 눈 깜짝할 사이에 자라 장막을 형성했다. 흑마법사들이 즐겨 사용하는 소환 마법이었다.

콰쾅쾅쾅! 드드드드!

불기둥이 매섭게 회전하며 본 월에 부딪치고도 그 힘을 다

하지 않아 벽에 구멍을 뚫기 시작했다. 얼마 지나지 않아 뼈
는 녹아 흘러내리고 불기둥은 점차 회전력을 잃었다.

치이이익!

넘실대던 불길이 수그러지자 장막 또한 그 힘이 다해 허
깨비처럼 사라졌다. 안드레이와 봄멜은 미소 지으며 서로
를 향해 고개를 까닥였다. 이 한 수로 서로를 적수로 인정
했다.

안드레이가 한발 나서며 엘프 전사들에게 외쳤다.

"모두 물러서라!"

일 대 일의 대결을 제안한 것이다. 봄멜이 승낙의 몸짓을
보냈다.

안드레이가 오브를 들었다. 일루션 마법을 해제해 주려는
것인데 그사이에 혼을 빼앗겼으면 어쩔 수 없는 일이었다. 막
시동어를 외치려고 할 때, 그는 손을 멈칫하고는 잘 정돈된
눈썹이 꿈틀했다.

한곳에서 화살처럼 쏘아오는 검은 빛, 그도 모르게 주춤 물
러났다. 그것도 두 발씩이나. 화들짝 놀란 그의 눈에 거친 숨
을 몰아쉬는 철가면의 사내가 들어왔다.

"헉! 헉!"

환상에서 벗어나자마자 1골드는 몸에 기운이 쭉 빠졌다.
그 안에서 막대한 심력을 소모한 것이다. 하지만 활활 타오르
는 두 눈은 다크 엘프를 향하고 있었다.

1골드의 목을 타고 핏줄기가 흘렀다. 입술을 질겅 깨문 것이다. 이따위 환상에 정신이 허물어지다니. 피가 마르고 살을 저미는 고통을 겪었고 죽음 또한 체험했다. 그런데 아직도 나약한 마음이 남아 있었던가? 너무 한심했다. 스스로에 대한 분노가 치솟았고, 그것은 곧 안드레이에게로 옮겨갔다.

"빌어먹을! 죽여 버린다. 토끼새끼!"

온 피부의 모공을 개방해 마나를 끌어들였다. 천 근같이 무겁던 몸이 한결 가벼워졌다. 발뒤꿈치를 세우는가 싶더니 쏜살같이 튀어나갔다. 20m여의 거리를 한 호흡에 없애고 칙칙한 회색 빛이 안드레이를 양단할 듯 갈랐다.

시시싯!

순간 양옆에서 희뿌연 그림자가 튀어나와 그의 앞을 막아섰다. 1골드의 덩치와 비교해도 손색이 없는 엘프 전사들이었다.

차아아앙!

두 자루의 검이 교차되며 대검을 막았다. 한 발 물러난 1골드가 재차 검을 치켜 올릴 때였다. 안드레이가 황급히 외쳤다.

"물러서라! 귀빈이시다!"

그리고선 검을 치켜든 1골드 앞에서 정중히 허리를 꺾었다. 검을 내려쳐도 순순히 받겠다는 듯했다. 내려칠까 말까를 고민하는 사이 안드레이의 다급한 음성이 들렸다.

"제니트님의 대리자 아드카빌론님이 보내셨습니까?"

'아드카빌론?

어디선가 많이 들어본 이름이었다. 1골드는 몇 번 그 이름을 되새기자 친근한 느낌이 들었다. 어렴풋 신선풍의 모습이 떠올랐다.

'이곳을 알려준 분의 이름이었나?

검을 내리면서 1골드가 고개를 끄덕였다.

눈물을 떨굴 정도로 반색을 한 안드레이가 멋들어진 동작으로 다시금 인사를 건넸다.

"만마의 군주 제니트님의 권능을 부여받은 다크 엘프의 반 일족을 대신해 귀빈을 환영합니다."

'귀빈?

1골드가 생각할 겨를도 없이 안드레이가 일행에게 건 일루전을 해제하였다.

마법에서 벗어난 일행은 창백한 안색으로 풀썩 주저앉았다. 아직도 공포에서 헤어나지 못한 듯 이빨을 딱딱 부딪치고 몸을 떠는 자도 있었다.

"끄응!"

힘겹게 몸을 일으킨 타룰이 봄멜 옆에 섰다. 그가 마법을 해제해 준 거라 여긴 것이다. 안도르는 죽은 듯 바닥에 엎어져 있었고 칸야는 어리둥절한 표정이었다. 무슨 일이 일어났는지 전혀 모르고 있었다. 안드레이가 칸야에게는 마법을 시전하지 않았으니 당연한 일이었다.

아즈빌 족 사즈는 자신의 목에 칼을 대고 있었다. 휘어진 칼날로 붉은 피가 방울져 흘렀으나 죽을 정도는 아니었다. 그 옆에 미친 듯 발광했던 사하는 이미 시체로 변해 있었다.

안드레이가 1골드에게 말했다.

"몰라뵈어 실례를 범했습니다. 너그러이 용서해 주시길. 더불어 반 일족은 천 년의 맹약을 충실히 수행하고 있었음을 말씀드립니다. 유진님, 제가 모시겠습니다. 마을로 드시지요?"

1골드가 순순히 고개를 끄덕였다. 아드카빌론이란 분의 안배이리라. 그가 거침없이 안드레이의 뒤를 따랐다.

상황이 갑작스럽게 변하자 어찌할 바를 모르던 일행 중에서 칸야가 제일 먼저 정신을 차리고 1골드의 뒤를 따랐다. 그러자 봄멜도 움직였다. 할 수 없다는 듯 타룰 역시 망연자실 앉아 있는 사즈를 일으켜 세웠다. 그런데 엘프 전사가 봄멜의 앞을 막아섰다.

"당신들은 들어갈 수 없다."

엘프 어여서 말을 알아들을 수 없었으나 무슨 행동인지는 알았다.

"일행입니다."

1골드가 안드레이를 쳐다보았고 고개를 끄덕인 안드레이가 동행을 허락해 주었다.

하늘을 떠받는 듯한 거목들 사이를 두 시간여를 가자 다크 엘프 반 일족의 마을에 도착할 수 있었다.

까마득히 하늘 높은 줄 모르고 높게 자란 나무에 달린 넓은 잎사귀가 하늘을 덮고 그 사이로 간간이 새어 들어오는 빛이 마을이라 불린 곳을 비추어주었는데 안드레이가 마을이라고 해서 그런 줄 알았지 겉으로만 봐서는 그냥 평범한 숲과 다르지 않았다.

거목들 사이의 공터에 그들이 멈춰 섰다.

사방팔방에서 파공음이 일며 순식간에 나뭇가지 위에서 인영들이 생겨났다.

"흐음!"

봄멜이 신음성을 내뱉었다. 얼기설기 자란 나뭇가지마다 발 디딜 틈 없이 다크 엘프들이 가득했고 그 수가 오백여 명은 되는 듯했다. 그들이 일제히 경계빛으로 공터를 내려다보는 모습에 위압감을 느껴 가는 숨을 쉬었다.

거의 종적을 감추었다는 엘프. 그중에서도 더욱 보기 힘들다는 다크 엘프였다. 봄멜은 아이온의 모든 다크 엘프가 다 여기 모여 있지 않나 하는 생각까지 들었다.

안드레이가 하늘을 향해 엘프 어로 뭐라 소리치자 일순 숲이 정막에 잠겼다. 곧이어 응답이 들려오고 몇 번의 대화가 더 오간 후에 나뭇잎이 살랑살랑 떨어지듯 일단의 엘프들이 하늘에서 내려왔다.

그들은 엘프 중에서도 단연 눈에 확 띄는 외모를 갖추고 있었다. 맨 앞에 있는 단단한 체구의 사내는 크라우치와 비교해도 크게 떨어지지 않을 정도의 미남이었고 그의 뒤로 두 명의 호리호리한 여엘프들은 흑진주마냥 빛이 나면서도 청순함과 관능미가 어우러진 묘한 매력을 풍겼다.

선두에 선 사내가 능숙한 대륙어로 말했다.

"어서 오십시오. 반 족의 리더 하바로프크입니다. 맹약의 계승자를 뵙습니다."

"아! 안녕하십니까? 유진 그란델 콥… 스왈츠입니다."

"……."

"유진이라고 부르십시오."

"허험! 유진님, 그럼 절차에 따라 아드카빌론님의 증표를 확인하겠습니다. 잠시 실례를 범하겠습니다. 갈리나!"

커다란 검은 눈을 껌벅이는 여엘프가 수줍은 듯 다가서면서 1골드와 차마 눈을 마주치지도 못하고 얼굴을 붉혔다.

1골드가 그 모습을 보고 피식 웃었는데 갈리나란 이름 앞에 얼음마녀란 수식어가 붙는 것을 알았다면 웃지 못했을 것이다. 인간과 몬스터를 가리지 않고 묘한 자세로 얼음 동상으로 만드는 게 그녀의 취미 생활이었다.

"죄, 죄송한데요. 제가 유진님의 눈을 봐야 하거든요. 허리 좀 숙여주실래요?"

대답도 없이 1골드가 불쑥 허리를 숙여 눈높이를 맞췄다.

"어머!"

갈색 피부가 순식간에 검붉게 물들었다.

"어휴! 재수없어."

관능미가 물씬 풍기는 여엘프의 한마디.

그녀를 잡아먹을 듯 쏘아본 갈리나가 두 손으로 1골드의 얼굴을 잡고는 이마를 붙였다. 서로의 눈동자가 한 치 사이로 맞닿아졌다. 일순 칠흑 같던 그녀의 검은 눈동자가 새하얗게 변했다. 백색의 눈동자.

1골드는 마치 남극의 극점에 떨어진 것 같은 착각이 일었다. 온통 눈에 보이는 것이라곤 얼음과 눈보라가 치는 하얀 세상이었다.

갈리나는 다른 것을 보고 있었다. 빛무리 속에 감추어진 심연의 어둠, 그 속에서 번뜩이는 검은 눈동자. 아드카빌론에 이어진 제니트의 권능이었다. 그때 뭘 보냐는 듯 심연의 어둠 속에서 검은 눈동자가 번뜩였다. 그녀는 뇌리에 번개가 쳤다. 아드카빌론의 그것이었다.

훌쩍 물러난 갈리나가 깊이 허리를 숙였다.

"아드카빌론의 권능을 부여받은 위대한 분이시여, 맹약의 주인을 시험한 죄 죽어 마땅하옵니다. 이 미천한 년을 벌하여

주십시오."

1골드는 당황했다. 그녀가 하는 말이 무엇을 뜻하는지 하나도 알아들을 수 없었다. 그가 당황하는 사이 그녀는 허리춤에서 단도를 꺼내 들어 목을 그으려 하고 있었다.

"그, 그만두시오. 난 당신이 죽기를 바라지 않습니다."

"아아! 감사합니다, 이 미천한 목숨을 살려주신다니. 정식으로 인사 올리겠습니다. 다크 엘프 족에 권능을 부여하신 제니트님의 8대마신 중 한 분 자바님을 모시는 프리스트 갈리나이옵니다."

날아갈 듯 사뿐히 절을 하자 어느새 나타났는지 관능미가 물씬 풍기는 여엘프가 똑같이 절을 올리고 있었다.

"프리스트 알로나이옵니다."

마광풍(魔狂風) 알로나는 정령술의 대가로 그녀가 지나간 자리엔 광인들만 남는다 하여 붙여진 이름이었다.

역대로 마신 아드카빌론을 모시는 두 시녀의 이름이 갈리나와 알로나였고 세대가 넘어가도 그 이름은 쭉 이어져 왔다.

흑마법사의 몸을 빌어 강림한 아드카빌론이 직접 지어준 이름으로 아드카빌론에겐 시녀였지만 반 일족에겐 성녀나 다름없었다.

영계의 존재인 아드카빌론이 다크 엘프 반 일족에게는 반신이 아닌 마신으로 섬김을 받고 있는 것이다.

성녀들이 유진을 아드카빌론의 후계라 인정을 하자 다크 엘프들이 일제히 무릎을 꿇었다.

"위대한 아드카빌론의 후계자, 유진님을 뵙습니다!"

"유진님을 뵙습니다."

마신에 버금가는 광룡 아드카빌론이 남기고 간 장난감 중의 하나, 1골드에게 신이 베푼 안배 중의 하나가 손에 들어왔다.

다크 엘프 반 일족은 천 년의 금제를 넘어 드디어 세상의 문을 열고 나설 수 있는 기회가 온 것이다.

영혼의 맹약.

광룡 아드카빌론과 다크 엘프 반 일족 간에 채워진 족쇄다. 령(靈)을 다루는 샤먼 마법에 능통한 반 일족은 아드카빌론에게 굴복하고 반강제적인 주종 관계의 맹약을 맺었다.

이는 반 일족이 모두 멸망하던가, 맹약자 아드카빌론이 소멸하지 않는 이상 유지된다.

이 맹약으로 반 일족은 아드카빌론을 그들에게 다크 엘프의 권능을 부여한 마신 자바처럼 섬기게 되었지만 보다 방대한 샤먼 마법을 발휘할 수 있는 힘을 얻기도 했다.

다크 엘프가 마련해 준 귀빈실에서 성녀들에게 전설과도 같은 이야기를 전해 들은 1골드는 정신을 차릴 수가 없었다.

'신은 장난질을 치고 마신이 도와줬다?'

1골드는 그렇게밖에 결론을 내릴 수 없었다.

빛과 선(善)이 신이다. 그들이 운명을 꼬아놓았다.

어둠과 마(魔)가 마신이다. 그들이 제자리를 찾게 해주었다. 어떻게 해석을 해야 할까?

"아드카빌론님은 어떤 분이오?"

갈리나가 입을 열기도 전에 1골드에게 찰싹 달라붙어 수박만 한 가슴을 부비부비 하는 알로나가 대답했다.

"공포와 파괴를 대변하시는 분이죠. 순수한 마, 그 자체이십니다."

마신의 속성, 간사하고 괴이한 사이(邪異)나 악(惡)과는 다른 순수한 마다.

"그분은… 악마요?"

"어머머머머! 그런 마른하늘에 날벼락 맞을 말씀을! 마신이시죠. 어떻게 악마 따위와 비교를 하실 수가 있죠?"

갈리나였다. 커다란 눈을 더욱 치켜뜨며 놀란 표정으로 1골드를 바라보았다.

"솔직히 잘 모르오. 아드카빌론이란 분도, 제니트님도, 마신도, 악마도 말이오."

"그러니까."

"악마는요."

두 여엘프의 신경전, 1골드는 머리가 지끈거렸다. 아드카빌론의 시녀로 내정돼 후계가 나타나기를 평생을 기다리는 그녀들이라 했다. 이들은 3대째라고 했다. 1대는 짧은 시간이지만 아드카빌론, 엄밀히 따지면 늙은 흑마법사와 같이 보냈고 2대는 오백 년이란 긴 기다림 속에 자바의 품으로 돌아갔다.

3대, 200살을 훌쩍 넘긴 그녀 앞에 드디어 1골드가 나타났다, 인간의 모습으로. 인간의 수명이라고 해봤자 길어야 100년이다. 여엘프 사이에서 치열한 다툼이 일어날 여건이 모두 갖추어져 있었다. 유진이 떠나면 홀로 늙어가야 할 처지이기에.

"알로나 양이 말해보세요."

득의의 미소를 지은 알로나의 붉은 입술이 나풀거렸다.

"마신은 조물주께서 만들어놓으신 법칙을 충실히 따르고 모든 악을 관장하시는 분이에요. 순수한 절대 악이시죠. 악마는 조물주께 반기를 든 사악한 존재랍니다. 아포피스가 그들의 우두머리이고 태초의 혼돈 속에 몸을 숨기고 있죠. 간단히 말씀드리면 마신은 강함, 공포, 파괴의 속성을 가지고 계시죠. 악마는 혼돈과 이기적이고 탐욕스러움이에요. 전염병 등의 질병을 일으켜 인종의 두려움을 먹고살죠. 절대 악은 그런 사이하고 탐욕스러운 게 아니에요. 칠흑의 어둠, 세상이 태어난 심연의 바다랍니다."

"예를 들어 말씀드리면요."

갈리나가 질세라 끼어들었다.

"저희 같은 다크 엘프 족이나 대지의 종족인 드워프, 유진님이 데려오신 칸야와 같은 수인족(獸人族) 등은 어둠의 종족……."

1골드가 깜짝 놀라 외쳤다.

"자, 잠깐, 지금 칸야가 뭐라고 했어?"

"예?! 수인족이라고 했는데요. 어머! 모르셨어요?"

"수인족이라니?"

"정말 모르셨나 봐요? 저도 오랜만에 보는 수인족이라 긴가민가했는데 샤먼 안드레이님이 그러시더라고요. 수인족 중 호족(虎族) 같다고요. 털만 봐도 어느 정도 눈치를 채셨을 텐데… 아직 각성을 안 해서 잘 모르셨나 보네요. 수인족은 보통 열다섯이면 피의 각성을 해서 신체 변화가 가능해요. 그때 보시면 확연히 아실 텐데……."

어린 나이로 자신보다 덩치가 세 배나 큰 1골드를 좁은 토굴 속에서 끌어낸 칸야였다. 초인적인 힘을 발휘하기도 했지만 폭발적인 야성과 그만한 힘이 숨겨져 있기에 가능한 일이었다.

'허허, 병이 아니었구나. 이를 어떻게 설명해 주어야 하지?'

한숨만 나왔다.

"저, 유진님, 계속 말씀드릴까요?"

끄덕.

"아포피스의 추종자들이 모여 있는 혼계에서 뛰쳐나온 몬스터나 뱀파이어 일족, 라이칸스로프는 악마의 종주 아포피스가 권능을 부여한 종족이에요. 정령 중에서도 정혈을 빨아 먹고 사는 몽마(夢魔) 등도 있어요. 이해하기 쉽게 인간으로 치면요, 신관은 신의 신성력을, 마법사는 마신의 마력을, 네크로맨서는 악마의 악마력을 부여받은 거예요."

1골드는 칸야의 문제로 갈리나의 설명이 하나도 귀에 들어오지 않았다. 말을 마치고 두 여엘프가 자신을 말똥말똥 쳐다봐도 모를 정도였다.

"유진님, 먼 길을 오시느라 피곤하셨을 텐데 잠자리를 봐 드릴까요?"

알로나가 배시시 웃음을 흘렸다.

"응? 아! 고맙소."

마신에 관한 답에 대한 표시였으나 그녀들은 잠자리에 대한 말로 알아듣고 분주히 움직여 침대를 정리하고 물을 떠다 놓고 야광충이 담긴 등도 손을 봐 은은한 빛으로 바꾸었다.

그리고는 1골드에게 달려들어 빠른 손놀림으로 모자와 망토, 신발을 벗겼다. 1골드가 황당해하고 있을 때 두 여인의 손이 가죽 바지 벨트 위에서 딱 부딪쳤다.

알로나가 날카롭게 눈을 빛냈다. 그녀의 머리카락이 바람

한 점 들어오지 않는 나무 속인데도 휘날렸다.

"언니 먼저야."

"흥! 그런 게 어디 있어? 아무리 언니라도 첫날밤인데!"

뒷말에서는 수줍은 듯 얼굴을 붉혔으나 그녀의 주위엔 질 수 없다는 듯이 매서운 한파가 일었다. 얼음의 마녀답게 순식간에 방의 온도가 급격히 떨어지고 입가에 김이 서렸다.

멍해진 1골드가 두 여인의 손을 바지에서 떼어냈다.

"지금 뭣들 하는 거요?"

당연하다는 듯이 알로나가 답했다.

"잠자리 시중을 들어야죠."

"저희가 해야 할 일이에요. 253년을 기다려 온 밤인데……."

꿈을 꾸는 듯한 몽롱한 눈빛으로 변한 갈리나였다.

"끄응!"

잠자리 시중이라니. 같이 자겠다는 소리였다.

"둘 다 나가시오. 난 피곤하니 이만 자야겠소."

몸을 휙 돌린 1골드는 침대로 몸을 던졌고 피곤한 하루를 보여주는 듯 1분도 되지 않아 깊은 잠에 빠져들었다.

"이 못된 년! 따라왓! 오늘 단단히 교육을 시켜주겠어."

"흥! 좋아. 이 한 판으로 첫날밤 순서를 정하는 거야."

"좋아."

그날 밤, 다크 엘프 족 마을 외곽에는 새벽까지 한파를 동반한 폭풍이 몰아쳤다.

새벽녘이 되어서야 미친년처럼 머리를 풀어헤친 두 여엘프가 마을로 들어섰는데 1골드는 이미 마을을 떠나고 없었다.

Chapter 8

깊은 늪의 유혹

찌르르르! 찌르르르!

이름 모를 풀벌레들의 울음소리가 날다람쥐들에 의해서 뚝 끊겼다.

20m여 높이의 나뭇가지 위에서 검은 인영들이 원숭이보다도 더 빠르게 나무들 사이를 오갔다.

경계의 눈초리를 늦추지 않은 다크 엘프들은 감각을 열어 밀림의 목소리를 들었고 개미새끼 한 마리의 움직임도 놓치지 않으려는 듯 신경을 곤두세웠다.

마을은 결계로 상위 몬스터들의 침입을 막지만 그곳을 벗어나면 이들 또한 위험에 노출되었다.

반 일족의 최고 전사의 칭호를 받고 있는 그라노프는 바람에 실려온 동료의 전언을 들었다.

"좌현 1km에 전방에 리자드맨(Lizradman) 마을이 있습니다. 어떻게 할까요?"

"언제 도마뱀 놈들이 들어왔지?"

"얼마 되지 않은 듯합니다. 3개월 전까지는 분명 없었습니다."

1골드의 호위로 따라나선 다크 엘프들은 반 일족 전사들의 반수인 150여 명이었다. 리자드맨 마을 하나쯤은 식후 간식거리도 되지 않는다.

"치워!"

"명령을 받듭니다. 자바님의 권능이 함께하시길."

"너도."

명령이 떨어지자 소리도 기척도 없이 50여 명의 다크 엘프가 사라졌다. 숲의 어둠은 그들의 권능, 밀림의 짙은 그늘은 그의 움직임을 감추어주었다.

"어디를 가는 겁니까?"

1골드의 물음에 그라노프가 흠칫 놀랐다가 고개를 끄덕이며 대답했다.

"앞에 도마뱀들이 길을 막고 있어 치우러 보냈습니다."

1골드는 일전엔 코앞에 다크 엘프들이 몸을 숨기고 있어도 기척을 느끼지 못했는데 마을에 들어온 이후부터는 눈을 감고도 그들의 숨결까지도 느낄 수 있었다. 아마 갈리나와 눈을 마주친 이후부터일 것이다.

"늪지대까지는 얼마나 걸립니까?"

"이 속도라면 내일 저녁나절에는 도착할 수 있습니다. 그런데……."

"말씀하십시오."

"정말 저 인간들까지 모두 데리고 갈 생각이십니까?"

영혼의 주인 아드카빌론의 숨결이 묻어 있는 장소였다. 그런 신성한 곳에 아무 상관 없는 인간들이 간다고 하니 그라노프의 심사가 편치 않았다.

"믿을 만한 사람들입니다."

1골드가 진정 믿는 사람은 봄멜과 칸야밖에 없었지만 봄멜의 바짓단을 붙잡고 매달리는 타룰, 생각만으로도 살 떨리는 다크 엘프들 사이에 남아 있을 수 없었던 사즈를 놓고 오기도 힘들었다.

사정이 어찌 되었던 1골드는 봄멜이 고마웠다.

작은 충돌도 있었지만 예상치 않은 다크 엘프의 환대를 받은 그날 저녁.

"휴우! 난 도저히… 도대체 어찌 돌아가는 일인지……."

봄멜은 1골드가 겪은 일이 벼랑으로 떨어져도 고대 던전으로 떨어진다는 말로만 듣던 기연이라 생각했는데 악연일지도 모른다는 두려움이 엄습했다. 자고로 마신과 연류되어서 그 끝이 좋게 끝났다는 말을 들은 적도 본 적도 없었다.

"죄송합니다, 스승님. 저의 섣부른 결정으로……."

"아니다. 네가 죄송할 게 무에 있겠냐? 다만 마신의 저주가 아니기를 바랄 뿐이다."

마법의 근원은 마신의 왕 중의 왕 제니트의 권능에서 나온다. 신성력도 마찬가지지만 마법은 신이 있다는 믿음하에 출발을 하는 것이다.

이에 봄멜이 마신을 부정하거나 하는 것은 아니지만 그렇다고 좋게 보는 것도 아니었다. 일부 흑마법사들이야 더 강대한 힘을 얻기 위해 마신과 계약을 맺고 힘을 얻어 쓰지만 백마법사들은 무사들처럼 스스로를 개발하여 마법을 구현한다.

마법을 쓴다고는 해도 마신과의 유대가 그리 특별하지 않은 것이다.

어둠의 일족인 다크 엘프들의 환대를 받고, 아니, 그 이상으로 순종에 가까운 대접을 받고 마신과 특별한 관계로 연결된 1골드, 어떻게 해석을 해야 하는 것일까?

유랑 시인의 한 노래 구절처럼 세상을 피로 물들이기 위한 마왕의 안배일까? 아주아주 특별한 체험을 한 인간에 불과 한 것일까?

'혹여 미성에 물들기리도 한다면…….'

죽여야 한다, 그의 손으로. 백마법사니까.

'남아 있어야겠지……'

마성에 물들지 않게 하기 위해서라도.

그렇게 봄멜은 1골드와 함께 길을 나섰다, 천 년 전 남대륙의 절반을 피로 물들였다는 마왕 아드카빌론의 던전을 찾아.

'감사합니다, 스승님.'

1골드는 조금은 어깨가 좁아진 듯한 봄멜의 뒷모습을 쫓았다. 정신없이 어둠이니, 마신이니 하며 부정정적인 이미지만 다가서는데도 봄멜은 변함없이 그의 옆을 서 있었다.

"우와아아!!"

마치 바다를 보는 듯했다. 수평선까지 늪지대가 끝없이 이어져 있었다. 그 한가운데 불쑥 솟아 구름이 봉우리에 걸려 있는 에치오 화산이 자리했다.

숲이 끝나는 부분에서 다크 엘프는 멈춰 서서는 늪지대로 단 한 발짝도 들어서지 않았다.

1골드가 그들을 쳐다보자 그라노프가 말했다.

"여기가 망각의 늪입니다. 저희의 영역은 여기까지라 더 이상 유진님을 수행하지 못함을 용서해 주십시오."

담담한 목소리였으나 어딘지 모르게 못마땅한 기색이 역력했다. 일족의 율법으로 금지(禁地)가 된 망각의 늪, 인간

으로 치자면 소드 마스터 급에 버금가는 그라노프가 늪의
한 존재에게 호승심을 느끼고 있었으나 뜻을 이룰 수 없었
다.

백색의 유령이라 불리는 거대한 생물체에.

"여기서부터는 어떻게 가야 해?"

타룰이 눈을 반짝였다. 따분한 일상에 찾아온 오래된 친구,
6써클에 오르고픈 욕심에 봄멜을 따라나섰다. 늘그막에 뛰어
든 모험이라 10년은 젊어진 듯 가슴도 뛰었고 피도 뜨거워졌
다. 밀림의 위험을 넘어 죽을 뻔했지만 평생 동안 만나본 적
이 없는 다크 엘프도 만나고 이젠 전설이 되어버린 대마왕의
던전을 찾아간다.

타룰은 지금 팔팔하던 청춘에 행각 수련을 나서던 때의 그
마음 그대로였다. 어쩌면 새로운 역사에 한 이름을 올릴지도
모르는 일이었다, 피로 점철이 될지 광명이 비출지는 모르지
만.

사즈는 동생을 잃은 아픔 따위는 잊은 지 오래였다. 할아버
지의 할아버지 때부터 전해져 내려온 한 가지 신화가 그의 뇌
리를 지배했다.

대지의 노여움을 뿜어내는 천산에서 내려온 한 천인이 망
각의 바다를 건너 그의 선조들과 만난다. 그 당시 선조들은
아이온을 감싸고도 남을 거대한 뱀의 먹이로, 노예로 지배를
받고 있었다

제물로 바쳐진 여인들을 한 입에 집어삼키는 뱀의 모습에 분노한 천인이 열흘 밤낮을 뱀과 사투를 벌여 뱀의 아가리를 찢고 내장을 들어내고 뱀의 내단을 꿀꺽 삼키셨다.

천인의 승리로 선조들은 자유를 얻었다. 이후 인간의 여인과 천인이 결혼해 아이를 낳았는데 그분이 아즈빌 족의 태조였다. 아즈빌의 건국 신화.

사즈는 눈앞에 펼쳐진 광경이 태고의 땅 천산(天山), 천인이 강림하신 그곳이 아닌가 하는 생각이 들었다.

"꿀꺽!"

어쩌면 신화의 땅에 들어온 것이리라. 진정 신화의 땅이라면 살아 돌아가야 한다. 살아나가 온 아즈빌 인들에게 이 사실을 알리고 군대를 일으켜 다크 엘프를 밀어낼 것이다. 막대한 희생이 따르겠지만 뿌리를 찾는 일이다. 이곳은 성지였다.

그런 생각이 들자 아즈는 1골드를 다시금 쳐다보았다.

'후계?'

당당하고 철탑을 연상시키는 골격이 그들과 똑같았다. 신화의 땅을 빼앗은 건지 지키고 있는 건지 모르겠으나 다크 엘프들이 공손히 모시는 존재니 어쩌면 천인의 후예일지도 모른다.

그러자 이번엔 공포의 대상이었던 다크 엘프들에게까지 친근감이 들었다. 귀랑 미모를 빼고 성품이나 체격으로만 보면 같은 일족이라도 믿을 정도였다. 엘프 전사의 일족, 인간의 전사 일족.

1골드는 가라앉은 눈으로 늪을 바라보고 있었다. 뇌리에 박힌 기억은 여기까지였다. 화산과 늪. 이렇게 넓을 줄은 상상도 하지 못했다.

하지만 그에게는 밀림에 들어올 때부터 느껴지던 강렬한 끌림이 남아 있었다. 더욱 확연히 다가오는 느낌이.

"잠시만 기다려 주십시오."

1골드는 몸에 걸친 거추장스러운 것들을 떼어버리고 털썩 주저앉았다. 가부좌를 틀고 허리를 세웠다. 두 눈을 지그시 감고 머릿속을 들여다보았다. 때아닌 영성 수련에 들어간 것이다.

그는 내면의 망망대해를 헤집고 다니며 끌림에 반응하는 곳을 찾아 나섰다. 수많은 사념들을 순식간에 밀어버리고 더더욱 깊은 곳으로 들어갔다. 밝음이 가득한 공간을 넘어 어둠이 차 있는 곳에 다다랐다.

어두운 감정과 사념들이 넘실되는 공간, 분노와 노여움, 공포가 자리한 곳이었다.

그가 발을 디디자마자 악다구니가 받친 감정과 사념들이 달려들었다. 영성 수련에서 이미 겪은 경험이었다. 저들도 그다. 자연스레 받아들였다.

그는 좀 더 안으로, 안으로 들어갔다. 사념도 아무런 감정도 없는 빈 공간에 도착했다. 그저 어둠만이 가득한 곳이었다. 그는 의식과 무의식의 밑바닥이라 생각했다. 시간이 좀 더 흐르면 이곳도 희로애락(喜怒哀樂) 중 어느 한 감정을 간직한 사념이 자리 잡을 것이다.

그가 찾는 것은 이곳에 있었다.

'분명 이곳인데… 어디냐?'

그러자 공간이 갈라졌다. 1골드가 반색을 했다. 영계에 첫발을 디뎠을 때와 같은 의식의 확장, 일종의 깨달음으로 여긴 것인데, 이는 영체가 한 단계 성숙함을 의미했기 때문이다.

하지만 그의 예상은 빗나갔다. 갈라진 그곳에서 심연의 어둠을 간직한 구체가 둥실 떠올랐다. 은하수 같은 회오리를 간직한 구체가 그의 눈앞까지 다가왔다.

'뭐야? 이건?'

그때 한 가지 생각이 스치고 지나갔다. 혈인과의 생사투에서 느꼈던 그것, 마성이었다.

1골드는 인간이 선천적으로 선하다는 거나 악하다는 말은 믿지 않았다. 선악은 인간의 마음속에 항상 존재하는 것이다. 어느 쪽에 더 힘을 실어주느냐의 문제일 뿐. 그러니 마성을 대하고도 거부감이 일지 않았다.

'너, 왜 이렇게 깊은 곳에 숨어 있었나? 저번엔 고마웠다, 네가 아니었으면 그 새끼한테 죽었을 테니까. 네가 트롤한테서 옮겨왔다고 해도 이제는 내 몸이다. 이리 와라, 너도.'

1골드가 얻은 깨달음 중 하나였다. 스스로를 부정하지 않고 있는 그대로 받아들이는 마음. 원한도, 원망도, 공포도, 두려움도 그랬고 마성도 결국은 그다.

칠흑같이 어두운 구에서 그보다 더욱 어두운 눈동자가 떠올랐다. 아드카빌론이 정우의 영체에 각인시켜 놓은 마성의 결정체 눈동자였다.

그 눈동자가 심하게 흔들렸다. 이게 아닌데, 마성을 접하면 부정하고 배척해야 한다. 몰아내고자 싸움을 벌여야 그의 힘도 커질 텐데, 그렇게 더욱 힘을 얻고 의식을 잠식할 수 있었다. 그런데 받아들이겠다니? 아니 될 말이었다.

눈동자가 반항을 했으나 티끌만한 힘도 없었다. 이곳은 1골드의 영역, 겨우 밑바닥에 숨어 있어야 하는 상태로는 감히 상대가 되지 못했다.

1골드의 영성이 마성까지 집어삼켰다. 아니, 이미 내포한 마성을 인정함으로써 표면으로 이끌어낸 것이다.

스스스스……!

늪에 도착한 순간부터 바짝 긴장하고 있던 봄멜의 감각에 움직임이 포착됐다. 예리한 그의 눈이 날카로운 빛을 발했다.

늪 위에 떠 있는 수풀들이 움직였다. 바람은 아니다. 수면에 이는 파장마저 감추는 은밀한 움직임이었다. 늪을 잘 아는 존재였다.

봄멜이 미간을 찌푸렸다. 정확한 위치를 잡아내지 못했다.

감각이 무디어졌나? 그보다 흩뿌려진 먼지처럼 너무 많았기 때문이었다.

"조심해라!"

경고성을 발하는 그때 칸야도 수면을 쳐다보고 있었다. 그의 야성을 자극하는 존재가 있었다.

"에? 눈깔?"

수면 위 일정한 간격의 검은 점들이 수백, 수천 개가 생겨났다. 스르륵 피어오르는 기포. 숨을 쉬는 존재들이었다.

촤아악!

흐린 회색의 물체가 늪지에서 튀어 올랐다. 앞부분이 쩌억 갈라지며 톱날과도 같은 날카로운 이를 드러냈다.

"악어다. 악어 떼다!"

사즈가 악을 쓰기도 전에 일행은 이미 정체를 파악했다, 정좌에 들어간 1골드만 빼고.

타룰이 1골드를 깨우려 했으나 봄멜이 막아섰다.

"이유가 있을 게야. 오랜만에 신나게 몸이나 풀어보자고, 타룰."

"그, 그러지."

갑옷 정도는 날카로운 이빨로 찢어발기고 긴 꼬리는 바위를 부숴 버릴 정도로 강맹하다. 몸은 질기고 딱딱한 각질로 덮여 있어 창칼로는 쉽게 쓰러뜨릴 수 없었다. 그래서 아이온에서 악어는 맹수라기보다는 몬스터로 분류한다.

오랜만에 찾은 인간의 연한 살코기 냄새가 악어들을 자극했는지 늪의 모든 악어가 모여드는 듯했다. 늪이 진회색 빛으로 물들어갔고 서로 겹친 악어가 수면에 올라오기도 했으며 자리다툼을 벌이면서 싸우기까지 했다.

어느새 마법 스틱 대신 마법구가 달린 오브를 꺼내 든 봄멜이 외쳤다.

"이런 미물들이 나 봄멜을 우습게 본단 말이지. 모두 통구이 바베큐로 만들어주마. 모여라! 대기여! 나에게 힘을 부여하라, 전격의 분노를! 파워 썬더(Power Sunder)!"

마나홀이 모두 개방되고 주위로 막대한 양의 마나가 모여들어 휘몰아쳤다. 봄멜이 낼 수 있는 최고위의 전격계 마법이었다.

우르릉! 우르릉!

찌는 듯 내리쬐던 태양이 순식간에 생겨난 먹구름 사이로 숨을 죽였다. 늪지대 상공에만 생겨난 먹구름이 잔뜩 전기를 머금고 지지찍 방전을 흘렸다.

뇌운(雷雲)에 내포된 물방울들이 양으로, 뇌운과 부딪친 대기가 음으로 변했다. 대기와의 접촉 시간이 길어지면서 음의 전하가 부쩍 늘어났다. 그때 대기를 두 토막 내는 다섯 발의 섬광이 늪을 향해 내리 꽂혔다.

쩌저저적! 번쩍!

쿠르릉 쾅! 쾅! 쾅!

　수억 볼트의 전압을 머금은 벼락이 늪지를 강타했다. 마른 땅 위에 있는 일행까지 찌릿했으니 수중에 있는 악어들은 이루 다 말할 수 없었다.

　악어들은 마치 시간이 정지한 듯 딱 멈춰 부르르 떨다가 약속이라도 한 듯이 일제히 몸을 홀라당 뒤집어 흰 배를 드러냈다. 짙은 흙색의 늪지가 일순간에 하얗게 변했다.

　메케한 노린내가 일행의 코를 자극했다. 하지만 그들은 구름을 불러 번개를 일으킨 봄멜을 보느라 정신이 없었다.

　대단한 마법사인 줄은 알았으나 자연 현상을 임의로 일으킬 수 있을 줄은 생각지도 못했다. 6써클 마스터가 저 정도이니 인간의 한계를 뛰어넘었다는 대마법사는 어느 정도란 말인가. 상상이 가질 않았다.

　이마에 흐른 땀을 훔치고 봄멜이 퉁명스럽게 말했다.

　"뭘 봐? 내 얼굴에 뭐가 묻었어? 정신 차려, 아직 끝나지 않았으니까."

　말 그대로였다. 번개로도 악어를 모두 죽이지는 못했다. 배를 까뒤집은 악어 주위로 다른 악어가 몰려들어 잘 익은 살점을 한 점씩 베어 물었다가 입맛에 맞지 않는지 다시 내뱉고는 일행을 향해 몰려들기 시작했다. 배를 드러낸 악어들 중에서도 열에 셋은 죽지 않고 살아났다.

　일수에 수백은 죽였는데도 그 배 이상이 꿈틀거리는 모습이 머리털을 쭈뼛하게 만들었다.

"야! 번개 한 번 더 쳐봐! 이러다 죽겠다. 라이트닝 볼트 (Lightning Bolt)!"

"이놈아! 구름을 부르기도 전에 내가 말라 죽어! 라이트닝 샤워(Lightning Shower)!"

마법은 악어에게 향하지 않았다. 악어가 많이 모여 있는 수면이 목표였다.

파지지직!

수면에 스파크가 일고 시퍼런 전류가 물을 타고 흘렀다.

촤악! 촤악! 촤아아악!

머리끝에서 꼬리까지 일순간에 관통하는 고통에 악어들의 몸이 뒤집어지고, 혀를 내밀고 눈이 까 뒤집혔다. 하지만 이도 잠시, 그놈들을 물어 던져 버리고는 생생한 악어들이 자리를 대신했다.

봄멜과 타룰은 계속해서 전격류 마법을 펼쳤다. 전도성이 좋은 물속이라 최대의 효과를 보고 있었으나 악어가 너무 많았다.

스스륵 처적! 척! 척!

결국 한 마리가 늪가에 올라왔다. 대충 봐도 길이가 4m는 훌쩍 넘을 듯한 놈이었다. 흐린 회색빛의 가죽에 드래곤의 등을 보는 듯 겉가죽이 세 줄로 일어서 있었다.

크르릉! 커엉! 컹!

귀청을 울리는 울음소리. 타룰이 돼지 한 마리 정도는 너끈히 한 입에 삼켜 버릴 것 같은 악어의 쩍 벌린 입으로 매직 에로우를 날리며 소리쳤다.

"우리 집 개새끼랑 똑같이 우네. 이 새끼들을 싹 죽여서 가죽 바지를 만들어 팔면 떼부자가 되겠다."

"껄껄! 젊은 마누라 뒷바라지 하려니 힘드나 보구나! 인시너레이트(Lncinerate)!"

새빨갛다 못해 시퍼런 불덩어리가 포효하는 악어를 집어삼켰다.

"홀라당 태우면 어떻게 해! 가죽은 남겨야지."

"아직도 많이 남았다. 네놈 건 따로 챙겨주마."

두 노마법사는 마법을 난사하면서도 여유있는 대화를 주고받았으나 상황이 급박하게 돌아가 마음은 초조해졌다. 어느덧 육지로 올라선 악어가 수십 마리를 넘어섰고 죽어 나자빠지는 수보다 덤비는 숫자가 급격히 불었다.

숲으로 도망을 치자니 꿈쩍도 안 하는 1골드가 문제였고 악어 떼를 지나지 않고서는 던전에 갈 수 없었다.

봄멜이 1골드를 데리고 도망칠까 궁리를 하던 때에 숲에서 수백 발의 화살이 일시에 날아올랐다.

쉐에에에! 쉭! 쉭! 쉭!

다크 엘프들이 마을로 돌아가지 않고 남아 있었던 것이다.

푸욱!

뎅뗑뗑!

명사수인 엘프의 화살도 악어들을 죽이지는 못했다. 눈에 화살을 맞은 놈은 발광을 했으나 겉가죽에 박힌 화살은 두터운 가죽을 관통하지 못했다.

"제길! 일단 피하는 게 상책이겠다."

정면으로 악어 떼를 넘을 수 없을 것 같았다. 다른 방도를 찾아야 했다.

"칸야야! 1골드를 깨워 다크 엘프들에게로 가라! 어서!"

그 소리를 들었는지 1골드가 눈을 떴다. 번쩍이는 그의 안광에 한줄기 검은빛이 감돌았다.

1골드가 몸을 일으켜 일행을 제치고 앞으로 나섰다.

"제자야! 힘들겠다. 일단 물러서서……."

봄멜은 입을 떡 벌렸다가 다물었다. 1골드가 악어 떼에 다가서자 악어들이 크르릉거릴 뿐, 공격을 하지는 못하고 슬슬 피하는 게 아닌가.

마나홀을 거의 비워가며 악전고투를 벌린 봄멜은 허탈해졌다. 하지만 역시 마법사. 그는 그 이유를 알고 싶었다.

봄멜은 1골드를 빠르게 훑어보았다. 어제와 또 달랐다.

괄목상대(刮目相對), 한창 배우는 이들은 하루하루가 다르다고는 하지만 이건 한층 발전한 것도 같았으나 무언가 달랐다.

딱히 뭐라 말할 수는 없지만 풍기는 분위기가 확 바뀌었다. 그래도 이건 아니다. 기도만으로 흥성에 사로잡힌 미물을 물러서게 할 수는 없다. 인간의 한계를 넘지 않는 이상.

1골드는 발밑에서 으르렁대는 악어는 보이지도 않는다는 듯이 저 멀리 보이는 화산으로 시선을 고정했다. 일행의 눈길도 그를 쫓았다.

그때 밀림을 뒤흔드는 괴성이 울렸다.

크무우우우우!

밀림이 숨을 죽였다. 막 원숭이를 한 입에 삼키려던 아나콘다도 입을 다물고 강물로 사라졌고 사냥을 나섰던 리저드맨들은 땅에 머리를 박고 바들바들 떨었다. 죽여도, 죽여도 겁에 질리기는커녕 더욱 흉성을 더하며 날카로운 이빨을 들이밀던 악어들도 배를 깔고 납작 엎드려 꼬리를 말았다.

"백색의 유령!"

늪지로 나가고 싶은 마음을 꾹 눌러 참고 있던 그라노프가 전의를 불사르며 검을 잡았다. 마을의 결계를 유령처럼 뚫고 들어와 엘프들을 날름날름 잡아먹던 그놈이다.

저 멀리서 물기둥이 치솟았다. 비산하는 물방울 사이로 언뜻언뜻 백색의 물체가 보였다. 늪 속에서 벌벌 떨며 몸을 수그린 악어들이 물기둥과 함께 이리저리 날아갔다. 족히 수백kg은 나가는 악어들이 마치 공깃돌처럼 튀어나가는 모습이 공포스럽기까지 했다.

얼마나 대단한 놈이기에 악어의 흉성을 잠재우고 목을 길게 빼게 만드는 것인가?

크무우우우우!

저 멀리서 들리던 괴성이 코앞까지 당도했을 때 집채만 한 검은 눈동자가 1골드를 마주 보고 있었다.

눈동자 아래로 수면 속에 감추어진 놈의 가죽이 악어가 배를 까뒤집은 것처럼 하얗게 보였다.

"백악어!"

사즈가 경악성을 터뜨리면서 머리를 조아렸다. 아즈빌 인에겐 성물이자 영물이다. 천인이 타고 다녔다는 영물.

눈싸움이라도 하는 듯이 1골드와 백악어가 서로를 쳐다보았다. 1골드가 한 발 나서자 악어도 늪가로 다가왔다.

"위험해!"

타룰의 외침. 일행에겐 백악어가 늪의 왕, 악어의 왕으로 비쳐졌다.

악어가 늪가로 다가오자 백색의 가죽으로 덮인 모습이 드러났다. 어림잡아 30m에 달하는 몸길이에 머리만 5m는 되는 듯했다. 겉가죽은 드래곤의 비늘을 보는 듯 단단해 보였다.

백악어가 입을 쩌억 벌린다면 코끼리도 한 입에, 상급 몬스터 오거조차도 한입 거리밖에 안 될 듯싶었다. 바위같이 단단해 보이는 꼬리는 어떠한가. 성벽쯤은 한 방에 무너질 것 같았다.

"이, 이건 뭐야?"

그라노프는 경악에 몸이 떨렸다. 그가 알던 백색의 유령은 저렇게 크지는 않았다. 저 백악어의 반만 한 놈이었는데…….

그가 검을 잡은 손을 놓았다. 왕백악어 뒤로 불쑥 솟은 다섯 쌍의 눈을 보았기 때문이었다. 이놈들도 뗴거지였다.

쿵! 쿵! 쿵!

땅이 울었다. 육중한 백악어가 짧은 다리를 놀려 육지로 올라오고 있었다. 흔들리는 꼬리에 수면이 해일처럼 일어섰고 회색 악어들이 그들의 의지와는 상관없이 새가 되어 날아갔다.

전신을 완전히 드러낸 백악어, 정말 거대했다. 웬만한 성벽 높이의 몸통, 그 둘레는 차마 젤 엄두도 나지 않았다.

일행은 석상처럼 굳어버렸고 1골드에게 다가서는 백악어를 바라만 보았다.

홍! 홍!

콧구멍에서 거센 김이 뿜어져 나왔다. 1골드의 망토가 휘날렸다. 악어도 냄새를 맡을 후각 기관이 있었던가. 1골드의 냄새를 맡는 듯했다.

1골드가 손을 뻗어 백악어의 주둥이 주변을 쓸었다.

"네놈이 그놈이구나. 크로커다일(Crocodile), 이렇게 큰 놈인 줄은 몰랐다."

크르릉!

1골드의 말을 알아듣기라도 한 듯이 백악어가 괴성을 토하

고 몸을 떨었다. 그러더니 더 쓰다듬어 달라는 듯이 주둥이를
틀고는 눈가를 들이대었다. 1골드에게서 주인의 냄새가 진하
게 풍긴 것이다.

오래 떨어져 있었던 연인인 양 한 치도 눈을 떼지 않은 채
1골드는 백악어의 머리를 쓸었다.

백악어 또한 다크 엘프처럼 아드카빌론에게 영을 종속(從
屬)당한 존재였으니 주인 앞의 강아지와 다를 바 없었다.

돌이 된 일행을 1골드가 깨웠다.

"스승님, 가시죠."

"응? 어!"

봄멜이 정신을 차리자 1골드가 백악어에게 속삭였다.

"집에 가자꾸나."

1골드는 훌쩍 뛰어 백악어의 주둥이 위에 올라탔다. 몸을
획 돌린 백악어가 멍하게 있는 일행을 그대로 놓아둔 채 늪으
로 들어가 버렸다.

'허허! 내 제자가 마신의 현신일지도……'

봄멜의 생각이었다.

'천인의 후예시다.'

사즈의 눈엔 눈물이 고였다. 아즈빌 인에게 광영(光榮)을
내려주려 강림하신 것이다.

그들의 상념을 타룰의 외침이 깨웠다.

"유진아! 우린! 우린 어떻게 하고."

말이 끝나기도 전에 왕백악어 뒤에 있던 백악어가 타라는 듯이 꼬리를 늪가로 내밀었다. 왕백악어는 아무나 타는 게 아니라고 외치는 듯했다.

다크 엘프들은 깊이 부복한 채 1골드 일행이 늪 속으로 사라질 때까지 움직이지 않았다.

"말이라도 해주지."

타룰의 투덜거림이었다. 늪으로 나온 백악어가 갑자기 잠수를 해버렸기 때문에 물에 흠뻑 젖었다. 빠르게 진공의 구를 만들고 그 안에 산소를 채워야 하는 수고를 치렀다.

그들은 지금 늪의 바닥에 뚫린 수중 동굴로 들어와 꾸불꾸불한 동혈을 지나 다시 위로 상승하고 있는 중이었다.

봄멜은 1골드의 걱정에 주름이 늘어갔지만 타룰은 반대로 젊었을 때의 혈기를 되찾고 있었다.

"오오! 빛이다!"

타룰의 말대로 빛이 물을 투과하여 들어왔다. 빛이 들어오는 지점에서 백악어가 거의 수직에 가깝게 위로 치솟아올라 갔다. 둥근 접시 모양의 거울에 비친 강물을 보는 것 같은 동혈의 입구가 보였다. 수중에서 보는 수면은 그의 근심을 털어버릴 정도로 아름다웠다.

하지만 다시 밖으로 나오려면 왜 늪의 바닥까지 들어가 수중 동굴로 들어갔는지 알 수가 없어 봄멜이 고개를 갸웃할 때

백악어가 수면 위로 올라왔다.

　그때서야 봄멜은 고개를 끄덕였다. 왕백악어 다섯 마리가 들어가고도 남을 정도로 넓은 빈 공간, 동공(洞空)이었다. 수중 동굴 속에 생성된 거대한 동공이 목적지였던 것이다.

　하나를 해결하자 태양처럼 강렬하지 않지만 수십 m 앞의 사물을 분별할 수 있는 빛이 어디서 들어오는지 궁금해졌다.

　"스승님, 이리로 오십시오."

　멋쩍은 웃음을 지은 봄멜이 칸야를 데리고 1골드에게 갔다. 먼저 1골드를 찾았어야 하는데 다른 곳에 정신이 팔려 있었다. 그러고 보니 1골드를 데려온 왕백악어도 보이지 않았다.

　백악어는 늪으로 돌아가고 널따란 동공에 여섯 명의 일행이 모였다. 표정을 알 수 없는 1골드와 어두운 안색의 봄멜, 사방을 두리번거리면 눈을 반짝이는 타룰과 안도르, 나이답지 않게 의젓하게 1골드 옆에 서 붙어 있는 칸야, 1골드를 연신 힐끗거리는 사즈였다.

　"허어억! 저, 저!"

　타룰이 무엇을 발견했는지 숨넘어가는 소리를 내며 봄멜의 로브를 잡아당겼다.

　"왜 또? 뭐?"

　"저, 저!"

　타룰의 손끝이 가리키는 곳엔 주먹만 한 다이아몬드 원석이 박혀 있었다,

그러자 봄멜의 눈도 반짝였다. 돈 욕심이 난 것이 아니라 저만한 크기면 1골드를 살리기 위해 사용한 마법 가루 스플렌더를 채울 수 있었기 때문이다. 아니, 두세 배의 양을 만들어낼 수 있는 크기였다.

그런데 그게 끝이 아니었다. 동공의 천장에는 밤하늘과도 같이 반짝이는 별들이 박혀 있었다. 그곳에서 빛이 나는 것인데 저게 다 다이아몬드라면.

이곳은 화산 아래였다. 다이아몬드가 만들어질 여건을 충분히 갖춘 곳이다. 아마 모두는 아니더라도 대다수가 다이아몬드일 것이고 다른 광물질이 섞여 있을 것이다.

봄멜의 입이 귀에 걸렸다. 마법이나 연금술을 실험하기 위해서는 값비싼 보석이 많이 들어간다. 돈이 없어 미루어놓았던 실험들을 모두 하고도 남을 양이었다.

그들 중에서 다이아몬드를 탐욕의 눈으로 바라보는 건 사즈밖에 없었다. 하지만 그도 곧 고개를 털어 욕심을 버렸다. 천인의 후예가 소유한 것이다. 함부로 욕심을 부리면 천벌을 받는다.

타룰이 당장이라도 올라가 다이아몬드를 캐내려는 듯 어깨를 들썩이다가 1골드를 애타게 바라보았다.

"나중에 원하시는 만큼 드리겠습니다."

틀린 말도 아니었으나 1골드의 대답은 의외였다. 이곳을 자신의 소유로 인정하는 듯한 말투였다. 처음 길을 나설 때의 긴가민가하던 태도와는 전혀 달랐다. 아드카빌론이 심어놓은 각인을 완전히 받아들인 것을 알 길 없는 봄멜이었다.

행동에서도 나타났다. 1골드는 제 집인 양 일행을 이끌었다. 사방이 막혀 있는 원형 동공 같았으나 1골드가 몸을 밀어넣자 한쪽 벽면이 벽 속으로 사라져 버렸다. 입구를 주변과 동화시키는 환영이 걸려 있었다.

일행은 1골드의 뒤를 따라 벽을 통과하자 또다시 발걸음을 멈출 수밖에 없었다.

자연적으로 생성된 동공과는 달리 벽 안은 인공적으로 만들어졌다. 가장 먼저 수백 개의 계단이 그들을 맞았고 계단 중간중간에 거대한 석상이 위압적으로 그들을 내려다보았다.

"미노타우로스?"

계단의 입구 양옆에 5m 정도 크기의 석상이 서 있었는데 당당한 체구에 멋들어진 뿔이 난 소머리를 가진 것으로 금방이라도 피가 뚝뚝 떨어질 것 같은 날카로운 도끼를 들고 있었다. 미노타우로스는 오거와 함께 상급 몬스터로 먹이 사슬 정점에 서 있었다.

1골드가 첫 번째 계단에 발을 올리자 지축이 흔들리는 듯한 진동이 일었다.

확! 확! 확!

계단 양 끝에 놓여진 화로에서 불길이 치솟았다. 던전이 깨어나는 순간이었다.

순간 사즈는 오싹한 기분이 들었다. 그가 슬쩍 석상을 보았는데 미노타우로스의 눈과 딱 마주쳤다.

딱딱딱 하며 이빨이 부딪쳤다. 석상의 눈동자가 분명히 움직였다. 입을 벌려 일행에게 위험을 알려야 하는데 목소리가 입 안에서 맴돌 뿐 소리가 나오지 않았다.

"정말 대단해! 이렇게 정교하게 만들어진 스톤 골렘은 내 본 적이 없다!"

감탄성을 터뜨리면서도 봄멜은 긴장을 늦추지 않았다. 지금까지의 행태론 던전의 주인을 1골드로 인정하는 분위기이기에 공격하지 않을 테지만 그래도 모르는 일이다.

1골드가 봄멜의 생각을 증명이라도 하려는 듯이 거침없이 계단을 올랐다. 양옆에 한 쌍씩 만들어진 던전의 수호자 가디언(Guardian)들은 눈동자로만 쫓을 뿐, 공격하지는 않았다. 계단 맨 위의 가고일은 커다란 날개를 벌려 환영하는 듯한 동작을 취하기도 했다.

계단 위의 거대한 문 앞에 1골드가 섰다. 이 문 너머가 그가 목적한 곳이었다.

"후우……!"

1골드는 굳건한 두 팔을 문에 댄 채 잠시 눈을 감았다.

이곳은 흑마법사 따위의 던전이 아니다. 진실한 정체는 반선이 된 광룡 아드카빌론의 힘이 잠들어 있는 곳이다. 아드카빌론의 각인을 받아들이며 뿌연 안개 같던 영계의 기억들이 형체를 잡았다.

광룡 아드카빌론이 선의를 가지고 레어를 알려주지는 않았을 것이다. 선의든 악의든 여기까지 왔다. 무엇을 얻어갈지는 1골드의 몫이었다.

아드카빌론의 의도대로 마에 물들어 영성이 더럽혀질지도 모르는 일이었으나 1골드는 빠르게 힘을 얻는 길을 선택했다. 선택에 후회는 없다.

그가 번쩍 눈을 떴다. 예의 한줄기 검은 빛이 서린 안광이 문을 녹일 듯 폭사되었다가 사라졌다.

끼이익!

흑마법사를 통해 강림한 이후 천 년 만에 다시 광룡이라 불린 블랙 드래곤 아드카빌론의 레어가 모습을 드러냈다.

"우와아아아아아!"

기대했던 거대 홀은 나타나지 않았다. 들어온 동공보다도 훨씬 큰 동공이 문 안에 있었다.

천장엔 수십 m나 자란 종류석이 달려 있었고 밖과는 비교도 되지 않는 직경 2㎞의 거대 동공, 그 가운데 천장에 닿을 듯 네 개의 첨탑이 정삼각형의 꼭짓점과 그 가운데에 자리했고 산꼭대기에 걸린 구름마냥 화산에서 발생한 유황 안개가 짙게 바닥에 깔려 있었다.

첨탑에 가기 위해선 구름다리를 통해야 힌디. 1골드가 시선을 내렸다. 문은 유리처럼 매끈하게 깎인 동공의 벽면 중간쯤이었다. 지그재그로 놓여진 계단을 내려가 구름다리 입구에 도달했다.

그가 흠칫 놀라 멈추어 섰다. 검과 같이 날카로운 이빨이 난 거대한 파충류가 입을 벌리고 있었는데 불그스름한 빛이 감도는 비늘이 얼굴을 덮고 있었고 머리엔 거대 송곳 같은 일곱 개의 뿔이 솟아 있었다. 눈이 있어야 할 자리는 휑하니 비었다. 오래전에 죽은 놈을 장식품으로 쓴 것이다.

"드, 드, 드래곤! 레드 드래곤이다!"

꿀꺽!

잠시 동안의 경악과 불신, 침묵 시간이 흘렀다. 타룰이 놀란 가슴을 진정시키고 말했다.

"이럴 수가! 살아생전 드래곤을 볼 수 있을 줄이야."

"죽은, 그것도 머리만이라네……."

아이온을 주도한 주체들로 분류하면 크게 3기로 나눈다. 신들이 지상에서 활보한 신화의 시대를 1기라 하고, 크기가 수십 m에 달하는 괴수들이 지배했던 괴수들의 시대, 다시 말해 드래곤들이 괴수들의 왕으로 군림했던 2기, 그리고 채 몇만 년도 되지 않는 인간의 시대다.

고대 문헌과 전설에 따르면 세상을 창조한 신들은 천상으로 올라가고 남은 신들의 자손과 드래곤들이 싸움을 벌인다. 그 결과 신화의 시대가 끝나고 드래곤이 주도권을 잡았다.

　그 후 드래곤들은 조물주가 부여한 조화의 권능을 무시하고 오만방자해져서 스스로 신이라 앞세웠다.

　분노한 조물주가 천상의 장군들을 내려보내 최후의 전쟁을 치렀다. 드래곤의 힘도 대단했는지 땅이 바다로 변하고 바다가 땅이 되는 대접전 끝에 드래곤이 멸종했다고 알려져 있었다.

　그 후 절대 강자들이 없어진 아이온을 인간들이 다스리게 된 것이다.

　봄멜은 신관들에 의해 쓰여진 역사라 일부는 수긍하지만 전부를 믿지는 않았다. 특히 신들의 시대는 선이고 드래곤의 시대는 악이라는 단순한 이분법적인 분류. 우스웠다.

　신도 있고 마신도 있는 것이고, 선한 드래곤도 악한 드래곤도 있는 것이다. 드래곤들 사이에 분열이 일어나 전쟁을 치렀을지도 모르는데 악마의 종자들을 분노한 신이 싹 쓸어버렸다니.

　신관들은 인간이 조물주의 사랑을 가장 많이 받아 신을 본떠 만들어졌다고 한다. 그런 인간은 하루도 거르지 않고 동족을 죽인다. 역설적으로 신들도 매일 신을 죽일까?

　봄멜이 피식 웃었다. 지금은 그럴 생각을 할 때가 아니었다. 꿈에도 그리던 보석을 얻더니 이제는 그 어떤 마법 물품보다도 귀중한 드래곤의 육신이 눈앞에 있었다.

　저 이빨 하나만 뽑아서 마법 아이템으로 만들어 팔면 성 한</p>

채 값은 나올 것이다.

"이보게, 봄멜. 드래곤은 죽으면 마나로 돌아간다고 하지 않았나? 어떻게 머리가 남은 것이지?"

"인간도 죽으면 마나로 돌아간다네. 그 시간이 다를 뿐이지. 드래곤이 수명을 다하면 비늘 하나 남기지 않고 산화하지만 죽임을 당하면 다르지 않겠나? 드래곤 슬레이어가 탄생했었나 보네."

타룰이 몰라서 물은 게 아니었다. 이런 깊은 던전까지 들어와 드래곤을 죽일 존재가 상상이 되지 않았기 때문이었다.

지옥 같은 밀림을 건너 다크 엘프들을 통과하고 악어 떼, 괴수 백악어를 물리치고 수백 m의 지하로 내려와 드래곤을, 그것도 가장 강력하다는 레드 드래곤을 죽인다?

절로 고개가 저어지는 일이었다.

1골드가 그들의 고민을 해결해 주었다.

"블랙 드래곤 아드카빌론이 이곳에 살던 레드 드래곤을 죽인 겁니다. 늪은 아드카빌론의 영역이었고 화산엔 레드 드래곤의 레어가 있었습니다. 두 강자가 이웃해 살기는 힘든 일이었을 테고. 아드카빌론이 승자가 된 것이죠."

그 일로 아드카빌론은 마의 길로 접어들었다. 레드 드래곤이 죽으면서 방출한 막대한 마나를 흡수해 버린 것이다. 이 일은 복과 화를 같이 가져다준 결과를 초래했다. 반신반수가 되었지만 순수한 마가 아닌 탐욕이 끼어 무력은 마신에 버금

가나 선계에 오르지 못한 것이다.

일행의 시선이 모두 1골드에게 쏠리자 1골드가 입을 떼었다.

"스승님께는 말씀을 드렸습니다만, 여러분의 의문을 풀어 주어야 할 것 같군요. 제가 그런 일들을 알게 된 건."

꿀꺽!

"… 꿈에서입니다."

"헉!"

"뭐야!"

반응이 어떻게 나오던 할 말을 다 했다는 듯이 1골드가 몸을 돌렸다.

"틀린 말은 아니지요."

진정 틀린 말은 아니었다.

끼이익!

첫 번째 첨탑의 문이 열렸다.

일행은 바짝 긴장한 채 모여들었다. 그들이 문을 연 것이 아니라 안에서 열린 것이다.

"응?"

손이 나왔다. 백옥같이 하얀 피부였다.

"헉!"

얼굴을 빼꼼 내밀었다. 하이 엘프를 보는 듯한 천상의 미녀였다. 크라우치가 여자로 태어난 듯한 미모. 그녀가 커다란 눈을 껌벅거린다.

백치미.

"흐음!"

성적 관심이 멀어지고 대마법사를 바라볼 정도의 정신 수련을 쌓은 봄멜까지 아랫도리에 반응이 왔다.

'요물이다.'

스윽.

그녀가 몸을 드러냈다. 1골드의 어깨 정도의 키에 군살 하나 찾아볼 수 없는 늘씬한 미녀가 천 조각 한 올 걸치지 않고 풍만한 몸매를 드러낸 채 서 있었다.

불끈.

"허허! 이런!"

처음이다. 10년 동안 잠자고 있던 놈이? 주체할 수 없는 성욕이 치민다.

봄멜이 이럴진대, 한창 혈기가 왕성한 1골드와 칸야, 안도르, 사즈는 어떠할까?

봄멜이 1골드를 보았다. 몸이 미세하게 떨린다. 욕망과 한판 대결을 벌이는 것이리라. 봄멜은 1골드를 믿기로 했다. 그는 재빨리 눈이 시뻘겋게 충혈된 안도르를 붙잡았다. 그리고 칸야를 보았는데.

멀뚱멀뚱.

얼굴은 붉어졌으나 성욕이 이는 것 같지는 않았다. 그때 옆으로 검은 그림자가 튀어나갔다.

"타룰!"

타룰에게 붙잡으라고 한 말이다. 그림자는 사즈였다. 아무래도 일행이 아니었으니 보살피는 우선순위에서 밀린 것인데 그자가 욕망을 이기지 못했다.

"호호호호!"

정욕을 참지 못한 사즈는 눈이 까뒤집히고 입가로 침을 질질 흘리면서 여인에게 발정난 오크처럼 무섭게 달려들었다.

여인은 가녀린 어깨를 좁히고 겁먹은 듯 눈동자가 흔들렸다. 그녀의 풍만한 나신밖에 보이는 않는 사즈가 한걸음에 그녀를 안고는 손이 보이지 않을 정도로 몸을 더듬고 주무르고 긴 혀를 내밀어 그녀의 목을 핥았다.

그때 겁먹었던 여인의 얼굴이 서서히 변하기 시작했다. 금방이라도 눈물을 뚝뚝 흘릴 것 같던 눈에서 시퍼런 독기가 뿜어져 나왔고 아름다운 얼굴이 한없이 일그러지면서 굵은 혈관들이 툭툭 튀어나왔다.

삐쭉삐쭉.

앵두 같은 붉은 입술 사이로 날카로운 이빨들이 돋아나더니 그녀가 입을 쩍 벌리고 사즈의 어깻죽지를 물어뜯었다.

"으악!"

뇌리를 강타하는 고통에 정신을 차렸지만 그는 꿈쩍도 할 수 없었다. 백옥 같은 손가락 끝에서 30㎝ 길이의 손톱이 자라 갈비뼈 사이를 뚫고 들어와 있었다.

"컥컥! 커억!"

"멈춰라!"

"이 요물!"

1골드와 봄멜이 동시에 소리쳤다. 그러자 알아듣기라도 한 듯이 사즈의 등을 뚫고 나온 손톱이 거짓말처럼 사라졌다. 살벌한 이빨도 보이지 않았다. 가슴에 열 개의 구멍을 뚫린 사즈를 밀어버린 그녀가 처음으로 돌아가 다시금 배시시 웃었다.

조금 전에 경악할 만한 일을 목격했건만 또다시 일행은 성욕이 치밀어 올랐다. 요물도 이런 요물이 없었다, 피를 줄줄 흘리는 사람이 앞에 있는데 성욕이 일다니.

검을 뽑아 든 1골드가 그녀에게 다가갔다. 그녀 또한 순진한 표정을 유지한 채 마주쳐 왔다. 풍만한 둔부와 가슴을 살랑살랑 흔들고 저 밑의 은밀한 부분까지 언뜻 드러냈다. 그러자 굳건히 버티고 있던 타룰까지 저도 모르게 한 발짝 떼었다.

검을 치켜든 1골드는 내려칠 수 없었다. 성욕은 일었으나 이상하리만치 살심이 들지 않았다. 눈앞에서 사람을 죽인 괴물인데, 이 여인도 영적인 관계가 있는 것인가?

1골드의 철면과 그녀의 얼굴이 숨결이 느껴질 만큼 가까워졌다.

그녀가 환한 미소를 지었다.

"졸라, 나쁜 놈!"

그 한마디에 정신이 확 깼다. 성욕도 언제 일었나 싶게 사라졌다.

"나쁜 놈? 당신은 누구요?"

"흥! 겁나 긴 시간 동안 잠만 재워놓고, 일어났더니 외롭게 혼자 남겨놓고 기껏 이제 와서 한다는 소리가 누구요?"

"아아! 오해를 했나 본데, 난 그분이 아니오. 으음… 인도를 받았다고나 할까? 그분은 좀 더 높은 곳으로 올라가셨습니다."

1골드의 철면을 쓸면서 여인이 말했다.

"…뭐 상관없어. 잠들면서 봤던 늙은 모습보다 지금이 훨씬 매력적이야."

흑마법사를 말하는 것이었다.

"보기 좋긴 한데 칸야가 있으니 이걸 걸치시오."

칸야보다는 1골드가 치솟은 성욕을 억제하기 위해서였다. 요염한 알로나를 보고도 아무런 감정이 생기기 않았는데 아마 아드카빌론을 받아들인 후유증일 것이다. 마는 본능을 억제하지 않으니까.

"이름이 뭐요?"

"주인님이 지어줘야지. 난 막 태어난 거니까."

"그래? 그럼 수진이라고 부릅시다. 내 이름은 유진이오."

사람 같지 않은 알 수 없는 존재, 일단 위협은 아니라 판단

했으니 후에 알아보면 될 일이었다.

1골드가 사즈를 살피고 있는 봄멜을 쳐다보자 봄멜이 살짝 고개를 끄덕였다. 아직 살아 있다는 의미였다.

그는 망토를 벗어 수진에게 걸쳐 주었다. 환한 미소를 지은 그녀가 1골드의 팔짱을 끼고 첨탑으로 향했다.

"키메라(Chimera)!"

오래지 않아 그녀의 정체를 알 수 있었다.

그녀가 나온 첫 번째 첨탑, 그곳은 온갖 몬스터들과 마수들의 박제가 차지하고 있었다. 흑마법사들이 소환 마법과 샤먼 마법을 연구하는 장소 같았다. 탑의 가장 꼭대기 층에 그를 대변하듯 흑마법서들이 즐비했다.

탑의 가장 아래층에는 백여 개의 액체가 가득 담긴 수정관이 놓여 있었다. 그 안에는 썩어 문드러진 살점이 분해되고 뼈만 남은 것들이 들어 있었다.

날개를 단 뼈도 있었고, 비정상적으로 상체만 발달된 것도, 네 발 달린 짐승에 인간의 상체를 붙여놓은 듯한 것도. 그중에 빈 수정관 하나, 그게 그녀가 나온 곳이었다.

말을 할 수 있는 것은 본바탕이 된 여인 때문이리라. 일행은 치가 떨렸다. 무엇을 하기 위해 여인을 이렇게 만들어놓았단 말인가. 생명체를 자르고 붙이고. 흑마법사라더니 네크로맨서와 똑같은 짓을 벌여놓았다.

아드카빌론의 두 번째 선물이었으나 오랜 세월의 벽을 넘지 못했다. 수진에게 연민을 느끼며 일행은 첫 번째 탑을 나섰다.

8층 높이의 네 개의 첨탑.

'마왕이 갖추어야 할 덕목을 모두 갖춘 곳' 이란 게 봄멜의 총평이었다.

첫 번째 첨탑은 흑마법사의 탑.

두 번째 탑은 그와 반대로 백마법사의 탑 같았다. 천금을 주고도 얻지 못하는 마법 기물들과 미스릴, 오리하르콘, 봄멜을 눈물 글썽이게 만들었던 마정석까지… 마법 재료들이 있었다.

세 번째 탑은 보고(寶庫)였다. 드래곤이 번쩍이는 광물을 좋아한다는 통설답게 각 층마다 색깔이 다른 영롱한 보석들로 채워져 있었는데 거의 바닥을 보이고 있었다. 아마도 흑마법사로 강림한 후에 썼을 것이다. 전쟁에는 막대한 돈이 들어가니까.

가운데 탑은 잔뜩 기대한 일행을 얼려 버릴 정도로 휑했다. 그냥 빈 공간이었다.

"아드카빌론이 잠을 자던 곳입니다."

드래곤 본체로 화해 자려면 이 정도 공간은 필요하지 싶었다.

일행은 자연스럽게 나누어졌다. 가운데 첨탑은 1골드와 수진이, 백마법탑은 봄멜과 나머지 일행이 기거했다. 칸야와 사즈는 1골드와 있고 싶었는데 수진의 서슬 퍼런 기세에 한 발짝도 들일 수 없었다.

일행은 단 한 명도 던전을 나갈 생각을 하지 않았다. 1골드는 강해져야 했고, 마법사들은 새로운 세계를 개척할 수 있는 꿀샘을 발견했다.

드래곤이 직접 만든 마법서는 단 한 권도 없었다. 어미에게 언령으로 마법을 배우는 드래곤이니 당연한 일이었다. 이곳 마법서들은 대부분 인간이 만든 것이었다. 흑마법사가 전쟁을 벌이며 모아놓은 것이리라.

게다가 천 년의 세월을 훌쩍 넘긴 마법서들이었다. 그간 마법사들이 놀고 있지는 않아 이보다 더욱 발전을 했다. 하지만 다른 시각으로 마법을 이해하는 것은 많은 도움이 된다.

봄멜은 그중에서 보물을 발견했는데 대마법사, 7써클의 마법과 엘프의 마법을 다룬 책이었다.

여로의 와중에 틈틈이 마나를 새롭게 해석한 기를 비교하면서 6써클 마스터의 벽을 점차 허물던 그였기에 가뭄의 단비를 만난 것마냥 행복했다.

휑한 레어에 간단한 집기들이 자리했다. 1골드의 거처를 수진이 만들어놓은 것이다. 어디서 구했는지 침상만 한 의자에 1골드가 앉아 있었다.

1골드는 철탑을 연상시키는 사즈를 내려다보았다. 몸이 어느 정도 회복하자 부른 것이다.

“사즈 씨.”

“옛!”

목청이 터져라 소리친 사즈가 몸을 부르르 떨었다. 잠을 자다 인간 같지 않은 마녀에게 끌려왔다. 그는 이들의 일행이 아니었다. 이곳에서 보고 들은 비밀이 너무 컸기에 죽을지도 몰랐다.

“동생 분 일은 죄송하게 생각합니다.”

흠칫 놀란 사즈가 머리를 들어 1골드를 쳐다보았다. 그러자 1골드의 뒤에서 무시무시한 불길이 치솟았다. 수진이 그를 잡아먹을 듯 노려보는 것이다. 감히 누구와 눈을 마주치냐는 듯. 사즈가 재빨리 고개를 조아렸다. 조금이라도 늦으면 저 마녀가 죽일 것 같았다.

그에게 1골드는 방계 동족에서 천신의 후예로, 이제는 그 정체를 종잡을 수 없는 사람이 되었다. 오직 두려움의 대상이었다.

“저는 당신을 잘 모릅니다. 그래서 곁에 둘 수가 없습니다.”

“사, 살려주십시오. 제발 목숨만…….”

“시끄럿! 우리 주인님이 죽이고자 하면 너는 그냥 죽는 거야. 하찮은 인간 따위의 의지는 없어!”

심장을 오그라들게 만들고 고막을 찢는 듯한 날카로운 음성이었다.

“이이! 이봐. 나도 인간이라구. 하찮다는 말은 좀 그렇네.

수진, 너나 입 다물고 있어.”

“홍!”

1골드는 웃음이 나왔다. 진짜 무슨 지옥의 마왕이라도 된 듯한 분위기였기 때문이다. 거대한 백악이나 스톤 골렘, 거기에 키메라까지, 얼마 전까지는 상상도 하지 못할 엄청난 일이었으나 용케 적응이 되었다.

그들에게서 낯설지 않은 기운이 풍겨 친근감이 들었기에 가능한 일이기도 했다.

“사즈 씨, 두 가지 중 하나를 선택하셔야 합니다. 이곳에 남던가, 떠나던가. 떠나신다면, 다크 엘프에게 밀림 밖까지 안전하게 모시라고 일러두지요.”

“다, 다, 다크 엘프…….”

“단, 이곳의 일은 평생 함구한다고 약속하세요. 뭐 보서서 알겠지만 여기 찾아오기가 그리 수월치는 않습니다만, 집에 불청객들이 찾아드는 것은 영 마음에 들지 않아서요. 전에 나쁜 기억도 있고.”

그란델의 모습이 잠시 떠올랐다가 사라지자 그도 모르는 사이 뭉클뭉클 살기가 피어올랐다. 수진과 비교해도 그리 처지지 않았다.

숨을 들이켠 사즈는 그대로 굳어버렸고 떠난다고 하면 죽을 것 같았다.

“저, 천인님, 남으면 어떻게…….”

"글쎄요. 알아서 하시지요. 보아하니 검을 익히신 것 같은
데."

'수련이나 하시죠'란 말을 뱉기도 전에 사즈가 악을 쓰듯
이 외쳤다.

"제가 문지기가 되어 천인님의 집 앞을 지키겠습니다. 남
게 허락해 주십시오."

"허어! 천인이라니요. 저는… 몽인(夢人)입니다. 꿈속에서
살았던."

사즈의 귀엔 꿈을 이루기 위해 몸을 낮추고 있었다는 말로
들렸다. 이젠 힘을 얻었으니 웅지를 펼 것이다. 사즈가 재빨
리 검을 풀어 앞으로 내밀고는 몸을 더욱 낮추었다.

"저를 천인님의 칼로 써주십시오."

천하를 품을 그릇이 되지 못하면 무사는 주인을 잘 만나야
한다고 귀가 닳도록 들었다.

사즈는 1골드가 더없이 커 보였고 그만한 힘도 갖추고 있
었다. 그의 뜻을 거슬러 죽임을 당하느니 종이 되는 것이 낫
다. 또한 주군으로서 손색이 없지 않은가?

칼로 써달라, 1골드는 유진과 검사들의 관계로 생각했다.
검술을 하사하고 그의 검사가 되는 것. 아직 제자를 들일 정
도의 경지는 아니지만 골칫거리를 풀어놓는 것보다 옆에 두
는 게 낫다 싶었다. 죽일 생각도 없었으니.

서로의 생각은 천양지차로 달랐지만 결론은 같았다.

어쨌든 1골드는 첫 번째 제자이자 가신을 맞아들였다.

"수진."

"왜?"

"훗! 너는 주인이라 부르면서 왜 말끝마다 반말이냐?"

수진이 뚱한 표정으로 1골드를 쳐다보았다.

"나보다 약하잖아."

할 말이 없었다.

"처음에 주인을 봤을 때 확 죽여 버릴까 했어."

"왜? 힘이 없어 보여서?"

수진이 고개를 끄덕이며 미안한 듯 배시시 웃었다. 그러자 1골드는 뭉클 성욕이 치밀었다.

"야! 웃지 마. 힘들다."

말뜻을 알기라도 한 듯 수진은 더욱 요염한 미소를 지었다, 몸을 살짝살짝 부딪치기까지 하면서.

"계속 얘기해 봐."

1골드는 진땀을 흘리면 말했다. 이도 수련이다, 욕망을 억제하는 수련.

"훙흥! 그랬는데, 너무 오래 혼자 있어서 외로웠어. 이렇게 같이 있으니 좋잖아. 헤헤헤."

수진이 1골드의 가슴에 파고들어 몸을 찰싹 밀착시켰다. 1골드의 머리에서 김이 나든 말든 그녀는 상관이 없었다.

"그리고 힘이야 내가 줘도 되고."

"네가 힘을 줘?"

"응!"

벌떡 일어선 수진이 옷을 훌훌 벗어 던지고는 아찔한 나체는 드러냈다. 그리고 좀 전과는 비교도 안 될 정도로 색기를 줄줄 흘렸다.

"흐음!"

"나랑 자면 돼. 그럼 그분의 힘을 얻을 수 있어."

아주 간단했다. 원초적 욕망을 따르면 된다, 억제하지 말고 하고자 하는 그대로. 아주 간단히 아드카빌론의 힘을 얻을 수 있단다.

아찔한 유혹!

혈기방장한 나이의 1골드, 힘을 얻기 원하는 그였다. 불그스름한 촉촉한 입술이 헤어날 수 없는 유혹을 담고 다가오고 있었다.

2권 END